春潮NOV+

回到分歧的路口

[美]格拉汉姆·摩尔 —— 著 尚晓蕾 —— 译

GRAHAM
MOORE

与她 THE 共谋

HOLDOUT

中信出版集团 | 北京

图书在版编目（CIP）数据

与她共谋 /（美）格拉汉姆·摩尔著；尚晓蕾译
. -- 北京：中信出版社，2022.7
　　书名原文：The Holdout
　　ISBN 978-7-5217-4347-0

　　Ⅰ.①与… Ⅱ.①格…②尚… Ⅲ.①推理小说—美
国—现代 Ⅳ.①I712.45

中国版本图书馆 CIP 数据核字（2022）第 090998 号

与她共谋

著　者：[美]格拉汉姆·摩尔
译　者：尚晓蕾
出版发行：中信出版集团股份有限公司
　　　　　（北京市朝阳区惠新东街甲 4 号富盛大厦 2 座　邮编　100029）
承 印 者：天津丰富彩艺印刷有限公司

开　本：880mm×1230mm　1/32　　印　张：13　　字　数：179 千字
版　次：2022 年 7 月第 1 版　　　　印　次：2022 年 7 月第 1 次印刷
京权图字：01-2020-4564
书　号：ISBN 978-7-5217-4347-0
定　价：69.80 元

献给凯特琳，

洛杉矶之光。

· 目 录 ·

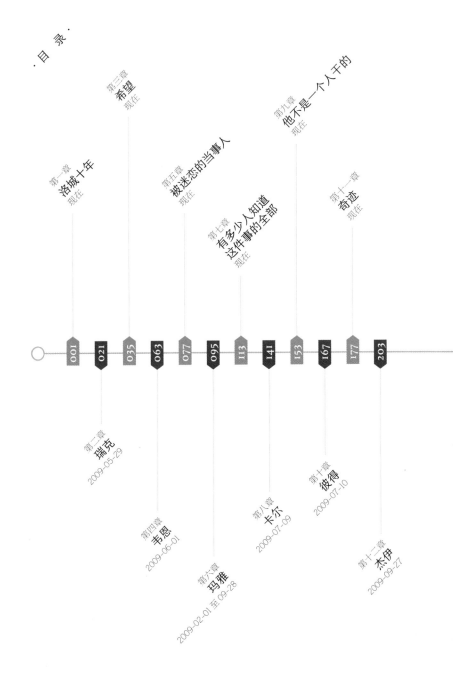

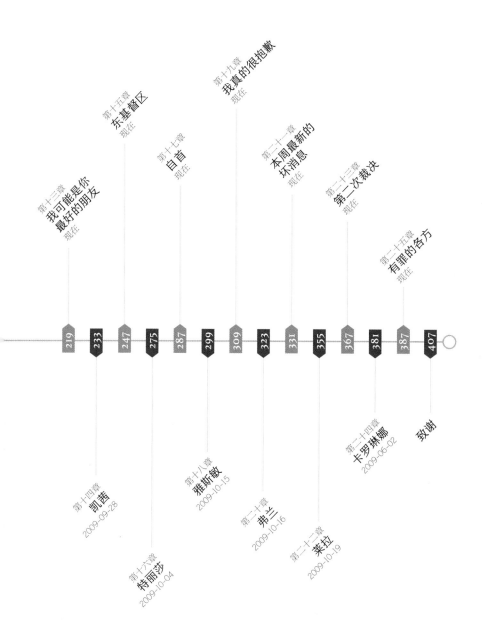

第十三章
我可能是你
最好的朋友
现在
219

第十四章
凯茜
2009-09-28
233

第十五章
东基督区
现在
247

第十六章
特丽莎
2009-10-04
275

第十七章
自首
现在
287

第十八章
雅斯敏
2009-10-15
299

第十九章
我真的很抱歉
现在
309

第二十章
弗兰
2009-10-16
323

第二十一章
本周最新的
坏消息
现在
331

第二十二章
莱拉
2009-10-19
355

第二十三章
第二次裁决
现在
367

第二十四章
卡罗琳娜
2009-06-02
381

第二十五章
有罪的各方
现在
387

致谢
407

第一章

洛城十年

现在

玛雅·希尔从她的公文包中取出两张照片。她把照片拿在手里，正面朝内贴近裙摆。这件事情的成败完全取决于时机。

　　"希尔女士？"法官的声音有些不耐烦，"大家都在等着呢。"

　　玛雅的诉讼当事人贝伦·瓦斯克斯一直遭到丈夫埃里安的严重虐待。这一点有大量急诊室就医记录可以证明。几个月前的某天清晨，贝伦终于崩溃了。她趁丈夫熟睡时捅死了他，然后用一把园丁剪把他的头剪了下来。之后整整一天她都开着她那辆绿色的现代伊兰特在街上兜风，那个被剪下来的人头就摆在仪表板上。或许是没人注意，又或许是没人想管闲事，直到因为闯了红灯被一位警官勒令靠边停车的时候，她才把那个人头塞进副驾驶座位前面放杂物的手套箱里。

　　站在玛雅的立场上，好消息是控方只有一项确凿的物证可以用来指控贝伦，而坏消息是，那项物证是一个人头。

　　"我准备好了，法官大人。"玛雅拍了拍当事人的肩膀，让她安心。然后她慢慢地走到证人席，杰森·肖警官已经在那里就座，他穿着洛杉矶警察局的蓝色制服，胸前那枚"杰出服务勋章"格外醒目。

"肖警官，"她说，"你让瓦斯克斯太太靠边停车之后发生了什么？"

"是这样的，夫人，就像我刚才说的，我的搭档留在了瓦斯克斯太太的车子后面，而我走向她的前车窗。"

他是那种会称呼她为"夫人"的警察，是吧？玛雅痛恨"夫人"这个称呼。倒不是因为年龄——她已经三十六岁了，必须承认，被尊称为"夫人"也不为过——而是他这么称呼，显而易见是为了让别人认为她高傲自大。

她把深色的短发捋到耳后，"当你接近她的前车窗时，你是否看到了坐在驾驶位上的瓦斯克斯太太？"

"是的，夫人。"

"你是否请她出示了驾照和汽车牌照登记证明？"

"是的，夫人。"

"她是否向你提供了上述证件？"

"是的，夫人。"

"你还向她提出过其他问题吗？"

"我还问了她手上为什么会有血迹，"肖警官停顿了一下，"夫人。"

"瓦斯克斯太太是怎么回答你的？"

"她说她在下厨的时候把手划破了。"

"她是否向你出示了证据来证明她的说法？"

"是的，夫人。她给我看了她右手手掌上包扎的绷带。"

"你还向她提出了其他要求吗？"

与她共谋

"我请她下车。"

"为什么？"

"因为她的手上有血迹。"

"但是关于血迹她不是已经给过你完全合理的解释了吗？"

"我想做进一步调查。"

"如果瓦斯克斯夫人已经给了你一个合理的解释，"玛雅问道，"那你为什么还要做进一步调查？"

肖看着她，好像她是个因为芝麻小事就把他叫去了校长办公室的教导员。

"直觉。"他说。

玛雅当时真的很同情这个可怜的家伙——控方没帮他做好准备。

"对不起，警官，你能否更详细地描述一下你的'直觉'？"

"可能我看到了那个人头的一部分吧。"他这句话只是给自己挖了个更深的坑。

"可能，"玛雅缓慢地重复，"你看到了那个人头的一部分？"

"当时天黑了，"肖承认道，"但是可能我无意间注意到有一些毛发——好像是人的头发，从手套箱里露出来了。"

她瞥了检察官一眼，他默默地挠了挠下巴上的白胡子，肖警官正在凭借一己之力把他的案子完全摧毁。

是时候出示照片了。

玛雅双手各举起一张照片，两张照片从不同角度展示了手套箱内被塞入一个男性头颅的画面。埃里安·瓦斯克斯剪了个超短的圆寸，留着稀疏凌乱的小胡子，上面的血迹已经凝结。他的颧骨上也有一道暗红色的痕迹。很显然，这颗头颅是被人在别的地方把血放干之后才塞进手套箱的，放在一本破旧的现代汽车使用手册和一块过期的车牌上面。

"警官，你是否在事发当晚拍下了这些照片？"她把照片递给他。

"是的，夫人。"

"照片是否表明那颗头颅完全处于手套箱内？"

"那个人头是在手套箱内，夫人。"

"当你要求瓦斯克斯夫人下车时，手套箱是否处于关闭状态？"

"是的，夫人。"

"那么如果那颗头颅完全处于手套箱内，你又是如何'可能看到'它的？"

"我不知道，但我的意思是，我们在搜查的时候发现了它。你不能说那个人头不在那儿，因为它确实就在里面。"

"我在问你一开始为什么要搜查那辆车。"

"因为她手上有血迹。"

"就在刚才，你不是还说过，你'可能'看到一些毛发从手套箱里露出来了？我可以让法庭书记员为你读一遍笔录。"

"不用，我的意思是——有血迹。可能我看到了一些头发……我不知道……我说了，是直觉。"

玛雅站得离证人席非常近。"到底是哪种情况，警官？你搜查瓦斯克斯太太的车是因为你看到了一部分被割下的人头——虽然你根本不可能看到，还是因为她的手上有血迹并且已经对此给出了完全合法的解释？"

肖警官火冒三丈，拼命想找出个能说得通的答案。他这时才意识到，他把事情搞砸到了什么程度。

玛雅又瞥了一眼检察官,他正在按揉太阳穴,看起来像是犯了偏头痛。

检察官进行了一次英勇的尝试,让肖警官明确他所陈述的情况是上述哪一种,但是暴露出的漏洞已经无法补救。法官命令双方在下星期一之前提交诉辩文件摘要,届时他会就是否接纳那个被割下的人头为证据做出最终裁决。

玛雅在她的当事人身边坐下,悄声告诉她听证会进行得很顺利。贝伦嗫嚅地回答:"好。"但没有任何眼神交流,她并没有要庆祝的意思。玛雅欣赏她这种谨慎悲观的态度。

法警把贝伦带离法庭,送回囚禁室。随后,法庭秘书通知下一桩听证会成员准备入场。

检察官踱着步子过来。"就算你把人头这个证据排除在外,我也能给她定二级非预谋杀人罪。"

玛雅蔑笑了一声:"如果人头不算证据了,那么厨房里的尸体和抽屉里的园丁剪也就都不成立了。也就是说你并没有任何物证能把我的当事人和她丈夫的死相关联。"

"那是她丈夫,被她杀死的。"

"你看到她的急诊记录了吗?你看到那些断掉的肋骨和错位的下颌了吗?"

"如果你想主张正当防卫,请便;如果你想主张她的丈夫死有余辜,你或许能得到陪审团的支持。但否定那个人头作为证据?真的要这样吗?"

"她不能坐牢,这一点没得谈。你今天就可以按照鲁莽危害行为来给她定罪,扣押期折抵刑期。不然你也可以等下周裁决之后碰碰运气。"玛雅朝法官的方向抬了抬下巴，"你觉得结果会怎么样？"

检察官低着头嘟囔着"要找上司批准"之类的话，然后悻悻地离开了。玛雅把照片放回公文包里，满意地扣上了扣子。

法庭外面的走廊里人头攒动，同时有几十种交谈的声音在穹顶天花板上回荡。法院是最后几个能让全社会所有阶层的人有机会擦肩而过的地方——洛杉矶不同种族不同背景的富人、穷人、老人、年轻人都踩在同样的大理石地面上。急着回办公室的她穿行其中，享受着被民主气氛围绕的感觉。

"玛雅。"

声音是从她身后传来的，她立刻听出了是谁。但……不可能是他吧？

她强迫自己呼吸，然后转身。十年了，她又见到了瑞克·莱昂纳德。

他还是那么瘦，还是那么高，他还戴眼镜，只不过研究生那会儿戴的银丝镜架换成了成熟老练的专业人士所标配的黑色粗框镜架。他仍然西装革履，今天穿了一身浅灰色套装。他只比她大几岁，现在一定快四十岁了，岁月的风霜竟然让他变得更帅气了。

"对不起，"瑞克说，他的声音听起来很悦耳，带着笃定，"我并不是想搞突然袭击吓你。"

玛雅还记得瑞克那种尴尬的犹疑。现在他看上去像是一个终于可以安于自身的人了。

而她却感到一阵焦虑不安，"你在这里干什么？"

"我们能聊一下吗？"

过去十年里，有太多次，她确信自己看到了他：在杂货店里，

与她共谋

在餐厅里，还有一次就更不可能了——是在飞往西雅图的一架航班上。每一次都是浑身冰冷之后，她才能够让自己确信，那只是她的幻觉而已。她在某一家沃尔格林连锁药房里撞见他的可能性有多大？但是现在他真的在这里，在法院大楼里，真的发生了。

她无言以对，又重复了她的问题："你在这里干什么？"

"我试过写邮件、打电话、联系你的公司，但是从来没有得到任何回应。我来是想跟你谈谈。"

她没有收到过任何来电留言，不过当然，她也不可能收到。她严格要求助手挂断所有打来询问当年那个案子的电话。玛雅还在邮箱里设置了一个垃圾邮件过滤系统，任何含有案子关键人物姓名的邮件都会被直接过滤掉。她的地址并未公开，为了避免自己的名字出现在房地产交易记录中，她的房子是通过一家有限责任公司购买的。

玛雅绝对算得上"声名狼藉"，就连完全不认识她的人都知道她，而且都是因为那件事。她有时候会想象，一个身陷丑闻的女演员，甚至一个蒙受耻辱的政治家是怎么过日子的。那些人的不当行为会被归类、公开，可以根据关键词搜索，他们的罪恶都昭然天下。但万幸的是，玛雅所有的罪恶都没有人知道——除了那件事。

每当有人意识到她是谁的时候，他们就只想谈论那件事了。准律师助理在面试时会提，未来的男友在第一次约会时也会做出各种暗示。玛雅参加生日晚宴的时候都会避免坐在角落里，以免再一次被困在桌子的尽头无法脱身，只能用虚假的笑声回应某个朋友的朋友用那件事开的玩笑。她已经竭尽所能把那件事抛在脑后了，然而还是不够。

举证听证会是公开的，她的名字会出现在贝伦·瓦斯克斯的法庭文件中。瑞克想要找她的话，最好的办法就是到这里来。

"你想谈什么？"她假装不知道答案。

"纪念日快到了。"瑞克说。

"我都忘了。"玛雅撒了谎。

"今年的 10 月 19 日，是鲍比·诺克谋杀杰西卡·希尔弗一案被判罪名不成立整整十周年。"

玛雅注意到他很谨慎地使用了被动语态，但她非常清楚，主动做出了鲍比·诺克谋杀杰西卡·西尔弗罪名不成立判决的，实际上有十二个人。

玛雅和瑞克均在其中。

十年前——那时她还没有成为律师，也从未踏入过法庭，玛雅接受了一次担任陪审员的传唤[1]。她在问卷上勾出了一个选项，把信封连同邮件一起寄回。然后，她与瑞克及其他人一起投入案件的审判与商讨中，度过了与世隔绝的五个月。

他们都没想到外界对他们的判决产生了如此大的争议。隔离结束之后，玛雅才知道，84%的美国人相信鲍比·诺克确实谋杀了杰西卡·希尔弗。这就意味着84%的美国人认为玛雅和瑞克放走了一个杀害少女的凶犯。

玛雅查找过，还有哪件事情能得到84%的美国人一致认同。她发现，只有79%的美国人相信上帝。让她欣慰的是，至少有94%的美国人相信登月不是骗局。

---

1 在美国，公民会收到传唤，成为某一案件陪审团的候选人，最终法庭会从中选出正式的陪审团成员。这是美国公民的一项基本义务。——编者注

在公众强烈的谴责之下，瑞克是第一个公开认错的陪审团成员。他在所有的新闻节目上公开道歉，恳求杰西卡·希尔弗家人的原谅。他甚至出版了一本书讲述当时的经历，并声称他们做出不公正的判决完全是玛雅的错。他指责玛雅通过威逼手段迫使他对自己内心深处一直认定是凶手的人做出了无罪判决。

还有几名陪审员也跟他一起宣称后悔当时的判决，但大多数陪审员像玛雅一样保持沉默，静待这场风波过去。

有时候，她真的希望自己当年能像个正常人那样，把要求她尽陪审义务的传票扔进垃圾箱。

"所有的新闻频道都在策划回顾专题，"瑞克继续说道，"CNN、福克斯、微软全国广播公司，还有《新闻60分》和其他一些专题节目。考虑到那次审判轰动一时的程度，以及之后发生的一切，他们当然会这样做。"

这些年来，她曾与父母谈论过那次审判，也与朋友们谈论过——自从她变得声名狼藉以来，她的朋友也少了一些。她还与很多心理医生谈论过。她跟公司的高级合伙人们提到过一些大概脉络，也向一些当事人复述过少量不痛不痒的细节，但是十年里她从来没有公开谈论过那个案子，一次都没有。

"我不会谈论那时发生了什么，"玛雅说，"不会跟CNN谈，不会跟《新闻60分》谈，更不会跟你谈，我已经翻篇了。"

"你听说过《谋杀小镇》吗？"瑞克问。

"没有。"

"是个播客节目，非常受欢迎。"

"哦。"

"他们正在给网飞拍摄一部纪录片，八个小时，是根据播客内容改编的。"

玛雅想起了自己生命中被杰西卡·希尔弗案件吞噬掉的那么多时光——四个月的审判，然后是三周的激烈讨论。从某种意义上说，在隔离期间，玛雅生命中每一个清醒的时刻都给了那个案子。当她想起那时每晚睡觉的地方（奥姆尼酒店的套房），她竟然还能那么清晰地回忆起房间壁纸上的每一条鸢尾花纹章和每一寸米色地毯，看起来案子连她睡眠的时间都没有放过。那时她偶尔会为了打发时间在脑子里算算术：二十个星期，就是一周七天乘以二十，而一天有二十四小时……那个公式她仍然牢记在心。

"有谁还会愿意再多花八个小时来研究杰西卡·希尔弗当年发生了什么？"

"有很多人，我也是其中之一。"

"你参与了那个播客节目？"

"是纪录片。我在帮助制片方，把大家召集到一起，我们所有人，陪审团的所有成员。"

玛雅觉得恶心。

"我们可以分享一下看法，"瑞克说，"毕竟已经过了这么久。而且，根据我们现在所知道的情况……"

瑞克停顿了一下，好像他们已经上了电视一样。

"……你还会投出'无罪'的一票吗？"

玛雅突然意识到，法院走廊里的人群正在推搡着从他们身边经过——所有这些为了正义、宽恕或复仇来到这座大楼里的陌生人。

"不了，谢谢。"玛雅说。

"我已经跟其他人说过了，"瑞克告诉她，"他们会来。"

"所有人吗？"

"卡罗琳娜去世了，我不确定你是否知道。"

玛雅不知道。卡罗琳娜·坎西奥在审判那会儿已经八十多岁了。尽管如此，在共同经历了那么多之后对他人的情况一无所知，这仍然让玛雅感到有点难堪。二十个星期乘以七天乘以二十四小时……

玛雅已经好几年没跟卡罗琳娜或者其他任何人联络过了。

"怎么去世的？"她问，"什么时候？"

"四年前死于癌症，她家人说的。"瑞克耸了耸肩，"还有，韦恩跟制片方说了他不会参加。实际上，他说的是'绝对他妈的不去'。"

韦恩·拉塞尔。玛雅不知道他还能不能重新振作起来，她希望可以。但是，如果他如今还是当年讨论结束时她所见到的那个样子，那么他最好还是远离这件事。

"但是其余所有人，"瑞克继续说道，"其余的八个人……他们都会来。"

"祝你们都能度过一段愉快的时光。"

"我来是想请你也加入我们。"

"不。"

"我们当年确实错了。"瑞克说。

玛雅突然生出一阵难以抑制的怒火。"我读了你的书，随便你用多少悔恨折磨自己都行，那是你的权利，但是别把我扯进去。"

几个陌生人往这边瞥了一眼，很快又接着去忙自己的事了。

"一个女孩死了，"瑞克用一种玛雅再熟悉不过的真诚语气说道，"杀害她的凶手却因为我们的错误而逍遥法外，这件事不会让你不安吗？你就不想做点什么事情——任何事情都好——来弥补一下吗？"

"即使我认为鲍比有罪——虽然我并不这么认为——我们也做不了什么了。我们必须放下这件事，继续往前走。"

瑞克环视法院的走廊。"你现在是一名刑事辩护律师，你就在审判鲍比的这座大楼里工作，你一共'往前走'了两层楼的距离。"

"再见。"玛雅说。

"我有了一些新发现。"

"什么？"

"我一直在调查。"

她并不意外，她比所有人都了解他能执着到什么程度。一旦被什么事情吸引住，尤其是那些牵扯到不公义的事，他是绝不会善罢甘休的。不过，在杰西卡·希尔弗的案子上，执着的并不止他一个。杰西卡·希尔弗的父母卢和伊莲夫妇当年的家产是 30 亿美元。天啊，玛雅想，现在他们的家产估计已经翻倍了。洛杉矶相当一部分房地产都归卢·希尔弗所有，他已经动用了最好的资源来调查女儿的失踪案。

"洛杉矶警察局投入了数十人的警力调查这个案子，"玛雅说，"还有联邦调查局。全世界的记者都跑到这里来了，她家人雇用的私家侦探夜以继日、全年无休地调查，再加上控辩双方的律师团队、业余博客大军和 YouTube 上的阴谋论者，还有……"玛雅没再说下去，她不能允许自己再一次卷进那个案子里，"没有更多的证据可以寻找了。"

"可是，我找到了。"

"什么？"

"来录制现场吧。"

"你找到什么了？"

他靠近一步，她能感觉到他温暖的气息拂过她的脸颊。"我现在不能告诉你。"

"别胡扯了。"

"情况很复杂，很微妙……你到录制现场来，到时候我会给大家——给所有人出示鲍比·诺克杀害杰西卡·希尔弗的铁证。"

玛雅望向他恳求的双眼，她看得出他是多么迫切地想要促成这件事。他从内心深处坚信他们犯下了一个不可原谅的错误。

玛雅不知道鲍比·诺克到底有没有杀害杰西卡·希尔弗。问题就在这里——她从来都不知道，所以她才会判他无罪。并非因为他是无辜的，而是因为没有足够的证据可以确定。她当时的理由是：让十个有罪的人逍遥法外，也好过让一个无辜的人遭到错误的刑罚。

或许瑞克真的相信他找到了原本不可能找到的确凿证据，但是玛雅早就对任何证据的存在不抱希望了。她花了十年的时间学会与怀疑共处，而瑞克如果终有一天想彻底摆脱这件事的话，也必须像她那样。

瑞克曾经是她牵挂的人，曾经他的脸不会像现在这样引发她胃部绞痛的不适感。他是个好人，他应该拥有幸福，而她也知道，那幸福永远不可能来自杰西卡·希尔弗命案的沉渣之中。

"祝你好运！"玛雅平静地说，"我希望你能够从中得到你想要的东西，但是我不能参与其中。"

她转过身走开了。

她没有回头。

坎特维尔·麦耶斯事务所位于市区的一座摩天大楼内，玛雅的办公室在四十三楼。她坐在办公桌前，这张桌子是她的助理从公司家具目录中选出的一款具有中世纪风格的当代艺术品。她发现自己很难集中精力。

她望向窗外，市中心新区的天际线尽收眼底，一连串光鲜亮丽的高楼鳞次栉比，十年前这些大楼有一半还不存在。其中有多少座是卢·希尔弗的？

洛杉矶上空的蓝天似乎是永恒的，甚至是亘古不变的——今天和明天都是相同的蓝色，与十年前一个十几岁的女孩失踪的那天下午一模一样的蓝色。女孩就失踪在距她现在的位置仅有一英里[1]的地方。人们总说洛杉矶缺乏历史感，但玛雅一清二楚，事实恰恰相反。洛杉矶本身就是一个时间胶囊，被永远包裹并保存在亘古不变的天蓝色外壳中。

"有空说句话吗？"

克雷格·罗杰斯站在敞开的门外，他穿着一套剪裁得体的深色西服，整洁的短发在太阳穴附近已经泛白。她刚开始在克雷格手下工作时，只能通过查看简历来弄清楚他的年龄——他到底是接近三十岁还是接近五十岁？似乎很难说。终于，她找到了他大学毕业的年份并算出了答案：他今年五十六岁。

克雷格青年时期曾经做过民权律师。早在二十世纪八十年代，他就是针对洛杉矶警署兰伯特分局警察的不当行为坚持不懈地提起民事诉讼的几位黑人律师之一。在九十年代，他与全美有色人种协进会的司法辩护基金会合作，参与了"托马斯起诉洛杉矶县"一案

1　1 英里 ≈ 1.609 千米。——编者注

的工作。现在，他是坎特维尔·麦耶斯事务所的高级合伙人。

克雷格被收买了？或许吧，但他肯定不便宜。在坎特维尔·麦耶斯事务所，他可以调动无与伦比的资源致力于他认为重要的案件。

"当然。"她说。

他关上门，坐了下来。如果贝伦·瓦斯克斯一案的检察官越过玛雅直接把认罪协议交给了克雷格，她一定要亲手活埋了那浑蛋。

"有个名叫《谋杀小镇》的节目制作方联系了我们的公关部。"克雷格说。

她早该想到瑞克·莱昂纳德不会那么轻易就放弃的，他当然会找到她的老板。

"他们要给杰西卡·希尔弗的案子拍一部八小时的分集纪录片，"她说，"而且他们希望当时所有的陪审员——包括我在内，都参与拍摄。"

"所以他们已经找过你了？"

玛雅简单描述了她早上遇到瑞克的情况。

克雷格看起来很高兴。"太棒了，你会去上节目吧？"

"我拒绝了。"

克雷格皱起眉。"我能问问原因吗？"

"我不相信还能找到有意义的'新证据'，就算瑞克把自己塑造成某种业余侦探也没用。事实早已确立了：血液、DNA、安全摄像头、手机信号塔的记录、意义不明的短信……"她仍然全都记得，"骨头上的肉早都被剔得一点儿不剩了。"

"我还以为他们一直没找到尸体。"

"我只是在比喻。"

克雷格向后仰身靠在椅背上，仿佛是在暗示这些"骨头"或许不仅仅是比喻而已。

"瑞克·莱昂纳德不可能找到杰西卡·希尔弗的尸体。"玛雅说。

"如果你花了十年的时间去挖线索，那么是业余还是专业也不重要了……不过，这也正是我建议你去参加节目的原因。"

"请说明'建议'的意思。"

"决定权在你，"克雷格说。只有决定权不在你的时候人们才会这样说。"你可以按照你的意愿行事。"同样，这也是你不可以按照意愿行事时人们才会说的话。"事务所会支持你的。"

玛雅非常清楚，自己在鲍比·诺克一案中担任陪审员的经历是坎特维尔·麦耶斯事务所雇用她的原因之一。她是否因此争取到了新的诉讼委托？当然，那是她自我推销的一部分。很多刑事辩护律师都曾经做过检察官，但玛雅做过陪审员——而且是在一桩有史以来最臭名远扬的案子里。她不仅曾经坐在法官席前方的控辩席，还曾坐在法官席侧旁的陪审团席。还能有谁比她更了解陪审团是如何做出裁决的？有哪一位被告人（无论有罪与否）不想让这个裁定鲍比·诺克无罪的女人来为他提供法律协助呢？

是的，那次裁决是玛雅入行的敲门砖。但是，以全系第十一名的成绩从伯克利大学法学院毕业并不是因为那次裁决；引导三十六名当事人完成复杂的认罪协议，并在四个开庭审理的案件中让当事人全部无罪释放也不是因为那次裁决；她能在三年内就成为律所的合伙人更不是因为那次裁决。从这些年来那个裁决真正对她造成的影响来看，她拒绝为它带来的少数好处道歉。

"每个人都已经认定是鲍比·诺克干的了，"玛雅说，"谁还在乎瑞克·莱昂纳德在电视上说什么？而且他都说了好几千遍了。"

　　　　　　　　　　　　与她共谋

"你现在是合伙人了，"克雷格说，"这意味着任何与你有关的言论——包括个人方面的，都会关乎其他合伙人。在品格问题上我们百分之百支持你，这就是我鼓励你为自己正言的原因。"

克雷格会把他想要做的一切都粉饰成是为了你的利益着想，这种能力令人叹为观止。他真正的意思是，玛雅在一个没让他们赚到一分钱的案子上惹了麻烦，律所要保护自身不受牵连。

"十年来我一直出于原则坚持自身立场，"她说，"但是像傻瓜一样揪着当年的裁决没完没了则是另一回事，哪怕真有新的证据证明我错了。"

"我们都在努力从错误中吸取教训，不是吗？"

这件事的微妙之处在于，如果瑞克·莱昂纳德确实掌握了能够给鲍比·诺克定罪的确凿证据，而玛雅也做出公开道歉的话，那么从公关角度来说，她的处境会比现在更加有利。有些辩护律师或许会不顾一切地为杀人犯辩护，但玛雅不会。她是那种律师——可以宣称自己完全跟随了证据指引，哪怕这与她的观点相悖。她走进法庭时自认为带着正直坦率的光环。

在得知那项神秘的新证据之后，她所要做的就是承认自己错了。

克雷格把写着节目详情的备忘录递给她的时候，玛雅没说什么。团聚将在一个月后进行，节目组会邀请陪审团成员再次住进位于橄榄街的奥姆尼酒店——正是当年他们被隔离的那家酒店。

谈话全程中，玛雅从未真正吐出过"好吧"这两个字。她只是点头听着，试图忽略掉那种被困住的抽搐感。

终于，克雷格站起身来。他瞥了一眼她的办公桌，苦笑了一下。

"那是贝伦·瓦斯克斯丈夫的头吗？"

照片是她之前摊放在桌上的。

"是。"

"我听说他们准备按鲁莽危害行为起诉。干得漂亮。"

克雷格走了之后，玛雅仍然坐在那儿，用指尖轻轻敲打着那些惨不忍睹的照片的光滑表面。

如果是十年前，她会如何评价这一切呢？那个热情、天真、第一次踏进法庭的二十六岁女孩——那是一个完全不同的人，一个玛雅只能依稀记得的人，仿佛是某个她在聚会上见过一面的人。

有时候玛雅还是会生气。让她生气的人太多了，将他们与外界隔绝了太长时间的法官、操纵他们的律师、把他们变成笑柄的脱口秀主持人……她想对他们所有人大喊：杀死杰西卡·希尔弗的不是我。

杰西卡的脸永远悬于她记忆的水面之下，任何时候都可能重新浮现。她在咖啡店排队的时候杰西卡会突然出现在那里，杰西卡的蓝眼睛、光滑的脸颊、炫目的微笑。那个轻轻松松就被从世上抹掉的女孩，她那张著名的脸。杀害她的那个人才应该是承受玛雅以及其他所有人的愤怒的魔鬼。

然而，此刻坐在办公桌旁边，玛雅的愤怒并不是指向凶手的。不，此刻玛雅要发泄苦痛的对象，是那个导致她陷入这种境地的人——272 号陪审员。

第二章

瑞克

2009-05-29

"陪审员义务还能有人逃不掉？"那天早晨，在合租的两居室公寓的厨房里，瑞克·莱昂纳德的室友吉尔是这样说的。

　　瑞克是个二十八岁的研究生，从来没接到过履行陪审员义务的要求，不过他记得小时候爸爸曾经收到过一次传票，此外就是小学时有几位老师因此找人代过课。坦白说，瑞克觉得陪审员义务听起来像是件很高级的事情，哪怕是抱怨（"唉，你相信吗，陪审员义务让我没法脱身啊。"）都带着一丝精英气息。

　　"如果你真想逃掉陪审员义务，哥们儿，"吉尔说，"你就百分之百能逃掉。"

　　瑞克耸了耸肩。"我还是去吧，速战速决。"

　　当时是五月，他正处在两个学期之间。整个夏天他都要兼职帮一位教授做研究，主题是巴西利亚城市规划失败造成的无法治理的贫民窟问题。他有时间。此外（虽然这话他没有跟吉尔说），难道他就不能有机会真正做点好事？司法系统需要那些能够认真履行义务的陪审员。而且，不管他有什么缺点，他绝对是一个严肃对待司法正义的人。

瑞克抻了抻瘦削肩膀上的蓝色运动衫。

"算了，"他说，"就一天，最多两天，去一下就完事了，横竖没什么大不了的吧？"

瑞克抵达洛杉矶克拉拉·肖特里奇·福尔兹刑事司法中心的时候，发现门外聚集了很多媒体。他以为这些记者和摄制组每天都会出现——去报道电影明星拒缴超速罚单或者夜店打碟师藏毒后请求用社区服务替代坐牢这类事情。但是，随着他以为的"几天"变成几周，几周又变成几个月，他才觉得自己当时太傻了，竟然没有把媒体的出现与"鲍比·诺克谋杀杰西卡·希尔弗案"开庭这件事联系起来。还有比这个案子更让记者感兴趣的新闻吗？

离早上九点还有几分钟，瑞克走进陪审员休息室。身穿制服的法院管理员在笔记板上标记了他的名字，并递给他一张纸条，上面写着他的新身份：158 号陪审员。

"为了你的个人安全与隐私起见，"管理员说，"你在本案陪审期间，这个号码将作为你的称呼，而且是唯一的称呼，你明白吗？"

"好的。"

"也就是说不要提到真实姓名。跟我们，以及互相之间都不可以。"

"互相之间？"

"跟其他陪审员。"说完之后，管理员就接着去给下一个人做登记了。

瑞克找了个地方坐下，观察着跟他一起等待的几十个人。他注意到他们穿的衣服，手里的杂志、报纸、填字游戏书，还有人拿着口袋本惊悚小说。

陪审员义务，他想，还能有人逃不掉？

他想知道，这些人中有谁会随便撒个谎让自己脱身。孩子还小、父母生病、手里缺钱、精神障碍——任何一条都可以作为回家的借口。你只需要在法官面前口头证实一下即可，法庭几乎没有办法去核实。

你要做的就是撒个谎而已。

而这也就意味着，那些留下来的人，无论其他方面怎样，至少都是诚实的。

一个女孩坐在了他旁边的座位上。她是白人，黑色的短发和柔和的面容起初让瑞克觉得她比自己年轻不少，不过她泰然自若的姿态随后又让他意识到她或许跟自己年龄差不多。她穿了一条海军蓝的裙子，一件端庄的亮色上衣。其他陪审员大多都穿着牛仔裤，衬衫也没塞进裤子里，但她和他一样，着装非常正式。

他想过跟她打个招呼，但又觉得，然后呢？他从来都不知道打完招呼之后该说什么。

他们默默坐着，直到女孩喝完手里纸杯中的最后一口咖啡，把杯子放在地上，在他的纸杯旁边。

他站起来。"那个你喝完了吧？"

她似乎愣了一下才明白过来他在说什么。"哦……是的。"

他把那两个杯子从地上拿起来，扔进了垃圾桶。

"你人真好。"瑞克回座位时她说。

他指了指贴在墙上的注意事项，第二条写着：请妥善处理垃圾。"只是遵守规定。"

她打量了他一下，注意到了他的卡其布裤子和熨烫过的衬衫。"我猜你不是那种叛逆型的人。"

她拎起自己的双肩背包放在膝盖上，瑞克注意到背包的一个口袋上别着一枚很大的奥巴马竞选徽章。徽章是方形的，上面用红、白、蓝三色写着"希望"。

瑞克也举起自己的背包，露出了别在前面的一枚相同的徽章。

"他已经上任四个月了，"她微笑着说，"我觉得也该把这些摘掉了。"她的笑容很美。

"留着，三年之后还可以再别上去。"

"天啊，再重来一遍，你能想象吗？"

"是的，我能。"他感觉她似乎已经把他心里那种令人尴尬的真诚勾出来了，"你当过志愿者吗？"

"有几个周末我在宾州挨家挨户敲过门，我那时住在纽约。"

"内华达，"他说，"我是说，我是在内华达敲的门。我那会儿住在那里。"

"女士们，先生们，"管理员喊道，"感谢大家为洛杉矶市做贡献。请各位注意一下，我即将播放一部短片来解释各位在本法庭上的义务与责任。"

管理员从房间角落拉过来一辆黑色金属推车，上面摆着一台旧电视机。他费了半天劲想把电视机打开，拇指狂按遥控器，越来越不耐烦。终于，演员山姆·沃特森的大脸出现，充满了整个屏幕。

"这倒是……挺意外的。"瑞克说。

　　　　　　　　　　　　　与她共谋

"他不是……《法律与秩序》[1]里的那个人吗？"女孩说。

"你好，"电视机里的山姆·沃特森说道，"欢迎前来履行陪审员义务。"

他们一起观看了那位演员长达十分钟的介绍视频，视频里阐述了陪审团的庄严使命。山姆·沃特森告诉他们，并不是每个国家，甚至并不是每个民主体制，都能保证为刑事被告人安排一个由他或她的同胞组成的陪审团。比如，在法国和日本，是由法官来寻找事实真相；在德国，这个角色则由一个三人小组来承担，其中包括一位法官和两位行政任命的非专业人员。启用陪审团正是美国司法系统的独特之处，也是美国实践的瑰宝。担任陪审团成员也是个人所能履行的意义最为深远的公民行为之一。

瑞克并没有让那个女孩看出来，他觉得这一切都令人振奋鼓舞。

视频播放完毕后，管理员开始逐一为他们分配法庭。他每次只叫一个人过去，整个过程很漫长。"110号陪审员！请到桌子这边来。"这位陪审员是位老人家，华裔，被分配法庭时什么都没说。

"你觉得他为什么要做这件事？"女孩朝那个刚刚接受完任务、正缓慢往门口走去的110号陪审员努努嘴。

"做哪件事？"瑞克说。

"履行陪审员义务。这很容易逃掉。每一个不找借口推脱的人必然有充分的理由想当陪审员。"

"我不知道，或许他们觉得自己有责任履行义务吧。"

女孩若有所思地观察着那位华裔老人。"或许……可能他是个

1　《法律与秩序》是山姆·沃特森主演的美剧。——编者注

职业银行抢劫犯，从没被抓到过，喜欢挑战极限、戏弄警察、实施风险更大的抢劫行为。所以当他收到担任陪审员的传票时，他抵挡不了诱惑，必须要到这个永远不能把他怎么样的法庭里走一趟。"

瑞克补充说："也许，他会被分配去裁决之前某个同伙的案子，或许这都是他计划的一部分。"

"那这就不是一个好计划了。"

"你怎么知道？"

"让自己被分配到一个想要的案子上，这种事从统计学的角度来说，可能性……"

"啊，"瑞克说道，"我现在知道你为什么到这儿来了。"

"为什么？"

"你要策划一次抢劫。"

她把头向后一仰，爆发出一声大笑，发自肺腑的那种。周围几个人都转过脸来看她。

瑞克真的很喜欢她的笑。他不得不提醒自己，询问她的名字是违规的。

几分钟之后，管理员喊到了111号陪审员，按部就班地给这位看上去很恼怒的白人男性分配了法庭。瑞克和女孩一致认为，那个人到这儿来一定是想离开讨厌的工作，享受一天假期，期待着能坐下来安然地看《体育画报》。

上午剩下的时间中，他们继续玩这个游戏——给每一个被叫到号码的陪审员编造动机和背景。她很逗，更让人惊讶的是，瑞克发现自己也挺逗的，这可不是他的常态。他正在琢磨该怎么问她愿不愿意一起吃午餐，管理员叫到了158号陪审员。

"是我。"他应声。

"祝你伸张正义一切顺利。"

"158 号陪审员！"管理员吼起来。

"祝你'抢劫'一切顺利。"瑞克走开时说道。

唉，他多希望能够知道她的名字。

二十分钟后，瑞克意识到自己遇上大事了。他和其他八名陪审员候选人每人都拿到了一支黑色水笔和一份十几页的问卷，问卷上有好几百个问题，但第一个问题就足以让瑞克明白当前的情况。

"你是否与罗伯特·诺克[1]见过面或有过任何往来？"

该死。他这是在参加杰西卡·希尔弗一案的陪审员筛查？

第二个问题："你是否与杰西卡·希尔弗见过面或有过任何往来？"

瑞克隐约知道杰西卡·希尔弗的长相。他和吉尔没有电视，不过有时候他想走出公寓换个地方看看书，在莫霍克·本德餐厅和其他一些常去地方的电视屏幕上见过她的脸不下几十次。她长得跟很多因为失踪而上了二十四小时滚动新闻的漂亮白人女孩差不多——金发碧眼，永远在微笑，是天真无邪的化身。她看上去有可能是任何一对住在郊区的中产父母的女儿，而他们正是这类新闻节目的目标受众。他们也是这些节目真正的受害者，因为这些节目存在的意义就是让生活舒适体面的人感到恐惧，让他们相信自己井然有序的生活无时无刻不在遭受着威胁，哪怕一个来自良好社区富裕家庭的白人小孩突然被谋杀的可能性其实微乎其微。新闻上从来没提过，像杰西卡·希尔弗这样的孩子被闪电击中的概率其实更高。他们从

---

1 鲍比是罗伯特的简称。——编者注

不解释这类事件发生的罕见性，相反，他们传递的信息永远是：这件事也可能发生在你身上。他们每小时都会整点播报一次：这件事也可能发生在你的孩子们身上。

瑞克和鲍比·诺克或杰西卡·希尔弗见过面吗？没有，但是他知道杰西卡·希尔弗是个有钱的白人，而鲍比·诺克是个贫穷的黑人，并且马上就会被生吞活剥。

一个理性的人此时就会在填表时撒个谎然后回家。回应陪审员义务传票是一回事，参与鲍比·诺克一案的审判则完全是另一回事。如果瑞克被选上了，他要在这里待好几个星期，甚至是半个夏天。他真的准备好接受这个任务了吗？他可以编出很多无伤大雅的谎话，说他认识的人被谋杀了，或者说他很讨厌警察，所以他们说的话他一点儿都不信，或者随便讲几句疯话，让他们觉得自己精神有问题。

他低头看着那份问卷，然后叹了口气，他知道自己没有办法不如实回答。

该死。

九十分钟后，瑞克被带进法庭。法官让他独自坐在陪审团席上，而检察官和辩方律师正在分头阅读他的问卷。瑞克惊讶地看到一个年轻的黑人坐在被告席上。那是鲍比·诺克吗？

瑞克第一次有机会长时间地好好看看他。他本人看起来似乎只有十几岁，肯定比瑞克年纪小，并不仅仅因为他的肩膀还撑不起来那套过于肥大的西装。这小子骨瘦如柴，他的眼睛一直盯在自己合拢的双手上。这孩子会是杀人犯？

法官是个谢顶的白人，讲话的音量跟说悄悄话差不多，瑞克必须全神贯注才能听清楚他在解释接下来要走一个名为"陪审员资格审查"的流程。

"这是一个古法语词汇,"法官说道,"直接翻译过来是'说真话'。"检察官和辩方律师会根据瑞克在问卷中做出的回答轮流盘问他。

检察官名叫特德·莫宁斯塔尔,是个身材魁梧的男人,长了个双下巴。在生活中摸爬滚打的经历让他有种狂妄的气场。检察官问瑞克是否有任何理由可能导致他无法在此案审理中保持公正,瑞克回答没有。他又问瑞克及至目前,是否对被告的罪行产生过任何看法,瑞克也如实回答说没有。

但是瑞克并不瞎。屋里有四个黑人,分别是被告人鲍比·诺克、一位检察官助理——一个坐在检控席上一言不发翻看调查问卷的女人、一位身穿制服负责安保工作的法警,还有瑞克。

瑞克对被告了解多少?他只知道他们都是洛杉矶的黑人——如果律师们认为这意味着瑞克不能做到公平,那是他们的事儿。瑞克盯着鲍比,那孩子的表情让人捉摸不透,感觉就像是在看着一台满屏雪花的破电视。

莫宁斯塔尔继续兜着圈子,瑞克知道他真正想问的是什么。那个问题是从房间里发生过的所有审判以及其他很多类似审判的经验教训中产生的。

瑞克·莱昂纳德,你身为一个黑人,是否能够无视因杀害白人女孩而受审的鲍比·诺克也是一名黑人的事实?

瑞克·莱昂纳德,你能不能抛开这件破事?

瑞克无比希望检察官能直接说出来,但他也知道那是不可能的。

辩方律师帕米拉·吉布森比检察官年轻,身材纤瘦、棱角分明。她像一名训练有素的运动员上场比赛一样，在法庭的地板上来回走动。如果检察官的语气是："我们都很清楚这到底是怎么回事，对吧？"那么她的态度就更像是："谁知道什么才是真实的？"

莫宁斯塔尔说完之后，轮到辩方律师想办法不那么直接地询问瑞克，"身为黑人"会如何影响他的决策过程。

瑞克·莱昂纳德，你会不会选择相信而非怀疑鲍比·诺克，因为你和他都是——呃，你懂吧？

在四十五分钟的询问过程中，瑞克与鲍比·诺克仅仅有过一次眼神接触。吉布森请瑞克列出他认识的暴力犯罪受害者名单——那份名单很短。他解释说他的母亲在自己九岁那年遭到过一次抢劫的时候，鲍比·诺克直勾勾地看着他。

"不过，那不算真正的暴力犯罪，"瑞克说，"那家伙只是抢过她的手包就跑掉了。"然后他盯住鲍比的眼睛，这个被一致认定杀害了一个妙龄女孩的倒霉孩子那双充满恐惧的眼睛。那一刻，鲍比的眼神是在求助吗？那是某种信号吗？*你能帮我脱罪吗？*

瑞克完全摸不着头脑，然后意识到自己根本也不在乎。只有那些完全不认识他俩的人才会认为他和鲍比·诺克有共同之处。瑞克对律师们说的话是真的：他会公平、不偏不倚，他会完全遵照证据的指引，无论它指向何方。

"158 号陪审员？"法官的声音打断了他的思绪，"你已经被获准加入本案陪审团。"

法官提醒他不要在法庭上使用自己的真实姓名，也不要向其他陪审员透露任何个人身份信息。法庭要求他每天早上八点到庭，傍晚五点回家。不过他被明令禁止阅读任何与此案有关的新闻报道，也不能与法庭之外的任何人讨论此案——包括他的家人、朋友和那些探听消息的记者。法院会保护他的真实身份不为外界所知——他们有一套程序确保他每天能够安全到庭以及离开，所以他不必担心遭到恐吓与骚扰。

瑞克是否理解了法官告诉他的一切？

"是的，法官大人。"瑞克回答，然后流程就结束了。

法警护送瑞克进入陪审室，房间里除他之外只有一个人，是位老太太，少说也有八十岁了，她安静地坐着。瑞克走过去做了自我介绍。

"我是 158 号陪审员。"他说。

"我是 106 号。"她回答道。她有着浓重的西班牙口音。

她穿着深色阔腿裤和亮色长袖上衣，脚边放着一个黑色帆布袋。袋子上用白色字母大写着"塔罗之家"。

"您是算命的吗？"瑞克问。

106 号陪审员看着瑞克，好像他是个疯子。"不是。"

他指了指她的帆布袋子。"塔罗之家，在日落大道上，对吧？我曾路过那里，我猜那应该是一家算命的店吧？"

她看起来不太高兴。"我们不应该了解彼此的任何情况吧？"

"对，我也没有问您的名字或者什么，我只是……"他没再说下去，他不想惹她生气。

他隔开几个座位坐了下来。

"我不相信命运。"她一边埋头填着手里的数独书一边说。

在这一天快结束的时候，门开了，法警领着第三名陪审员进入这个未来会成为他们"新家"的房间。瑞克笑了，她也是。

"从统计学的角度来说……"瑞克说。

"你怎么看?"女孩说,"这是我一整套邪恶犯罪计划的一环吗?"

106 号陪审员疑惑地看着瑞克和那个女孩。"你们认识?"她问。

"我们是老朋友了。"瑞克说。

106 号看起来有些惊恐。

"'老'的意思是'从今天早上开始'。"女孩解释道。

瑞克转向她,伸出手。"我叫瑞——"他停住了,"对不起。"

"我们真的需要时刻遵守这一条吗?不能说真名?"

瑞克下决心把他们要做的事情做好,如果这意味着需要遵守几条特别烦人的规定,那就照做吧。正义至少值得这点重视。

"我是 158 号。"他说。

"很高兴见到你。"她握住了他的手,她柔软的手指与他的触碰在一起,"我是 272 号。"

第三章

希望

现在

"我是玛雅·希尔。"她对在奥姆尼酒店大堂迎接她的制作助理说，"272号陪审员。"

"啊，是你！"精力充沛的助理根本没看臂弯里抱着的档案夹就回应了她，"大家都很高兴你能来！我叫香农！"

玛雅环视大堂。这是星期三的上午，距离瑞克出现在她的举证听证会已经过去了整整一个月。过了十年，大堂墙壁上的艺术品已经换过了，家具陈设和员工的制服也是，不过他们的审美仍然是那种不会过时、没有地域特色的通用酒店风格，你在世界上任何一个地方、任何一座城市都能见到，只不过是另外一种乏味而已。

在过去十年里避开这个地方并不困难。

香农指了指电梯间。"我先带你去你的房间安顿一下吧？主持人会给你打电话约单人，就在今天或者明天上午。"

"单人？"

"单人采访，一对一的，只有两位主持人和你。"

“那是二对一。”

香农看上去似乎是想弄清楚自己是否做错了什么。“看起来……”她查了一下手里的文件夹，“你的单人采访安排在上午。不过我们欢迎所有没有采访任务的来宾到餐厅去聚聚，非正式的。我们预订了餐厅后面的区域，明天我们会正式重新投票。”

“其他人都到了吗？”

香农点点头。

“瑞克·莱昂纳德呢？”

漠然处之的态度到此为止。她足足坚持了二十秒钟才流露出自己的焦虑以及背后的原因。不过话说回来，她何必在乎一个制作助理如何看待她的焦虑程度？

香农似乎并没有发现这是个值得注意的问题。“我想他应该还没到。”

自从瑞克在法院出现后，玛雅上网仔细搜索了他的资料，但没找到任何最新的消息。他在哪里工作、从事什么职业、住在哪里等等信息都了无痕迹。她能找到的所有社交媒体瑞克都没在使用。

只有老照片还在，以及针对她的那些尖酸言论。玛雅看着YouTube上他当年出版新书时接受采访的低画质视频，他对玛雅和其他陪审员做出的评价再一次让她感到刺痛。

“我什么时候才能看到他的新证据？如果要对此做出回应，那么我需要时间检查证据。”

“我只知道他希望最后一个接受采访，在重新投票之前你们都会听到他想说的话。”

玛雅看了一眼手表，这一天会相当漫长。

香农从文件夹中取出一张电子房卡交给玛雅。"你能来我们真的很高兴。"

1208 房间的一切都和之前一模一样，墙上的画、书桌、椅子，甚至连茶几都好像还是那五个月里与她朝夕相处的那张。她想，逃离动物园之后又被抓回去的动物应该就是这种感受吧。

她走在印有熟悉图案的地毯上，摸了摸房间里抛光的木质椅子。她盯着墙上那幅看起来像是描绘英国田野的画。她曾经幻想着自己跑过那片田野，在野外感受着风吹过脸颊。在任何地方，随便什么地方都行，只要不是她所在的这个地方……然而现在，又要重来一次。

她下意识地攥紧了手里的房卡，与上次不同的是，这一次她可以随时离开。

"很酷吧？"香农说，"准确性——复刻历史的准确性，这对我们非常重要。"

玛雅伸出手指滑过桌面，木质桌面闪着平滑的光，但是有些地方不太对，桌子的表面过于光滑了。她凭感觉寻找着桌子前端的一处凹痕——那是她在某个漫长绝望的夜晚用一支钢笔留下的标记。那个标记已经没有了。

"我们找到了还能提供旧款家具的酒店供应商，"香农主动说道，"我们上周就把所有家具都运来了。"

"这些是复制品？"玛雅的指尖滑过桌面记事簿的皮质边缘。

"同样材质、同样款式、同样年份。我们是从亚特兰大的一家酒店里找到的。"

玛雅此时就站在她昔日生活的复像之中。

卧室的布置也和当年一模一样。一侧的床头柜上放着一篮水果和巧克力，还有一张卡片，上面写着"感谢你的加入"，署名是"谋杀小镇"。

这时，她才看到它，就在篮子旁边。

玛雅不由自主地向后退。

一枚方形的小徽章，上面用红白蓝三色写的"希望"字样已经有些陈旧和磨损了。

"该死，这是什么？"玛雅说。

香农匆忙来到卧室，看到玛雅盯着的东西，她才松了一口气。"是你的，对吧？我们觉得它或许能勾起一些有趣的回忆。"

"我曾经在双肩背包上别过一枚这种徽章。"玛雅说。

"对！我记得很清楚，宣判之后你离开法庭时，我看到过这个徽章。你们十二个人一起离开的那个场面……我是说，那场面太他妈的经典了。"她停顿了一下，"抱歉。"

玛雅无法把视线从那个徽章上移开。"这个我现在还有，没弄丢。"

"我是在抱歉说了'脏话'。"

"你是从网上还是什么地方找到它的？"

"从拍卖网站上买的。现在它们都属于收藏品了，一个五十美元。"

玛雅突然发觉，她曾经的真实生活如今已经沦为收藏品，她的记忆已经成为纪念物。它们已经被商品化，被包装好拿出去交易，并且以相当可观的价格售出。

她感到一阵厌恶。

她来到这里，就是同谋，不是吗？她在出卖自己的过去，至少是所有人关心的那部分过去，与另一个人的悲剧有关的那部分过去。这些年来，她一直惊恐地看着其他人由于她的所作所为发了大财。那些"了解内幕"的电视网、传记作家和新闻记者，有多少人从杰西卡·希尔弗的谋杀案中获取了财富？有一位《纽约时报》的记者在他的著作中将杰西卡的死归咎于在全国范围内流行的针对女性的性暴力犯罪，凭此拿到了两百万美元的预支版税。谁会去怀疑这位记者的善意呢？谁能不羡慕他在科伯山住宅区新买的褐砂岩豪宅呢？还有那位著名的纪录片导演，他在 HBO 推出的六集纪录片中详细分析了这个案子，并且不遗余力地突出了洛杉矶警察局历史悠久的种族歧视传统。毫无疑问，他获得的两座艾美奖和不断扩大的制片公司只是他诚实信念的副产品而已，这世上不会有任何一桩事业纯粹到让人想不出该如何用它赚钱。

玛雅曾经觉得他们都是"盗墓者"，但是此刻，站在节目组重构的昔日生活中，她又凭什么说自己比他们好？虽然她把参加节目的报酬全数匿名捐给了一个贫民区慈善机构，但这也无法抵消她的罪恶感。如果玛雅手中那枚褪色的徽章能够证明什么，那就是她年轻时的美好愿望不仅毫无用处，实际上还要比毫无用处更糟糕。这个徽章提醒着她，"相信自己比之前更好"是多么危险。把昔日的沉渣重新捞起，它就变成了一件珍品，像是从泰坦尼克号的残骸中捞出一把生锈的勺子。现在它成了学者们了解那段辉煌历史的研究对象。

玛雅意识到，过去的自己身上，最让她怀念的，是对即将到来的世界的希望，但事实证明，那样的世界根本不可能建成，她怀念那个虚幻的未来。

玛雅看着香农，试图猜测她有多年轻。可能有二十三岁。"你关注那次审判了吗？"玛雅问。

女孩一下子双眼放光。"我的天，岂止是关注，我当时还在上初中，但是，天啊，我简直无法自拔，现在也一样。被分配来接待你，是我拼命求来的机会。我希望你不介意我这样说……我的意思是，我不想……如果这样显得不专业或者……"

"什么？"

香农深吸一口气。"你是我的英雄。"

玛雅完全不知道该怎么回应这种莫名其妙的话。

"我为什么会是你的英雄？"

"因为你坚持你的立场。就算瑞克·莱昂纳德说的都是真的……反正，你对自己所相信的事情，就会坚持到底。或许你是错的，但是你相信鲍比·诺克是无辜的。因为你坚信这一点，你说服了其他人都从你的立场去考虑——你为了不让一个无辜的人被定罪而据理力争，而且你赢了。"香农突然有点尴尬，"就是说……无论是对还是错，你都赢了，赢得光明正大。"

"我赢了，"玛雅说道，"是啊……看看我赢得了什么。"

她指了指这间按照原样复制的平价商务酒店套房。这并不是加冕，只是尸体防腐。

香农皱起眉头，眼前的玛雅显然和她预期的不一样。

现在轮到玛雅尴尬了。她用拇指摩挲着那枚"希望"徽章的光滑边缘。"想听一句忠告吗？"

香农把双臂环抱在胸前。"永远不要跟你心中的英雄见面？"

玛雅笑了。也许这个女孩比她想象的更倔强。"那倒不是问题，"她说，"如果你一开始就不把任何人当作英雄的话。"

　　　　　　　　　　　　　　与她共谋

玛雅第一次在"罗伯特·诺克公诉案"的庭审中进行证物辩论时，还没有接受过任何法律培训。如今，法学院毕业文凭以及四年刑事辩护律师的执业经验都成了她的优势。

送香农离开房间之后，她开始进行每次开庭前必经的流程：把每一项主要证据都单独打印在一张纸上，然后把它们在面前的咖啡桌上摊开。

她用了一个月的时间收集这些证据。倒不是说她需要这么长时间，她很惊讶自己并没有遗忘多少。再次审阅这些真实的、确凿的物证让她更有信心，鲍伯的无罪释放裁决不仅是公正的，而且是必要的。

下午三点刚过，玛雅推开了通往酒店餐厅私人区域的双开门，鼓起勇气去面对那些故人饱经沧桑的面孔。

酒吧那边站着的是卡尔·巴罗和彼得·威尔基；凯茜·温、雅斯敏·萨拉夫和弗兰·戈登伯格坐在靠墙的桌子旁边，对着蔬菜沙拉挑挑拣拣；特丽莎·哈罗德和莱拉·罗萨莱斯坐在另外一张桌旁，喝着玻璃杯里的啤酒。

瑞克还没来。

玛雅的第一反应是松了口气。

还有一个小男孩，五岁左右，正推着玩具卡车滑过地板，往玛雅的脚边冲过来。

"亚伦！小心！"莱拉·罗萨莱斯紧跟在那个推着卡车的小男孩后面。"抱歉，"她经过时对玛雅说，"他叫亚伦。"她指着玛雅跟小男孩轻声说了几句，然后拉起他的手把他带回玛雅面前，小男孩的卡车还拖在身后。

"亚伦，"莱拉说，"来跟妈妈的朋友问个好。"

男孩一本正经地伸出手说："我叫亚伦。"

"很高兴认识你，亚伦。我叫玛雅。"她把手伸给他，两个人认真地握了手，"你知道人们怎么评价一个认真握手的男人吗？他很诚实。"

莱拉大笑起来。"他喜欢卡车，"她们看着小男孩再次推着卡车在房间里跑来跑去，"如果你还没看出来的话。"她靠过来，给了玛雅一个温暖的拥抱，"哦，还有，你好。"

庭审时只有十九岁的莱拉·罗萨莱斯是陪审团中最年轻的成员。当时她还在读美容学校，玛雅一度对于她每天早晨为了一副完美无瑕的妆容所付出的诸多努力而惊叹不已。现在的莱拉看起来衰老了不少，她的黑眼睛透出疲倦，漂亮脸庞并没有保养得很好，又或者是因为保养得过于努力以至于所有的痕迹都一览无遗。莱拉手里的啤酒杯已经空了。

"他看起来挺懂事的，"玛雅说，"他爸爸来了吗？"

问出这个问题之后，玛雅才想起来去看一眼莱拉的手指上有没有婚戒。并没有。

"谁知道他爸在哪儿，"莱拉说，"我们早不在一块儿了。"

玛雅觉得有点尴尬，莱拉解释说她请的保姆爽约了，本来亚伦的外公答应照看孩子，但后来又不行了，所以莱拉最终决定带他来酒店住一晚。应该没事的吧？让他看电视就好。应该没关系的，对吧？

虽然年龄大了不少，但莱拉仍然像以前一样，凡事都要别人肯定才行。她一直是他们之中最善良、最有同情心的。每当他们的讨论变得嘈杂、愤怒、激烈到令人难过的时候，莱拉总会去靠近那个遭到恶毒攻击最多的人。她总是本能地前去安慰那些最需要安慰的人，无论对方是谁。

莱拉问起玛雅的个人生活。玛雅告诉她，自己也没结婚。

"你们好啊！"杰伊·金出现在玛雅旁边，同时抱住两位女士。

"那孩子不错吧？"他对玛雅说，"莱拉很会生养，是不是？"

玛雅必须同意，就这个年龄的孩子而言，亚伦看起来非常自信。

"对，对，对。"莱拉说，"你过得怎么样？"

杰伊告诉她们，自己退休之后过得还不错。玛雅记得他曾经在建筑行业工作——那场裁决之后他的工作丢了。没人明说他是因为参加陪审团而被解雇的，但是他们每个人都发现，要想按照自己的方式回到以往的正常生活中是多么不可能的事。他现在可能才刚满六十岁。

玛雅回想起那个在节目里不停把他们称为"全美国最愚蠢的十二个人"的深夜脱口秀主持人。《周六夜现场》中也有一段小品，把他们塑造成了大张着嘴喘气、口水流了一身的大傻瓜。

如果杰伊回去上班，会遇到什么样的情况？谁想和一个认为鲍比·诺克无辜的人一起砌墙？哪家公司会愿意在时薪 17.25 美元的工人们旁边安排这么一个让人分神的家伙？

但是现在跟杰伊聊起来，他似乎已经平静地接受了一切。

"没有。"他问到的时候，玛雅这样回答。她没有男朋友。

玛雅看到特丽莎·哈罗德和弗兰·戈登伯格从房间那头朝她这边看了一眼。十年前特丽莎对玛雅的厌恶以及最终的激烈谴责仍然令人难以释怀。

玛雅立刻大步走过去。"特丽莎！真不敢相信啊，已经十年了……"

特丽莎毫不犹豫地拥抱了玛雅。"如果我说见到你很高兴，你会相信我吗？"

无论是真是假，玛雅都感谢她抛出了橄榄枝。"见到你我也很高兴。"

特丽莎是个非裔美国人，个子很高，但不知道为什么她似乎总是为了自己的身高而尴尬，好像人到中年还是没习惯自己长了这么高。她说自己已经从市政厅信息技术部门提前退休了。因为在政府部门工作了很久，特丽莎对于庭审隔离时一直在耗费他们时间的官僚体系是最处之泰然的。她取出了四分之三的退休金，移居休斯敦，好离孩子们近一些，此后就再也没有回过洛杉矶，她也并不太想念这里。

弗兰·戈登伯格看起来竟然比玛雅记忆中还要娇小。她一直是审议室里的大家长，每周都会为陪审团小组订购一盒饼干，并监督每个人至少吃下一块。每一轮折磨人的投票之后，她都会负责收回他们的黑色夏皮牌马克笔。至少有人在努力让一切井然有序，对此玛雅非常感激。

弗兰说自己仍然住在洛杉矶，地址没变，但是她也很久没见过大家了！他们这些人都是怎么了，一年聚一次很难吗？他们竟然把彼此当作陌生人对待，太愚蠢了！他们中有一半的人仍然住得非常近，却竟然从没在乔氏连锁超市里遇到过，也算是奇迹了。

玛雅四下看看，仍然没看到瑞克。

"我也还没看见他。"特丽莎仿佛看透了玛雅的想法，意有所指地说。

"谁？"

特丽莎扬起一边的眉毛，在她面前玛雅何必还要这样装傻呢？

"他们跟我说大家都会来，"玛雅说，"除了韦恩。"

"审判之后他的日子很不好过。"弗兰说。

"审判之后我们的日子都很不好过。"特丽莎说。

"没错，当然。"弗兰说，"但是你知道韦恩……他是个敏感的人，经历过这一切之后……"

玛雅永远不会用"敏感"来形容韦恩，绝对不会。她会选择"情绪不稳定"这个词。

特丽莎似乎也没表现出多大的同情。"行吧。"

"他是个好人。"弗兰争辩道。

相比其他人而言，弗兰跟韦恩的关系似乎更近一些。玛雅从来没有搞懂原因，或许只是因为他们的房间相邻，又或许他们十二个人里的拉帮结派、钩心斗角比她所知道的还要复杂得多。

几分钟后，玛雅来到酒吧另一侧的卡尔·巴罗旁边，他一定快八十岁了，瘦骨嶙峋。生长在洛杉矶的卡尔曾经是他们中崇尚东区生活方式的典范，他身上有一大堆在银湖区[1]纵情声色的那些年里发生过的精彩故事。玛雅记得，其中有些故事对于卡罗琳娜来说有点过于色情。如今卡罗琳娜已经去世了。

卡尔告诉玛雅，他没有去参加葬礼。很明显，他们谁都没去。

凑过来的这个人是谁？她花了一秒钟的时间才认出这个主动给她拿来一杯葡萄酒的人是彼得·威尔基。彼得精心修剪的双鬓已经开始泛白，跟脸颊上完美而平整的胡茬一样短。身为所有白人里举止做派最像白人的家伙，彼得表现得好像今天是他请客一样，虽然

1　银湖区位于洛杉矶，靠近好莱坞和贝弗利山庄。——编者注

他们都知道买单的是电视节目组。

他曾经在金融业从事某种玛雅永远搞不清到底是什么的工作。如今他主攻大麻——并不是说抽很多大麻，他让大家放心，是做大麻生意。他悠闲地，又或者是刻意地掏出一支艳粉色的电子烟管吞云吐雾——是他公司的产品。他递给玛雅一张名片。

名片上面写着：彼得·威尔基。威兹[1]公司总裁兼首席执行官。

"我有当事人因为卖大麻现在还在坐牢。"玛雅说。

他同情地点点头。"用了这么长时间才合法化，真是荒唐，现在这个领域的机会已经很难抓住了。"

一杯红酒下肚，玛雅意识到她已经在这儿待了两个小时，但瑞克仍然没有踪影。

她又有点希望他不会在这个场合出现。毕竟，他是为了正义而来，而不是为了酒吧里的欢乐时光。

玛雅与凯茜·温和雅斯敏·萨拉夫凑在一起聊了一会儿，听着她们交换各自的育儿经验。凯茜说，庭审之后不久，她就跟丈夫离婚了。"所以，在一片混乱的情况里多少还能有件好事。"

雅斯敏深有同感。"结束之后的那段时间才是最难的……我试着向我丈夫大卫描述自己所经历的一切，可我又能说什么呢？"

玛雅知道这种感觉。在某一刻，她忘了角落里的摄像机；某一刻，她要了一杯酒，因为她真的想喝；某一刻，她又要了另一杯。她不再时常瞭向门口期待瑞克的出现。

时间啊，玛雅不禁想到，真的拥有一种最奇怪的能力，可以将过往的恩怨抚平，但它不会沉淀出愧疚，而是会发酵出一种虚假

---

1 原文为 weedz，与"大麻"（weed）拼写相似。大麻在加州是合法的。——编者注

的怀旧情绪，让人一想到那段或许是人生中最痛苦的时光，便心生惆怅。

它有一种如美酒般醉人的效果，玛雅也无法抵挡。无论别人对这些人有什么样的看法，至少他们与她相识已久。

这时，瑞克从那扇门走了进来。

这次他穿了一套蓝色西装，走进房间时带着一种平静的自信，和她在法院观察到的一样。

也许她有些伤感，又或者她只是不小心多喝了几杯，总之她发现自己见到瑞克的时候，竟然有点开心。

她看着瑞克逐一跟大家问好。他握了握彼得的手，拍了拍弗兰的肩膀。他半蹲下来向小亚伦做自我介绍，莱拉低头看着他们。

终于，他看到了玛雅投向自己的目光。

她做出了一个非常震惊的表情，手心朝上举起来，像是在说："怎么回事？"仿佛是为他没有先跟自己打招呼生气。他也夸张地皱起眉，装出特别后悔的样子——仿佛在告诉她，他要把最重要的人留到最后。

他们还没开口，已经开了一个只有彼此心知肚明的玩笑。

"你好，"他说，"你能来我真的很高兴。"

"我也希望如此。"

"你呢？也很高兴自己来了吗？"

"我一会儿再告诉你。"

玛雅能够感觉到其他人看着他们的目光。他们一定很担心，怕会看见剑拔弩张，结果却看到了相逢一笑。

"对于突然出现在法院那件事，我很抱歉。"

"没关系。"她意识到这句话是真心实意的,"就那么跑掉我也很抱歉。"

"你能来这里对我来说很重要——真的很重要。之前是我没有处理好,我并不想引发争执,但我搞砸了。可你还是来了,所以……谢谢你。"

放在十年前,他是绝对不会如此大方道歉的,时间的作用真让人迷惑。

过去十年,她当然也有变化,但或许他的变化更大。她现在最不希望的就是再争执一次。她不想谈鲍比·诺克,也不想知道瑞克手上那份神秘兮兮的"新证据"是什么。这个世界上只有少数几个人曾经与她共同经历过那段最紧张的日子,她现在唯一想做的,就是好好地享受与其中一人相见的时光。

"所以,"她说,"你现在在做什么?"

他摇了摇头。"十年前你能想到吗,有一天你会问我'你现在在做什么',像陌生人一样。"

"十年前如果你问我,我们的人生会不会像现在这样,我会说,你疯了。"

"我不敢相信你当了律师。"

她喝了一口酒说:"罪有应得。"

这个糟糕的玩笑让他皱了皱眉。她暗自希望他不要借着提到的法律名词说起那个案子,不要破坏这个美好的时刻。

"至少你现在搞清楚了一件事,"他拐弯抹角地说,"法庭里面长什么样子。"

她选择坦诚地转移话题:"那次审判让我学到了很多,包括一些法律知识,但最重要的是法庭运作的方式——十二个陌生人如何共同决定某个陌生人的命运。"她吸了一口气，真诚地谈论自己，她就可以避免谈论其他争议更大的事情。"我人生第一次成为某个领域的内行。我想学以致用，所以审判之后，选择去上法学院根本不需要考虑。"

"玛雅·希尔，"他平静地说，"辩方律师，从策划抢劫案起，你走过了漫长的历程。"

"啊对！那是第一天的下午……我一直在努力回想。"

"如果你以为我忘记了……"

接着，突然之间，他们都故意望向别处，唯独不看对方。

"你的博士学位，"她盯着鞋子说，"拿到了吗？"

她在网上搜索过，但没找到任何有关他取得博士学位的消息。

他指了指四周。"你觉得我们中间还有谁能回到真实的生活里？"

玛雅并不觉得自己很孤独，也不觉得自己被人误解了。然而，此刻与他在一起，让她感到多年以来自己一直都是在这两种状态下过日子。"你希望回归以前的生活吗？"

他沉吟片刻后说道："可能并不希望。"

她知道他的意思。他们每个人的人生在离开那个法庭时就已经彻头彻尾地改变了，假装一切如常并没有任何必要。

突然，她想起了他们周围遍布的摄像机。

她提醒自己，这里不是旧时的饭店餐厅，而是电视节目重构的现场。她想到自己已经喝掉的几杯红酒。两杯？三杯？只希望刚才没有说出什么蠢话。

"很奇怪，是不是？"瑞克朝着离他们最近的一台摄像机努努嘴。

"你想再聊一会儿吗……找个没有摄像机的地方？"

"特别想。"

她最先想到的是去餐厅的公共区，然后又反应过来，在那里他们仍然处在所有人的视线范围内，更不用说还有《谋杀小镇》节目组的人来来往往。酒店大堂也有这个麻烦。

"去我房间？"她脱口而出。须臾才意识到这话在他听来意味着什么。"我不是那个意思。"

"不是哪个意思？"

她抬起头，看着他精心表演出的一脸好奇，明白自己又被他揶揄了。

"哎，闹够了没有？"她说。

他笑了。"我知道，我知道，冷静。你打情骂俏是什么样我还是记得的，'去我房间'不是你的风格。"

"至少你记住了我的矜持。"

"我觉得更多是委婉，不过你说的也对。"

"到底走不走？"

他放下玻璃杯，仿佛在逐个审视在场其余的陪审员。"我知道我们实际上没干什么见不得人的事，但如果我们一起离开的话……"

玛雅用余光看到了特丽莎。她正在跟雅斯敏和彼得聊天，看起来根本没有人关心玛雅和瑞克在干什么。

玛雅用一种古怪的英国口音说道："为了避免哪怕是一丁点的流言蜚语，亲爱的先生，不如我现在就上楼去，您五分钟之后再来。"

"好的，我的女士。"他做了个举帽子的动作，礼貌地回答。

她把酒杯放在他的酒杯旁边，两个酒杯碰撞时发出轻微的叮当声。

　　　　　　　　　　　　　　　　　与她共谋

她依次走向每一个人，跟他们道别，如此刻意地确保每个人都看到了她是独自离开的，她觉得自己挺可笑的。

回到房间，她惊喜地发现迷你吧台里摆满了各种饮品，当年在这里关禁闭时可不是这样的。她还记得住进来的第一天晚上，她打开迷你吧台，希望里面至少能有几瓶喝的——什么都行。想得美，连糖果零食都被他们拿走了。

玛雅给自己调了一杯伏特加苏打水，给瑞克也调好了一杯之后，敲门声响起。

她打开门，看见瑞克站在那儿，走廊的灯光从他背后照过来。

"你还没忘记我的房间号。"她说着，让他进屋。

"有些事情男人是不会忘的。"他接过她递来的酒杯。

"小心说话。"

"什么？"

"别挑逗我。"

他摇了摇头。"我挑逗你的时候，会让你知道的。"

她坐在沙发上，他在她旁边坐下。玛雅能感觉到沙发垫子因为他的体重而陷了下去。

她下意识地瞥了一眼隔壁房间的床，真希望自己刚才能想起来把卧室的门关上。然后她又觉得自己能注意到这一点，甚至光是往那方面想，本身就够蠢了。

她为什么这么能胡思乱想呢？实际上什么都没发生。

他喝了一口饮料。"伏特加苏打水？"

她点点头。

"说起来真有意思，"他说，"咱们从没一起喝过酒。"

"哇，还真是……难以置信。"

"是不是？我现在忍不住在想还有哪些平凡无聊的事情，咱们还没一起做过。"

"我们从没一起散过步。"

"我们从没一起做过晚饭。"

"我从没见过你开车。"

"我从没见过你买东西。"

"我们从没一起逛过商店！"

"那会儿我们就没一起花过钱，"他说，"那可是资本主义世界里最基本的交换形式——用现金换东西。"

她笑了，他当然会把这个想法尽可能上升到理论高度。

"你觉得那意味着什么呢？"她问，"我是说，我们这群人相互认识的方式多么独特，多么……不受现实世界的影响。"

"我完全不知道。"

她大笑起来，把手放在沙发上，任由瑞克把手覆在她的手上。一切看起来都是那么自然——无论是这个动作还是他温暖肌肤的触感。

她在干什么？

他向前俯身，她感觉到他们膝盖的接触。

他把杯子放在咖啡桌上，湿气在杯底凝结成水滴，渗湿了桌上的一张白纸。

"这是……"瑞克问。他看到的是一份文件的封面页，那是她针对鲍比·诺克一案不利证据所准备的材料。

"这是 DNA 分析报告吗？"瑞克问。

她捏了捏他的手，此时她最不愿意去想的就是 DNA 分析报告。

但是瑞克并没有捏捏她作为回应。

他把玻璃杯移开，拿起那份材料。里面都是表格、百分比，还有用加粗字体标记的结论。

"你把这个带来了，"他说，"为了上节目？"

"是的。"

"为了跟我辩论？经历了这么多事，你仍然真心相信鲍比·诺克是清白的？"

她抽回了搭在沙发上的手。"不能排除合理怀疑，所以判定无罪。我一直是这样认为的。我们有些人经过了六轮表决仍然能做到不改变自己的想法。"

"但是看到新的证据之后，大家就应该改变想法，"他说，"这是件好事，不是坏事。"

"那自以为是呢，是好事还是坏事？"

"哎哟。你是要告诉我审判之后出现的那些我们之前没听说过的有关鲍比的事情，没有一件让你改变了想法？就算真没有——那么它们是不是对案子有些启发？是不是对你有些启发？"

她真希望自己没有喝下最后那杯酒。她站起来，双臂交叉在胸前说："你过于偏执了。"

"不应该吗？鲍比·诺克谋杀了杰西卡·希尔弗，但是因为我们，他自由了。"

"你的意思是'因为我'。"

瑞克也站了起来。"你觉得我是在怪罪你做出了那样的裁决。"

"我觉得你写了整整一本书来怪罪我做出了那样的裁决。"

"我是在怪罪我自己。"

"因为你争论不过我？"

他的声音缓和下来，几乎带着温柔。"我是那个由着你哄骗我投出无罪一票的人，我是那个任由你利用我的人，因为一瞬间的心软……我就成了那个掉进你挖的陷阱的人。"

"怎么，是我施展美人计从你手里骗走了一票？拜托，这样讲对我们两个人都是侮辱。我们争论过，最后我赢了。"

"是的，你赢了。而我认输时，我背叛了自己信仰的一切。那种羞耻是我余生再也抹不掉的。如果不是因为我的错误，鲍比·诺克就会待在监狱里了。所以没错，我确实偏执，我偏执于我有责任把他送进监狱。"

"怎么送？审判已经结束了，他被无罪释放了，就是这样。"

"不一定。"

"按照一罪不二审原则[1]，州法院不能再审他了。"

"对，你现在是律师了，刑事辩护律师。偏执的只有我一个人吗？"

她不知道该怎么跟他解释，她当律师并不是为了替杰西卡·希尔弗报仇或者为鲍比·诺克开脱，她是为了自己。她真的不再关心那个案子了，她对此十分确定，所以才会怒不可遏。

"你手上掌握的这项让人吃惊的新证据是什么？"

"我现在还不能说。"

她嗤之以鼻道："你之前不能说，现在也不能说……"

"情况很复杂，"他说，"我必须要等到……"他何必非要搞得这么神秘兮兮呢？"上节目的时候，明天。我保证到时候会把一切都告诉你。"

---

1 美国宪法规定，任何人不能因同一罪行而受到两次审判。——编者注

与她共谋

"所以，我来梳理一下……"她在铺着地毯的房间里踱步，仿佛这里是法庭，"你花了很多年执着地调查这个案子，有了能够翻天覆地的新发现却不愿跟我分享，而愿意跟一堆电视摄像机分享？"

"你怕什么？"

"我没怕。"

"听起来可不像，听起来你内心深处很怕我是对的，怕我一直以来都是对的，这就是你来这儿的原因。你并不是想在楼下跟老朋友们喝一杯，也不是为了跟我调调情，你来是因为你非常害怕或许要被迫承认你有可能——只是有可能——错了。"

她简直不敢相信他的厚颜无耻。"对？错？你以为我们还有可能知道杰西卡到底遭遇了什么吗？我们不能。某种伟大的、确定的答案根本不存在，我们永远不能知晓。"

他摇了摇头说："我告诉你，我知道。"

"好吧，"她说，"就算你确定鲍比·诺克确实杀害了杰西卡·希尔弗，但我们把他放走了。有史以来第一次，洛杉矶有个黑人确实犯了罪却居然没有被判刑。相反的情况每天都在发生，但你偏偏就想要用一辈子的时间去抗争这个案子的不公正？真的吗？非得是这个案子？"

他一动不动地站在她面前说："去你的。因为我是黑人，所以我不会介意放走一个杀害孩子的人，只因为那个杀人的浑蛋正好也是黑人？不，不是！这个世界是有规则的。我指的不是法律——去他的法律，我说的是做人的规则。鲍比·诺克破坏了这些规则。他做了一件不可饶恕的事情，而你放他自由是因为其他黑人得到的判决不够公平，你想拿不公平说事儿，是吧？你想装作对种族问题非常开明，你请我到你的房间来，想着可以跟我来一次，然而转眼之间，你就告诉我，因为我是黑人所以我就该让一个杀人犯逍遥法外？去你的。"

玛雅不知道该说什么，她感到自己的手指在颤抖，眼中泛起泪光。

瑞克看到了自己这番话的效果，他叹了口气说："我不是有意要……"

"出去。"她说。

"你冷静点。"

"我让你马上出去。"

他刚刚感觉到的那一丝愧疚已经消失了。"别再这样了。"

"别再哪样了？"

"一说到困难的话题就回避退缩。"

她不会这样去描述十年前他们之间发生过的事情，但她也没有兴趣重新提起上一次两人在这个房间里做过些什么。她希望的——她原本希望的只是能够与最初相识时的那个瑞克相处。她想见到的是那个在审判第一天就让她笑了的瑞克，而不是眼前这个恨她的人——或许他是真真切切地恨过她吧，而且他恨她的方式，是她绝对无法承受的。

"出去。"她说。

瑞克看起来气极了，仿佛一直被压抑在表面之下的怒火终于准备爆发了似的。

"不，"他说，"我不会让你再一次这样做，我不会让你再一次打断我，就因为你过于懦弱，无法跟我好好谈一谈我的肤色、你的肤色，还有鲍比·诺克和杰西卡·希尔弗的肤色，你也知道这样的谈话没什么礼貌可言。"

她走到门口，打开门说："如果你不出去，那我走。"

"站住。"他说。

她直视着他的双眼，想要最后再说一句恶毒的话来羞辱他一番，但是她想不出该说什么。

她走进明亮的走廊，把门在身后狠狠地关上。

酒店大堂里人很多，所以她一直低着头。她不想让任何人看到她抑制不住奔涌而出的泪水。

她沿着人行道飞快地走，不知道要去向哪里。她只是需要尽量远离那个可怕的房间。

她到底在想什么啊，竟然就那样邀请他上楼了？她生瑞克的气，但更生自己的气。他可能正在她的酒店房间里来回踱步，等着她回去，好再一次指责她毁掉了自己的人生。

这种殉难的姿态多么做作！哦，不幸的他。玛雅甚至觉得他并不是有意把那些最恶毒的指责说出来的——他只是想把刀子捅得更深一些。

红灯亮了，她被迫停下来。她擦干眼泪，感受着夜晚凉爽怡人的空气。

入夜的市中心。她刚来洛杉矶的时候，认识的人里谁都不会这么晚到这里来冒险。这个地区曾经非常荒凉，遍布着半空的办公大楼，四周是危险的贫民窟。每当夜幕降临时，在玻璃摩天大楼中上班的律师和会计师们就纷纷逃离，如飞蛾一般，向远处散发着光芒的山谷奔去。

如今，在距离奥姆尼酒店仅仅几个街区的地方，玛雅看到希尔弗博物馆门外聚集着一群人。这地方原本是一片废弃的钢筋水泥森林，是处于两条高速公路入口匝道之间的无人地带。现在，多亏了卢·希尔弗捐赠的四亿美元，这里成了西海岸最好的现代艺术博物馆。博物馆免费向公众开放，但你必须提前几个月预约。在这座三层的博物馆里，每一件艺术品都来自卢·希尔弗的私人收藏。市政府把这块土地以一美元的价格卖给了他，而他出于市民本身的慷慨，大方地建起了一座地标。

草坪上似乎正在举行音乐会。一支乐队正在演奏着某种灵动的合成流行乐，人们随之摇摆身体。玛雅继续往前走，穿过附近坡道下方的黑暗区域。修建高速公路的工程造就了这么多无法利用的空间，好像这里有太多地皮可用，所以根本不需要考虑高效利用似的。城市景观中零星散布着一片片蓬乱的荒草，还有建筑物夹缝中那些没有地址、没有业主、没有用途的铺着混凝土的空地。在匝道下的黑暗中走着，玛雅觉得，洛杉矶的城市潜力有时候只发挥出了一半而已。

杰西卡·希尔弗就是在距离这里几个街区的地方失踪的。有一些技术含量很高的证据显示了她手机信号消失的位置，是通过对信号塔进行三角测量并进行复杂的数学运算后得出的。但重点在于，她的手机被关闭之前，几乎可以肯定她在这片市中心最危险的地段附近出现过，之后就再也没有人见过她。

从那时到现在，又有六座摩天大楼在这里拔地而起。此刻，它们正在夜色中闪闪发光，大韩航空大厦用鲨鱼鳍一般的蓝色弧线划破黑色的天空。十二年前，卢·希尔弗亲自出资重建了这座城市荒废已久的历史中心区，在他即将成为洛杉矶的"救世主"之时，这座城市吞噬了他唯一的孩子。从那之后，无论玛雅、瑞克、其他陪审员，以及希尔弗一家发生过什么，无论这个注定会接连做出错误决定的国家发生过什么——现在的洛杉矶都在蓬勃发展。

世界开始像一场零和博弈。她知道高涨的浪潮不可能把所有的船都托起来，可是现在已经到了只要有一条船升起，就一定有另一条船翻覆在岸边摔个粉碎的程度。像是毫不留情的物理学因果定律：一条船的尾流变成了打翻另一条船的浪峰。

卢·希尔弗确实算得上风生水起，但是，他失去了唯一的孩子。

玛雅呢？

以任何客观的标准衡量，玛雅现在的生活都比以前更好。她有一份高薪工作，一个她很擅长的真正的职业。她在好莱坞水库的高档住宅区有一座房子，还有一个个人退休金账户。如果说在美国社会，赢家和输家之间差距会越来越大的话，玛雅难道不是赢家吗？

但是她从没感觉自己是赢家。她曾经的梦想是努力推进一个更公正的世界，现在她拥有的只是两车位车库里的一辆雷克萨斯。

也许，在这十年间所有的讽刺中，这才是最残酷的——连赢家都对分数不满意。

玛雅走回了酒店，大堂里人已经很少了，幸好她没看到认识她的人。她希望自己出去的时间已经足够久，好让瑞克等不下去，自觉地离开她的房间。如果他还在等她，玛雅不知道自己该怎么办。

她打开门，套房里很安静，一片黑暗。

谢天谢地。

她穿过短短的走廊来到客厅，凭借记忆找到了电灯开关。

灯亮了，她看到地上有一具尸体。不知道为什么，她忍住了尖叫。

是瑞克。他的双臂以一种非常不自然的角度伸着，白衬衫上沾满了鲜血，脑袋的周围散开一摊暗红色的血泊，一只手掌心里握着一枚徽章，上面写着"希望"。

第四章

韦恩

2009-06-01

韦恩·拉塞尔需要在审判第一天最先进入陪审团休息室，他比其他人都早到很多，这样他才能占到靠窗的座位。

　　他必须坐在窗边，没得商量。这是他的心理医生阿夫尼教给他的一项最重要的原则。他不能让四周的墙壁逐渐逼近，使他无法呼吸。阿夫尼医生已经把避免产生不适感的办法教给了他。

　　有时候，韦恩会感到自己好像被装在箱子里似的动弹不得，仿佛要被活埋一样。这种征兆一旦出现，情况就会迅速恶化，这也是最初他被送到阿夫尼医生那里去的原因。一切都始于在丹尼快餐店发生的一个小误会，韦恩当时只是想去尿个尿，在那间充满氨水气味的狭小厕所里等着前一个人尿完的时候，他开始有点失控了。他冲出门外，跑到日落大道上，想找个别的地方上厕所，女招待报了警，说他没有付钱就从餐厅跑掉了。她还告诉警察，他在门外对着一根灯柱拳打脚踢，像个疯子一样。警察倒是没太大惊小怪，只是处理完之后让他去见阿夫尼，她狭窄的办公室位于威尔希尔一家大医院的综合楼里。

　　他根本不想去见阿夫尼，这是肯定的。那间摆着办公桌和沙发的小屋子，只要门一关上，他就会紧张到颤抖。这个身材娇小的印度女人又能教他什么呢？她从未经历过他所经历的一切。她没有在洛斯费利兹为某个富翁修建游泳池的时候从脚手架上摔下来，一直摔到山下，两条腿都被焊网的钢筋穿透，救护人员用了八个小时才想办法把他从焊网上拔出来。他的双腿伤势严重，整整六个月没法下地走路。不过之后他恢复得还可以，除了在丹尼快餐店那次，以及之后还出现过几次类似状况。结果，阿夫尼就开始说起什么"创伤后压力心理障碍症"了，好像他去费卢杰打过仗似的。

　　关于阿夫尼，韦恩完全想错了。

　　按照阿夫尼的解释，她不提供类似于"我妈妈酗酒成性，所以我现在是个活得很惨的废人"那种所谓的"心理治疗"。阿夫尼只关心方法，也就是能帮助你尽量正常度过每一天的技巧。

　　比如，当你身处狭小空间时，你一定要坐在窗边。

　　为了确保安全，陪审团休息室的窗户都做了磨砂处理，但他仍然可以感觉到阳光洒在手臂上的温暖。阿夫尼说过，阳光是好的，温暖是好的，这些感知将你置于你的身体之中，置于你真实存在的切身感受之中。他能听到外面城市的各种声音，卡车在道路上轰鸣而过，簇拥在路边的记者、摄像团队和围观的人群越来越吵。一场世纪审判即将开始，而他不知道为什么自己会出现在这里，出现在这场审判的核心。

　　韦恩闭上了眼睛，一秒钟就好，然后深吸了一口气。他已经很好地适应了陪审团休息室的环境。法庭比他预想中更大一些，天花板很高，吊顶的时候一定费了不少劲。

　　　　　　　　　　　　　　　与她共谋

他只要牢记他的技巧，机灵一些，然后一切就都不会有事。

"当当当，有人敲门。"这是检察官莫宁斯塔尔开庭陈述的第一句话，说完后，他望向陪审团席。

韦恩一声没吭，其他人也一样。在座共有十五名陪审员，包括三名随机选出的候补陪审员，审判一结束陪审团就会解散。他们分成两排坐在塑料办公椅上，韦恩觉得要是椅子能舒服点儿就好了。

"是谁来了？"莫宁斯塔尔接着说，他的目光在搜索着陪审员们的回应。

"是鲍比·诺克。"他继续说。

又是一阵非常尴尬的沉默。

"鲍比·诺克是谁？"

莫宁斯塔尔的目光锁住了韦恩，并直接对着他说出了关键的一句。

"欢迎加入陪审团。"

法庭里一片安静，只有人们调整坐姿时身下椅子发出的轻微嘎吱声。

莫宁斯塔尔勉强保持着微笑。"不好笑吗？"他转身望向法官并耸了耸肩：这群人不好对付呀。法官看起来一点儿都不觉得这有什么好笑的。

韦恩有点佩服这位检察官的勇气，他看起来像一个从来没讲过笑话的人，好像笑话这种东西他以前只在书上看到过，今天是第一次在现实中试着说。

"好吧，"他转身面对陪审席说道，"气氛活跃得差不多了。我之所以用一个笑话开场，是因为这个案子对你们来说会很艰难，有很多证词需要你们的考量，摆在你们面前的是一份庄严的责任。在我们的司法体系中，陪审员被称为'唯一能对事实做出仲裁的人'。你们知道那意味着什么吗？"他停顿了一下，以示强调。

"那意味着，"他继续说道，"你们会听到两个故事。我要给你们讲一个故事，然后那位鲍比·诺克的律师也会给你们讲一个故事。我会指着一些事实说：'看看这些。'她会指着另外一些事实说：'不，不，你们应该看看这些。'但不论是我所说的，还是她所说的，都只是解读而已，是故事。身为'唯一能对事实做出仲裁的人'，只有你们才能判定哪些才是最关键的事实。哪些是重要的，哪些只是干扰。因此，本案最终将归结到一个问题上，这也是唯一的问题——你们相信谁？"

所有人——绝对是每个人，这时都扭过头看着鲍比·诺克。这番话的含义再清楚不过了：你们不能相信这个年轻人。

韦恩认真地看了看鲍比·诺克。他是个很年轻的黑人，个头有点矮小，坐在那里一动不动，两只眼睛直勾勾地看着远处出神。

他是韦恩能够相信的那种人吗？

该死，韦恩又怎么会知道？

接着，莫宁斯塔尔把手中的事实接连抛出，像是在靶场上射击一样，砰——上膛——砰。韦恩几乎能听到每一枪击中陶土鸽子靶时发出的爆裂声。

事实 1：2008—2009 学年间，二十四岁的鲍比·诺克在杰西卡·希尔弗就读的学校担任兼职英语老师。

事实 2：鲍比·诺克和杰西卡·希尔弗曾经不止一次在放

学后无人监管时单独相处。

事实 3：杰西卡·希尔弗失踪后，联邦调查局网络部与威讯公司从"云端"获取了她的短信内容，其中包含她与鲍比·诺克之间涉及性爱的信息和照片。

事实 4：鲍比和杰西卡的行为如若被发现，鲍比会被解雇，而且很可能此后再也无法从事教育工作。

事实 5：鲍比最初告诉警方，杰西卡死亡的当天下午他在洛杉矶公共图书馆，但是图书馆的安保监控随后证明他说谎了。

事实 6：谎言被揭穿之后，鲍比无法向警方提供可证实的不在场证明。

事实 7：事发当天下午，杰西卡的手机曾往她家中的座机拨出过一个电话。电话无人接听，来电者也没有留言。对手机位置进行三角测量后，结果表明，电话拨出时，手机位于市中心。杰西卡的学校位于圣莫尼卡，她的家在布伦特伍德——而鲍比·诺克的公寓就在市中心，与电话拨出地点在同一区域。

事实 8：在鲍比汽车的副驾座位上发现了与杰西卡的 DNA 相匹配的毛发。

事实 9：在鲍比汽车的副驾座位上还发现了与杰西卡的 DNA 相匹配的血迹。

事实 10：在鲍比汽车的后备箱中发现了与杰西卡的 DNA 相匹配的血迹。

一项项确凿的事实被逐一罗列出来，它们所讲述的故事似乎无懈可击。

年轻的辩方女律师吉布森有种严酷而冷漠的气场，她似乎并不是到这里来胡说八道和讲笑话的。韦恩可以用一个词来概括她的全部陈述重点——疑点。

她在法庭上来回踱着步，表示控方提出的每一项事实都存在着疑点。每一项"铁一般的事实"，实际上都比乍看之下模棱两可得多。一旦你注意到了这些模棱两可，即为什么这些"事实"不一定是检察官所说的意思，你就不能再用同样的眼光来审视这个案子了。

对吉布森来说，疑点就像旧石膏墙上的霉菌，一旦被其侵蚀，就再也无法摆脱，永远不能。

韦恩可不是那种傻瓜，他知道她想干什么。等她说完的时候，这些陪审员可能连自己的妈妈叫什么名字都不能百分之百确定了。

不过随着她的开庭陈述临近结束，有一个重要信息已经深深印在了他的脑子里。吉布森说她打算把这最后一点再重复一遍，而且会在整个审判过程中反复提及。

"你们会觉得我像复读机一样，"她对陪审团说，"但我仍然要一遍又一遍地说，因为它很重要——杰西卡·希尔弗的尸体一直没有被发现。"

疑点不仅在于鲍比有没有杀她——就连她是否真的已经死了，都存在合理的怀疑。

法官不允许他们用笔和纸做记录。第二天，272 号陪审员，那个一头黑发、精力充沛的白人女孩就举手提出了这个问题：如果不能做笔记，他们怎么可能记住所有信息呢？ DNA 微粒、数字、百分比，还有精确到分秒的时间线。但是法官说，笔和纸会分散注意力，他们应该尽最大可能去记忆，如果在商讨期间仍有疑问，可以

　　　　　　　　　　　　　　　与她共谋

向法庭书记员申请，重新阅读相关的庭审记录。

韦恩觉得这样太过分了，但是过了大约一周，他开始发现这样做的道理。如果每个人都做笔记的话，他们写下的内容各不相同的可能性有多大？106号，那个爱管闲事的墨西哥老太太，她可能会写下DNA专家说过某件事。429号，那个有一天给所有人烤了布丁蛋糕的拉丁裔女孩，会写下DNA专家还说过些别的。然后他们就更难办了，不仅没办法达成一致的裁决，甚至连最开始听取的庭审内容都会很难达成共识。

整体来看，最初一两周进展得相当顺利。他们每天都会被要求离开法庭几个小时，好让双方律师就法官所说的"法律和程序问题"进行争辩——不过韦恩每天出庭时都会把一个书包或者一件夹克放在靠窗的座位上，这样陪审团回来时，就不会有人占了他的位置。

法警夸赞韦恩每天起得够早。斯蒂夫说自己也喜欢早起——这位法警希望大家直接叫他的名字。法警斯蒂夫是个白人，大概四十多岁，他留着老式的胡须，只有几缕泛白。他看起来是个直肠子。

接着，审判进入第三周，一天上午，法官把他们叫到法庭里。从他脸上的表情来看，韦恩觉得一定是有什么事情出了岔子。

"陪审团的女士们、先生们，"法官说，"恐怕我要告诉大家一些坏消息，我必须道歉。我们有一套非常完备、久经考验的体系确保这种事情不会发生，而且我向你们保证，加利福尼亚州政府不查明原因决不会罢休。事情是这样的，你们的名字被媒体曝光了。"

韦恩能听到屋子里的人全都倒抽了一口冷气。

"我已经派警方到各位家里查看你们的家人，但是请让我明确一点：我们不认为这里的任何人有任何危险。"

韦恩认为，如果都到了派警察去家里的地步，那肯定是有人有危险。

"我面临着一个任何法官都不会轻易做出的选择，但我必须优先考虑你们的安全以及审判程序的神圣性，所以在后续的审判中，你们会被隔离起来。"

韦恩花了一秒钟才想明白这对他来说意味着什么。其他人似乎都在震惊之下，还来不及反应。但是随着法官接着说下去，韦恩能够感觉到，大家开始陷入一种集体恐慌，仿佛他们是一群老鼠，被困在了一艘正在沉没的船上。他本能地寻找离自己最近的窗户，但法庭上当然是一扇窗都没有的。

法官说："我认为每天晚上送你们回家是不安全的，包括今晚在内。我们允许你们的家人给你们送来今晚需要的衣物、洗漱用品和其他个人物品，然后我们会制订一个探视时间表。"

探视。好像他们被关进了监狱一样。

"我知道这对你们每个人来说都不是好消息，"法官几乎带着同情的语气，"我知道你们有自己的生活和家庭。我们会为大家安排好住宿地点的。"

韦恩一个人住。他还没有回去上班，上次事故的工伤补偿金还够花，他独来独往，而且觉得挺舒服。

"我向你们保证，法律有规定，"法官继续说，"没有人会因为参加陪审团而丢掉工作。而且你们都已签署过声明，表示你们没有只能由你们来照顾的家属。"

坐在韦恩旁边的 272 号陪审员脸色苍白，她看起来仿佛五脏六腑都皱成了一团。韦恩想去握一下她的手，告诉她没事的，但他根本不认识她。

他回头看了看 429 号，那个拉丁裔女孩。她的脸颊上已经布满了泪痕。

"胡扯。"

韦恩没意识到自己讲话的声音大到足以让所有人都听见，这个词似乎一直回荡在法庭上空，仿佛峡谷中的一声枪响。

法官敲了一下木槌。"好了，好了。我有权以'藐视法庭罪'拘留你，那不仅意味着罚款——还意味着坐牢。请不要让我使用这个权力。"

房间里鸦雀无声。

不过，当听说法警要没收他们的手机和笔记本电脑时，大家的愤怒加剧了。当晚他们被获准打几个电话做些必要的安排，之后的每天至少可以打一个电话，但是所有通话内容都会被法警监控。

他们能有什么办法？丝毫没有。

韦恩非常清楚，法警斯蒂夫肯定不是第一次干这种事。韦恩想象着他监听所有人电话的样子，他参加过的所有审判里的每一位陪审员……还有那些他必须要听的屁事。

沉默中，他们被带回陪审团休息室，继续等待。很快就会有一辆面包车来把他们送到奥姆尼酒店。

那是他们的新家，天知道他们要在那里待多久。

韦恩没有需要打电话通知的人。他想过跟阿夫尼说一声，但她已经知道他要来当陪审员了，最近不能跟她约疗程。

其他人都崩溃了，429 号陪审员的状态尤其不好，那位年纪大些的犹太女士本来想要安慰她，却没起到什么作用。

韦恩

每个人都很害怕，但是害怕也无济于事。

"行了，去他的规定吧。"他说。

"对，"513号，那个穿着皮背心的老同性恋说，"这样可不行。"

"我们可以直接离开这里，"韦恩说，"现在就走，大家一起。就去他的吧，懂吗？他们能把我们怎么样！"

公然反抗的提议让所有人都吓了一大跳。

"能让我们进监狱。"158号，那个戴眼镜的黑人小伙子说。

"不过就是换个笼子被关起来而已。"韦恩说。

他知道没人真想这么干，但他们不是动物，也不应该被当成动物对待。

"我们还能做点儿什么？"

韦恩并不确定这话是谁问的，但是他感觉到所有人的目光都望向了自己。他不喜欢这种感觉。有时候他可以当个叛乱者，但那并不代表他应该是那个领导叛乱的人。

大家都指望他，这只会让他更生气。

"好吧，首先，"他说，"这堆号码就能让人晕死。既然我们的名字外边都已经知道了，我不明白为什么在这里我们还不能说出真名。我叫韦恩·拉塞尔。"

所有人面面相觑，好像都在观望有没有人会马上过来处罚他们。

"法官说得很清楚，"158号说，"我们会惹上麻烦的。"

158号穿着毛衣、打着领带，像个名校毕业生。他是个书呆子，韦恩早就注意到了，一到休息时间他就埋头看书。他跟那个活泼的女孩272号关系挺好的，到目前为止每天中午两人都单独坐在一起吃午餐。不过他根本不可能追到她。

与她共谋

"法官现在又不在这儿，"韦恩说，"只有我们在。所以关系到这个房间里所有人的事情，你要听谁的？听他的，还是听大家的？"

158 号还没来得及回应，穿皮背心的家伙往前走了一步。"我是卡尔·巴罗。"他伸出手与韦恩握手，"很高兴认识你，韦恩。"

房间里的人依次说出了自己的真实姓名。韦恩尽量把所有人都记住：卡尔·巴罗、卡罗琳娜·坎西奥、玛雅·希尔、特丽莎·哈罗德、莱拉·罗萨莱斯、凯兰·布拉格、彼得·威尔基、杰伊·金、弗兰·戈登伯格、凯茜·温、雅斯敏·萨拉夫、阿诺德·迪恩、恩里克·纳瓦罗。

还有瑞克·莱昂纳德。这个预科生模样的小伙子是最后一个介绍自己的，不过连他都参与进来了，这是他们共同抗争的第一步。

大家刚刚通报完姓名，就有人敲门，是法警斯蒂夫。

"你们都准备好出发了吗？"

他们都陷入沉默，低下头，望向别处。他们望向四面八方，唯独不去看房间里那个掌握实权的人，仿佛他们都是小孩子，被大人抓到做了不该做的事情，仿佛他们每一个人都是共犯。

第五章

被迷恋的当事人

现在

玛雅坐在酒店大床的边沿，尽可能让自己少占用些空间。一群警察在房间各处拍照，到目前为止他们都一直非常礼貌、安静和镇定。她很感激他们当中一位已经在瑞克的尸体上盖了一层塑料布。

　　"你受伤了吗？"一位穿制服的警察问道。他高大魁梧，长着一张圆滚滚的娃娃脸，看起来年轻得不适合当警察。他指了指玛雅放在膝盖上握紧的双手，这时她才注意到自己手上全是鲜血。

　　她感到一阵恶心。"没有，是他的血，我碰了他。"

　　"你碰了谁，夫人？"

　　"尸……瑞克。是我发现的他，这是我的房间。"

　　"你已经跟我说过了。"

　　"对，好吧，抱歉。"她让自己平静下来，"我碰了他，我把双手按在了他的脖子上，因为我想感觉一下脉搏，我想知道还能不能救他……"

　　"你对他施救了吗？"

"没有，他已经……我的意思是他已经没有……我做不了什么了。"

"你碰到他的时候，他还活着吗？"

"不。"

"你怎么知道？"

"因为他没有脉搏了。"她注视着自己血淋淋的手指，然后站起来，往洗手间走去。

一位留着白色板寸的中年警察拦住了她。

"对不起，"他说，"请你先在这里稍等一下。"

"我只是想……这血，我需要去洗手。"

她觉得自己整个身体都很肮脏。

"我们需要检验一下。"娃娃脸警察说。

"这就是瑞克的血，"玛雅说，"你们为什么还要检验……？"

此时，她才看出年轻警察脸上那种虚伪的善意。这里是犯罪现场，她是嫌疑人。顿悟让她清醒，玛雅强迫自己不再去想瑞克血泊中的脑袋和已经毫无生命迹象的身体。周围的场景已经不再是她完全无法理解的超现实恐怖片，而是工作。

警方会做好他们的工作，她也必须要尽她的职责。希尔女士是辩方律师，知道被告人已经说了太多。所以，玛雅现在最紧要的事情就是闭嘴。

她用一根干净的手指将黑发捋到耳后。

"我是否被拘留了？"她问。

"侦探马上就来。"板寸警察说。

"艾伦！"娃娃脸警察朝着正俯身检查尸体的鉴证人员喊道，"能不能过来取个样？"

与她共谋

艾伦小心地靠近她说："我们帮你把身上清理干净，好吗，夫人？"

"如果我还没有被拘留，"玛雅说，"那么我想离开。"

"我们先把你身上的血迹擦干净吧。"

"如果你们要拘留我，"玛雅说，"你们是有权这样做的，那么我想跟我的律师联系。如果你们没有这个打算，那么我不同意你们搜查我的身体。祝你们晚安。"

她走向门口，娃娃脸警察上前一步挡在她面前，他疲倦地从腰带上摘下一副手铐说："你不会真想让我用这个吧？"

玛雅看了一眼手铐，是那种老式的金属手铐，看起来似乎已经在警察的腰带上挂了很久。

完美。

她抬起双臂举到身前，露出沾血的手腕。

来吧，她想，你自己也很想把手铐给我戴上的……

警察叹了口气，把手铐扣在了她的手腕上。"夫人，因为你与我们的调查相关，所以我们要拘留你。现在我们要把你带到警察局，请你配合。"

他把手铐放得很松。他并不觉得她会造成任何威胁，他只是在按照烦人的流程办事。

他挥手让艾伦离开，告诉玛雅等到了警察局他们再安排取样。玛雅趁机把手上的血迹偷偷蹭在金属手铐上——她正在破坏他们要提取的血液样本。谁知道这些手铐上还会有谁的DNA？现在，从她手上采集到的任何法医鉴证样本在法庭上都没有任何用处了。

她的职业训练早已教会她，要尽早开始为未来的辩护做准备。到审讯阶段，桌上的牌已经发好了。虽然她还没有被起诉，甚至也没有被指控，但这段时间就是她用来洗牌的关键时期。

她抬起头看着警察。"我没有要抗拒，警官。到警察局之后，我想给我的律师打电话。"她朝着门口示意，"你先请。"

玛雅独自一人坐在警察局的审讯室里，机敏、警惕，对每一秒时间的流逝都非常清醒。当另一名鉴证人员进来抹拭并保存她手上的血液时，她知道自己正在走向胜利。

她想象着酒店那边此时会是什么状况：其他陪审员都会被人从床上叫起来，警方会询问他们有没有看到什么。她几乎能看到他们睡眼惺忪打开房门的画面。他们中有人跟瑞克的死有关吗？

酒店里认识瑞克的人就只剩下《谋杀小镇》剧组的工作人员了——不管人们怎么评价这些电视制片人，他们都不会想要杀死这位最重要的采访对象。再说，无论十年前这些陪审员之间交恶到了什么程度，会有人真的想杀死瑞克吗？

让人发疯的是，最有理由希望瑞克死掉的人就是她。

凌晨一点刚过，两名便衣警探来了，是一名拉丁裔男警探和一名年纪稍大些的黑人女警探。玛雅能够从他们脸上的表情判断出他们接下来要履行的程序。她竟然有点期待他们继续，哪怕只是为了看看他们的水平如何。

"我想跟我的律师谈谈，麻烦你们。"她抢在警探们开口之前提出要求。两名警探交换了一下眼神。

女警探没有理会她的要求，自我介绍道："我是朗达·戴西警探。"她穿着时髦的黑色牛仔裤和看起来很男性化的西服外套，她的声音里带着一丝亲昵，仿佛已经准备好要跟玛雅分享朋友的八卦

　　　　　　　　　　　　　　　　与她共谋

似的。

"马丁内斯。"男警探粗鲁地说。他将会扮演"坏警察"的角色。

玛雅保持沉默。

"我们见过,你不记得了?"戴西警探说。

玛雅摇了摇头。

"贝伦·瓦斯克斯,"戴西警探说,"切掉丈夫脑袋的那位女士,当时是我讯问的她,你是她的律师。"

玛雅点了点头说:"我想和我的律师谈谈,谢谢。"

"我们发现那个人头在瓦斯克斯女士手里。"戴西警探继续说道,"所以到底是谁干的并不太难判断,你知道吗?"

玛雅心生赞叹,这是标准讯问策略,不过戴西执行得很好。她在尝试让玛雅开口谈及一些无关的事情,以此试图让玛雅放松警惕,希望玛雅会傻到认为真的可以不带立场地谈到那个案子。

玛雅太清楚了,跟警方对话时,没有任何事情能够不带立场。

"我想和我的律师谈谈,拜托。我已经把他的电话号码给了逮捕我的警官。"

"哎呀,何必呢,"戴西说,"你并没有被捕,我们只是友好地聊一聊。我和你都很清楚这个游戏怎么玩儿。"

"目前还是友好的。"马丁内斯警探说。他的戏演得太过了,玛雅为戴西感到难过,她比她的搭档优秀。

"是这样的,"戴西警探说,"我们只需要知道发生了什么。你也明白这里面的道理:如果你不说出其他嫌疑人,那我们手上唯一的嫌疑人就是你。"

"你想让我们深入调查你吗?"马丁内斯说。他穿着深色西装,打着一条难看的黄色领带，看起来像是他的小孩给他挑选的那种领带。

戴西一定是彻底得罪了上司才被安排跟这个傻瓜搭档。

"你告诉警方，你离开了房间，出去散了会儿步，回来的时候，他已经死了。"戴西说，"那就帮我们搞清楚，谁会到你的房间把他杀了，这样我们就没有必要深入调查你了。"

戴西会很难对付，她并不是虚张声势，只要玛雅一离开这里，他们马上就会动用一切力量调查她。

"我想和我的律师谈谈。"玛雅停顿了一下，几乎是带着命令的语气说出了下一个词，"拜托。"

两位警探比玛雅想象中更能拖时间。他们又花了半个小时询问有关瑞克、陪审团重聚和事发当晚的情况，哪怕她的回应始终如一。他们的态度从友好转变成威吓然后又转变成友好，但她只是一次又一次地重复着同一句话。这种重复的过程中有点冥想的意味，玛雅觉得自己像是在打网球，她所要做的只是让自己别再动脑子，全凭身体去做出反应，她的肌肉知道应该做什么。"我想和我的律师谈谈。"呼吸，"拜托。"

最终，他们认输了，递给她一部无线电话。

"塔琳，"她拨通了助理的电话，对着听筒那边那个昏昏沉沉、一头雾水的可怜女孩说道，"我被捕了，在中区警察局。我需要你给克雷格打电话，一直打，直到把他叫醒，然后让他到这里来，谢谢。"她的口气像是在安排助理订鲜花。

审讯室的门再次打开，戴西警探带着克雷格·罗杰斯进来，这

　　　　　　　　　　　　　　　　　　　与她共谋

时玛雅才意识到天已经亮了。

他穿着一套浅蓝色的西服，当然是高级定制款。他看起来休息得不错。

克雷格一言未发，开始认真观察玛雅，就像当年她担任他的律师助理期间，他审阅她起草的文件时那样一丝不苟。他平心静气、精准、严密。

她知道他正在从她的外表中寻找线索——莫名其妙的瘀青、上衣撕开的口子——之后都可能会派上用场。他并没有发现什么，很遗憾，玛雅看起来整洁体面。

他转向戴西警探说："如果你不介意，我想跟她单独谈谈。"

戴西离开后，克雷格在玛雅对面坐下，伸出一只手，握住她的手臂。

"聪明的做法，"他说，"来到这里之前不让他们提取血液样本，现在血样有可能已经被污染……毫无用处了。"

即使在这样的境地，克雷格的称赞仍然让她感到骄傲。

"他们要逮捕我吗？"

"今天上午还不能，"他说，"他们需要更多证据，他们更需要你犯下一些愚蠢的错误。所以，我的专业法律建议是：继续保持，不要犯蠢。"他温和地捏了捏她的手臂。"好吧，我们该离开这个破地方了。"

中午，玛雅在自家床上被一阵门铃声叫醒。她一时间不知道为什么星期四的中午自己还能在家睡懒觉，虽然这感觉挺惬意的。然而，她穿上裤子跑去开门的时候，昨晚发生的一切却迎面而来。

他们离开警察局后，克雷格让司机把她送回银湖区的家里。他让玛雅先睡上几个小时，他是不会询问一个二十四小时都没合眼的当事人的，无论对方是谁。

她打开门，克雷格正站在门外，手里端着两个白色纸杯，里面是精品手冲咖啡。她把他请进屋里，克雷格递给她一杯咖啡。

他从她的厨房向外望去，落地窗外是银湖水库的景色。小路上有人在慢跑，身上鲜艳的运动服像霓虹灯一样闪闪发光。"这就是银湖？"克雷格问。

"是的。"

他看起来很满意。"如今变得美观多了。"

她去洗澡换衣服，克雷格则埋头用自己的苹果手机处理工作。热水让人感觉舒适，只要她不闭上眼睛——一闭上眼，脑海中就会浮现那具尸体，扭曲的角度、暗红色的血泊……玛雅把水温调到最冷，如果她任由自己去细想发生的事情，她会崩溃。

感觉到恢复正常——或者至少表面上恢复正常之后，玛雅回到客厅，克雷格正冷静地坐在沙发上，同时操作着两部手机。她去洗澡时，他的手机数量翻倍了。

他把两部手机的屏幕都关闭，正面朝下扣在沙发上，开始专注于她。

她直视他的眼睛说："我没有杀……"

"我现在要打断你一下。"他打开放在咖啡桌上的一个文件夹，取出一份文件和一支笔递给她，"首先，我需要你委托我代理你的事务。"

玛雅下意识地浏览着委托协议。协议的内容与她提供给自己客户的完全相同，她在文件末尾签好了名字。

"事发时我出去散了个步，"玛雅说，"我们可以找一找沿路

　　　　　　　　　　　　　与她共谋

可能拍到我的摄像头，或者酒店大堂里看到我回来的人。我们可以……"

他抬起一只手，像是在指挥交通。"我知道你在酒店里跟警方说了什么，我们会从附近所有商家调取监控录像。不过当然，你向警方做陈述时仍然处在非常震惊的状态中。现在，你已经休息过了，那么，你知道这个流程的运作方式，你要考虑好跟我说什么。"

他不需要再继续说下去。如果她被指控谋杀了瑞克，那么她现在告诉克雷格的一切都会限制他辩护时的自由度。按照加州律师协会的规定，如果他用一个自己明知是谎言的事实去进行辩护，是违反道德操守的。他需要一定的自由度去创造一个故事，让控方提交的任何证据都能够在这个故事中充分合理化。

"我跟我的当事人是这样解释的，"她说，"如果他们已经告诉我案发时身在迪士尼乐园，那么我出庭时就不能辩称他们当时在月球上。"

无辜的人往往会为构建良好的辩护策略增加难度，因为他们总是想站在楼顶上大声说出真相，但从法律角度而言，有时最好的辩护并不是说出事实。

她还记得，鲍比·诺克犯下的第一个错误就是太早把自己的故事讲了出来。洛杉矶警察局第一次讯问他的时候，他还没有请律师。他告诉警方，杰西卡失踪时他在公共图书馆，但之后的监控视频证明他说的并非事实。他还没有了解警方手中收集了哪些证据，就已经构建了自己的故事，而他陈述的事件经过与事实并不相符。

克雷格不会让玛雅犯同样的错误。

"先看一下警方手里的所有证据再说吧，"克雷格说，"然后我再把你该讲的故事告诉你。"

"目前为止他们有什么？"

他向前俯身说："当年与你一起担任陪审员的莱昂纳德先生在你的酒店房间里被杀，尸体没有被移动过。你在晚上10点56分拨打了911报警电话。纪录片制片方提供的录像显示，莱昂纳德先生在晚上8点36分离开楼下的餐厅。你在他之前几分钟，也就是8点32分离开。你已经告诉警方，后来你们在你的房间里见过面？"

玛雅为自己犯下的两个愚蠢错误感到尴尬：一是邀请瑞克到她的房间，二是把这件事告诉警察。

"是的。"

克雷格叹了口气："这个我们回头再说。瑞克死于钝器打击造成的颅骨创伤，伤口位于后脑。锐器单次打击，深入并穿透了脑组织。书桌边缘有血迹，其角度似乎与伤口的深度相吻合。"

"所以他绊了一下，"玛雅说，强迫自己对现场进行理性的分析，"他摔了一跤，头刚好撞到书桌的边缘。"

克雷格挑起一边的眉毛说："或者，更有可能的是，他被推倒了。"

玛雅试着继续分析："所以现场发生过打斗？有人跟他扭打在一起，他向后摔倒……"

"他应该很快就死了。"

如果克雷格是在安抚她，那么最后这句话并没有起到帮助。她并不想要个人感情上的安抚，她只想从专业角度摆脱与这件事的干系。

"所以你认为有可能是过失杀人？"

他又点了点头说："没有强行进入的迹象。"

糟糕。"所以无论进去的是谁，"在他咄咄逼人的目光下，她重

　　　　　　　　　　　　　　　与她共谋

新调整了用词，"所以如果别人想要进入我的房间杀死他……那一定是瑞克让他进去的。"

"确实。"他沉吟片刻后说道。

这件事会更加棘手的。

"有好消息，"他继续说，"也有坏消息。"

"我想听坏消息，谢谢。"

"你肯定会这么选，是不是？"他摇了摇头，"但我要先告诉你好消息，因为它或许对我们有用。2010年，鲍比·诺克因为传播儿童色情影像而获罪入狱，在奇诺服刑十八个月后得到了假释。"

这不是什么新闻了。"传播儿童色情影像的指控纯属胡扯。"

"为什么？"

"检察官起诉谋杀罪失败了，于是提出要针对杰西卡·希尔弗发给鲍比·诺克的裸体照片另案起诉。杰西卡是未成年人……"

"那传播呢？"

"他有一部手机和一台笔记本电脑，他把照片从手机发送到了电脑上。"

"需要有第二个人才能构成传播。"

"手机是登记在他母亲名下的。"

克雷格抬头望向天花板，仿佛深深折服于控方的胆大妄为。"你说得对，还真是胡扯。"

"检察官下定决心要随便找个什么理由把鲍比·诺克关进监狱。鉴于谋杀案引发了大量公众关注，法官允许这个案子由法庭直接审理——司法流程的齿轮高速运转了起来。"

这类事情真的会让克雷格无法忍受。多年来目睹着司法体系肆无忌惮地炫耀权力，他的厌恶几乎难以掩饰。

"那么好消息又从何说起？"

他点了点头说："鲍比·诺克不见了。"

"'不见了'是什么意思？"

"意思是几个月之前——让我说得更准确些……"他拿起自己的一部苹果手机找到相关信息，"五个月之前，鲍比·诺克违反了保释协议。身为登记在案的性犯罪者，他每周都需要到假释官那里报到。但五个月之前，他没有按时出现，警方到他家里也没找到人，他消失了。"

"鲍比·诺克那样的人怎么可能一下子消失呢？"

"我曾经有一位当事人——某初中女子足球队的教练，被判了三年，罪名是……嗯，你能猜到吧……他每次搬家后都要挨家挨户敲门告诉邻居们他是个儿童强奸犯，最后他终于受不了了。他换了个名字，搬离了那个州。没有什么机制可以追踪到这些人，性犯罪者的登记是各州分治的。"

"鲍比·诺克很出名。"

克雷格耸了耸肩。"罗伯特·布雷克住在哪儿？"

玛雅皱起眉头。"谋杀妻子的那个演员吗？我不知道。"

"对呀。乔治·齐默尔曼住哪里？阿曼达·诺克斯呢[1]？"

"她没杀人。"

"我的重点是，如果你在大街上看到他们中间的某一个，换了新发型，你能认得出他们吗？一旦审判的热度消失……大家仍然会

---

1 乔治·齐默尔曼是美国佛罗里达州社区的志愿巡逻员，2012年2月2日被控枪杀了非裔男孩特雷沃恩·马丁，引发大量涉及种族问题的示威和社会热潮。阿曼达·诺克斯曾在意大利做交换生，2007年被指控在留学期间杀害了室友，被媒体称为"天使脸孔杀手"，2011年被无罪释放。——编者注

　　　　　　　　　　　　　　　　　与她共谋

议论，仍然认得出那些名字，"她不知道他指的是不是她，"但仍然在深入调查的只有当事者的家人、阴谋论者以及博客作者。"

"显然还有个别陪审员。"玛雅补充道。

"偶尔还有播客节目。比如，来自《谋杀小镇》的那些新朋友。他们一直在想办法把鲍比找来录节目，但没找到。就像我说的，他不见了。"

"你已经跟他们谈过了？"

"谁？"

"那些制片人。"

"两个迈克去谈的。"克雷格手下目前有两名助理律师，都叫迈克。这两人刚刚从加州大学洛杉矶分校和南加州大学的法学院毕业，都是身体强壮的金发小伙，努力工作、尽情享乐的类型。他们一个戴眼镜，一个戴隐形眼镜，除此之外，真的很难一下子把他们区分开。克雷格并没有让他们分别跟进不同的案子，反而带点恶趣味地让他们一起行动。在克雷格眼里，他俩就是连体婴。

玛雅非常确定，这两个迈克肯定互相看不上。

如果两个迈克都参与了，那事务所里的其他五六个人肯定也一样。他们的调查人员会重新询问警方询问过的所有人，律师助理们会仔细阅读所有询问笔录。如果玛雅曾经努力让自己的职业生涯远离鲍比·诺克一案，那她可以放弃了。此时克雷格的办公桌上应该已经放着当年她那些陪审员同伴的个人卷宗。很快，她的同事们就能知道这些人的所有信息，而玛雅自己都无从知道。当然，他们也会知道她的一切。

克雷格似乎看透了她的想法。"你觉得我不会让所有人放下手里其他事情来专注于这个案子吗？"

玛雅知道她应该说谢谢，但是一想到自己的人生被那么多同事拿出来梳理审视，她就感觉很羞耻。

显然克雷格脑子还有比她的感受更重要的事情。"从旁观者角度来看，有两个人可能想杀死瑞克·莱昂纳德，一个是他连续几个月在媒体上抨击的那位陪审员……"

"那就是我。"

"还有就是因为传播儿童色情影像被判刑，并曾被指控谋杀杰西卡·希尔弗的那个人，他非常害怕瑞克找到了最终证明其有罪的新证据。"

玛雅苦笑了一下，这个理论过于牵强了。

"你不喜欢这个解释？"他问，"这可是我的好消息。"

"首先，"玛雅说，"鲍比·诺克不是谋杀犯。"

"我无意冒犯你，但全美国只有你一个人这样认为。"

"其次，你想说鲍比·诺克不再销声匿迹，而是溜进了我们住的酒店——世界上仅有的几处他一露面就能被几十个人认出来的地方，只是为了抢在瑞克公开所谓的证据之前杀人灭口？"

克雷格似乎不觉得这种说法有什么不可信的。"我不需要证明这件事发生，我只需要他们无法证明这件事没有发生。"

玛雅双手插进头发里。如果这就是他们能想到的最好的辩护策略，那案子的前景肯定不会太妙。

也许"他绊了一下摔倒了"确实是他们最好的假设。

"你刚才说还有坏消息？"

克雷格双手交叉放在膝头说："当年的陪审团成员里有一位已经给过警方口供，说你与死者在十年前发生过性关系。"

玛雅尽量不动声色。"是谁说的？"

"两个迈克正在打听。"

两个迈克四下询问她性生活的细节，这个画面让她毛骨悚然。她想象着他们将查证属实的传言写入案卷时默默交换的眼神，想象着律师助理们修改着报告中的错别字，想象着助手们仔细阅读着案卷副本中令人难堪的每一页。她感到无地自容。

而这只是眼下最不值得关心的事。

克雷格继续说道："我们团队构建的故事是，在鲍比·诺克一案审判期间，你和瑞克·莱昂纳德有过一段恋爱关系。这段关系你们没有告诉任何人——家人、朋友、其他陪审员等等，当然也没有告诉法庭，否则他们会当即让你们二人离开陪审团。"

他的话很实事求是，但他的表情充满期待。显然他想尽可能多知道一些详情，但她怎么样才能让他理解当时的状况呢？

"这件事很复杂。"她勉强说道。

克雷格认为她这句话等同于承认确有其事，他未加评判地接受了。"这是坏消息，这样一来，控方的推论就不会是瑞克·莱昂纳德昔日的陪审团同伴为了报复而杀了他。他们会说，是瑞克·莱昂纳德昔日的情人为了感情而杀了他。"他停顿了一下，"而后一个推论……更容易说服陪审团。"其中的讽刺避无可避。

玛雅觉得一直重复同样的话很傻，但她不知道还能说什么。"我告诉你，我……"她字斟句酌，"我离开之后肯定有人进过我的房间。"

"我并不确定这是对我们最为有利的陈述。"

"什么？"

"旧情人这一点可以为我们所用。"

"怎么用？"

"如果我们主张自卫的话。"

玛雅呆住了。"你是想证明我出于自卫杀死了瑞克·莱昂纳德?"

"我还不确定。但是看看你,这么娇小的一个女人,你的酒店房间里有一位暴跳如雷的前男友,也许很多年前你伤过他的心,而他一直没能释怀。他喊叫着对你骂脏话,他用拳头猛捶墙壁,也许这位前男友还有过家暴史。你担心自己的生命有危险,你大声呼救,但是没有人来,所以你把这个正在动粗的前男友推向桌子……"克雷格似乎设想自己正在法庭上描述这个场景,他像是在琢磨这番话在陪审团听来是什么效果。

他噘起嘴唇说:"还不错。"

她把手掌按在一起揉搓。自己明明没杀人,却要为脱罪而承认杀了人,这件事的荒诞程度令人晕眩,但是瑞克并不是克雷格形容的那种人。

"瑞克·莱昂纳德没有家暴史。"

克雷格向后陷入沙发里。"好吧,我们来谈谈前史。"

第六章

玛雅

2009-02-01 至 09-28

2009 年 2 月 1 日

　　2009 年 2 月的第一天，玛雅·希尔从布鲁克林移居洛杉矶，两周前她刚刚到华盛顿特区观看了新总统的就职典礼，在热情澎湃的人群中冻了个半死。与她一起飞越整个美国大陆的还有男友亨特，他在世纪城的一家金融公司找到了新工作，这也是这次迁居的主要动因。他们先飞抵旧金山，从住在那里的亨特哥哥手中买了一辆旧本田汽车，把全部家当装进了后备箱。他们驱车沿着海岸南下的时候，还在开玩笑说这一切都是天意。

　　1 号高速公路沿着一望无际的大洋边缘蜿蜒曲折。路程过半时，他们遭遇了严重的交通堵塞，寸步难行的汽车和卡车排了将近一英里。玛雅像很多人一样下了车，沿着公路往前走。似乎并没有人知道发生了什么事，但好像也没人对如此拥堵的路况感到格外惊讶。

　　然后她看到了一架直升机刚刚从前面道路的拐弯处起飞，机身下白色的皮带吊着一副医疗担架。一个男人俯卧在担架板上，他的身体被一种橙色的绷带包裹着。

被堵在路上的另一个人说，他听说担架上的人是一个攀岩者，从前面的悬崖上坠落。直升机要把他送去抢救，但是生存的可能性不大。

玛雅还没有抵达天使之城[1]，就已经看到了死亡降临的场面。

在最初的几个月中，她和这个国家一样，感受着希望带给人的力量。她和亨特在洛斯费利兹租下了一处加利福尼亚工匠式平房小屋，屋后还有一个位于倾斜山坡上的小院子。亨特的同事们都说这座小屋"紧凑却温暖"，但玛雅却觉得地方已经很大了。她在纽约居住了太久，已经忘记在其他地方，她的同龄人们能够住得起这么奢侈的大房子。每天早晨，她都会从后院的果树上摘下一颗新鲜的葡萄柚榨汁，然后亨特去上班，玛雅则开始盯着空白的电脑屏幕，希望能够凭借意志力写出一部她跟纽约的朋友们说自己正在创作的小说。

她有过很多无法实现的追求，写作是最近的一个。大学毕业后，她觉得既然自己喜欢做饭，就应该找一份酒店餐饮部的工作，但是她发现自己不喜欢整天做饭，也不喜欢早上六点半因为在客人的炒蛋里放了太多黄油而挨骂。接着她和一个朋友去了阿根廷，在那里探险、远足、喝得烂醉。她找了各式各样的翻译工作来支付账单，但是没剩下多少钱偿还学生贷款。因此，在背包旅行中消磨了足够长的一段时间之后，她去了纽约——那个总会让迷茫的人们找

---

1 天使之城是洛杉矶的别名。——编者注

　　　　　　　　　　　　　　　与她共谋

到方向的地方。

然而玛雅没找到。相反，她仍然辗转于各类薪水微薄的工作，在内容粗俗的网站、效率低下的产品公司以及令人窒息的华尔街事务所等地方徘徊。在其中一家事务所的人力部门，她推着邮件车送信，其间认识了亨特，他是财富管理部门的一名助理。她从来没有想象过自己会和一个银行家（多么乏味、千篇一律的一类人）在一起，但是亨特有他的格调。他很清楚他自己是谁、想要什么，以及该如何得到他想要的。当他接受了一份需要移居洛杉矶的工作时，玛雅也做好了迎接改变的准备。

对亨特而言，能带着女朋友一起来到加州，这感觉美妙无比。如果他们接下来有订婚的打算也不出奇，毕竟每一对发展至此的情侣都会这样做。亨特的事业已经步入正轨，个人生活方面也该安定下来了。而住进那座有着真正白色尖桩篱笆（她之前听说过这个词，但并不知道确切的意思，直到她拥有了这样的东西）的新房子，让他们两人有机会自然而然、水到渠成地步入人生的下一阶段。

她有时会步行到附近的咖啡馆去，笔记本电脑会从肩上的帆布包里露出一角。街上的陌生人会对她微笑，洛杉矶人真的会那么做。她在阿特沃特村的舞蹈教室交了新朋友。她甚至真的开始写作，至少在空白的页面上写些东西，抒发她对于青春的印象，或者表达一些人们或许愿意读一读的成熟知性观点。

担任陪审团成员的传票出现在信箱里的时候，玛雅很纳闷他们怎么这么快就得知了她的新地址。之前，她坚定地拒绝把自己的选民登记地点从她出生和长大的新墨西哥州改到别处，这样她投出的一票就不会浪费在纽约或者加州[1]。除此之外，她对这份传票并没有太多顾虑。当陪审员没准很有趣——对于这类新鲜又有益的体验，她应该保持开放心态去面对，说不定还能得到一些写作上的素材与灵感。谁知道她会在陪审团里遇到什么样的怪咖呢？

她按要求拨打了电话，自动语音提示要求她于5月29日上午八点四十五分到克拉拉·肖特里奇·福尔兹刑事司法中心报到。她以为这会是一次小小的探险历程，于是带上了笔记本电脑。她认为那里应该会提供无线网络。

在这场探险的第一天，她就坐在了瑞克·莱昂纳德的旁边。

担任陪审员这件事让她与亨特迅速疏远了。最难的是每天晚上回到家却完全不能谈论案情。那她还能跟他说什么呢？审判才刚刚开始，再说，他能知道的其实反而比她还要多。他可以在谷歌上搜索有关鲍比·诺克和杰西卡·希尔弗的所有信息，而玛雅却必须遵守严格的规定，两耳不闻窗外事。讽刺的是，实际上是亨特在避免向她透露更多情况。

晚餐桌上只剩下熟人般有一搭没一搭的闲聊。在纽约时，他们似乎有那么多共同之处，可是现在，她甚至很难回想起那些共同之处是什么。她开始觉得亨特比其他陪审员还要陌生，至少那些人听她讲完她在南美洲的蠢故事后还会哈哈大笑。

然后就是隔离，她之前从没听说过哪个陪审团会在审判期间被隔离。

---

1 新墨西哥州属于蓝州，即美国总统大选中倾向于支持民主党的州，纽约州和加州则属于红州（支持共和党的州）。玛雅想当时的民主党候选人奥巴马当选，因此拒绝去红州投出几乎无效的一票。——编者注

与她共谋

这一群孤独的人在后续几周审判中的经历可谓一言难尽。他们在陪审员休息室里等待的时间比在法庭上度过的时间还要长，因为双方律师就法律条款进行争辩时，陪审团不能在场。看起来，相比陪审团有权听取的内容，控辩双方都把更多精力放在了陪审团听不到的内容上。

紧闭的大门里面，律师之间的辩论让玛雅越发好奇。那些不能让她知道的重要事项都是什么呢？在法警斯蒂夫带她离开法庭之前，零散听到的每一丁点法律术语都让她反复琢磨，传闻证据排除法则中，所谓的"一揽子"免责到底是什么意思？为什么加州对这一法则的处理方式明显与其他州不同？为什么那意味着他们不会听取希尔弗管家的证词？

辩方律师帕米拉·吉布森每次打断检察官的盘问时都显得特别无礼。"反对，法官大人，这是误导。"或者："反对，法官大人，这是没有证据的假设。"玛雅并不懂得所有的法律依据，但她会计算，辩方提出的所有反对都被法官认可了，而控方只有三分之一的反对奏效。吉布森的超强能力让人心服口服。

玛雅以前从没觉得法律有什么迷人之处，不过她也意识到，自己从没如此近距离地接触过法律。如今她每天都坐在那儿，盯着鲍比·诺克的脸，努力追踪着审判进度，目睹他的命运被那些难以理解的程序细节来回摆布。她所知道的就是，她还有太多东西要学。

2009 年 6 月 18 日

"是关于单行道的。"某一天早餐时瑞克·莱昂纳德告诉她。他俩在酒店餐厅里单独坐在一桌，其他陪审员也都三两成群地在附近的桌位上吃早餐。大家这么快就已经划分好小群体了，玛雅觉得特别有意思。弗兰、雅斯敏和莱拉坐一桌，彼得、卡尔、凯兰和阿诺德坐在另一桌，特蕾莎、卡罗琳娜和杰伊坐在第三桌，凯茜和恩里克站在自助餐台旁边。

只有韦恩独自坐在一张餐桌旁边喝咖啡。

划分依据首先是性别，然后是种族。玛雅希望这不是出于某种根深蒂固的可怕成见，单纯只是巧合而已。

"你的论文主题？"她问。

"是的，"瑞克说，"美国城市中单行道对于贫困和族群隔离的影响。"

"你在南加州大学的博士论文是关于单行道的？"

"单行道是地方政府用来保持种族隔离的有效手段。"

"所以单行道就代表种族主义？"她扬起一边的眉毛。

"我是认真的。"但他又笑了，所以肯定没有那么认真，"重点并不在于单行道代表种族主义，重点在于单行道是城市规划中的强大力量。哪些街道将交通汇入其他街道，这界定了社区的轮廓。这就是我的研究重点。历史上，芝加哥、底特律或洛杉矶等城市曾试图摆出一副姿态，宣告种族主义在这里并不存在，同时却低调地鼓励所有黑人、拉丁裔美国人、日本人及任何其他少数族群将活动范围保持在固定区域，为了达成这个目的，他们会把原本双向通行的街道改成单行道。"

"这是我迄今为止跟人聊单行道聊得最久的一次。"

他表现出一种夸张的谦逊，顽皮地叹了口气。

取笑他很好玩，他似乎还有点享受这种被人来回揶揄的感觉。

"芝加哥的海德公园，"他继续说道，"就是一个经典案例。巴拉克·奥巴马曾就读的芝加哥大学像一座上流社会的美丽岛屿，坐落在一个贫穷、历史悠久的黑人社区里。那么，半个世纪以来，这座城市是如何保护这块被重重包围的上流地段的呢？他们在卡蒂奇格罗夫和湖滨大道之间建了一座由单行道和死胡同组成的迷宫。湖滨大道是那里一条主要的高速公路。"

"我以为只有加州才有高速公路[1]。"

"那就叫它主干道吧。"

"高速公路和主干道有什么区别？"

瑞克停顿了一下说："我想应该是跟有没有驶入和驶出匝道有关吧？这跟我的研究其实没什么关系。"

"我以为你是这方面的专家呢。"

"仅限单行道方面，主干道是双向道路。我的重点是，如果你想驶出主干道后前往西边那些比较贫穷的街区，那么在海德公园周边设置的单行道会让你觉得开车穿过校园很不方便。这不是通过法令实行隔离，而是通过制造一些细微的不便实行隔离。"

"市政府规划出单行道……"

"然后大家都往同一个方向行进。"

瑞克的盘子里仍然堆满了糊状的炒蛋，他忘了吃。他让玛雅从一个全新的角度去看待单行道这样简单的事物，这相当酷。

"那么洛杉矶呢？"她问。

"嗯，市中心，就在贫民窟的西侧……"他开始说，然后又突

---

1 原文为 freeway，下文的"主干道"为 highway，两者都可以被翻译为高速公路，但 freeway 是全封闭的，行驶中看不到对开车，而 highway 也可以指市区外通行机动车辆的交通干线。——编者注

然住口了。

"怎么了？"

"我觉得我不能说洛杉矶。"

"为什么？"

"因为洛杉矶基础设施规划背后的主要力量之一是……呃……"他小声说，"卢·希尔弗。"

玛雅点了点头。当然，瑞克闭嘴是对的，谈论卢·希尔弗违反规定，谈论他实际上就相当于谈论这个案子。

当时瑞克眼睛中流露的神情让玛雅心生敬佩。规则的存在必然有其理由，他的神情表明，他不会用破坏规则的方式逃避伸张正义的决心。

"我懂了。"她说。

但她仍然很想知道，瑞克怎么看这个案子、对鲍比·诺克有什么看法，或者他对这个星期以来，走马灯一样轮流出现在证人席上给出相互冲突的 DNA 证据的专家们有什么看法。她试图从他的表情中寻找一些线索，她太希望能够直接问他了，哪怕能有一分钟的时间，可以谈一谈这桩消耗了他们无数光阴的案子就好。

玛雅越来越相信，控方对鲍比·诺克的指控缺乏足够的证据，因而太过草率。美国历史上，在没有尸体的情况下就对被告人提出谋杀指控的先例一共有多少？辩方律师实际上已经向一名做证的警官提出过这个问题，并给出了答案：自 1800 年以来，仅有 480 次。

辩方律师认为，相较之下，鲍比被闪电击中一次，然后又被击中第二次的概率反而更大一些。

当然，除非有其他力量在起作用。比如，如果警方必须要逮捕某个人，好对这桩亿万富翁之女谋杀案有个交代，那鲍比就是现成

与她共谋

的替罪羊。

玛雅一直在问自己，如果鲍比·诺克是白人，他现在还会在这里受审吗？

她认为不会，虽然她不敢大声说出来，但她相信瑞克也会同意她的看法。并非因为他和鲍比一样都是黑人——那样想就太简单、太功利了，而且坦白说，甚至有些侮辱人。不，不是的，玛雅认定瑞克会同意她的看法，正是因为他是个睿智、周到而且公正的人。一个深谙单行道种族隔离史的人，对于"鲍比·诺克被指控"这一悲剧事件背后制度性歧视的体会和理解一定比她深得多。

玛雅默默地望向瑞克明亮深邃的眼睛。

她可以从中看到某种东西，虽然他们之间什么都没有明说。

他们在同一条战线上。

2009 年 6 月 24 日

陪审团成员们都坐进了面包车，一言不发地返回酒店。他们已经连续听了六个小时法医证词，每个人看上去都精疲力竭。在鲍比·诺克汽车副驾座位上发现的头发毛囊 DNA 与杰西卡·希尔弗的 DNA 相符合，副驾驶座位和后备箱里都发现了与杰西卡·希尔弗 DNA 相符合的细微血滴。

玛雅提醒自己，辩方律师还没有开始盘问证人。到目前为止，帕米拉·吉布森已经对控方提供的所有证据做出了合理的解释。

但情况看上去不太妙。

面包车把他们放下来时，莱拉俯在玛雅的耳边低声说："二十分钟后在凯兰的房间见。"

二十分钟后，玛雅敲响了凯兰的房门。凯兰看起来像是位加州冲浪爱好者，身上带着嬉皮士的气质。他是所有人里最随和的一个，每个人都喜欢他，不过他大部分时间好像都跟彼得混在一起。玛雅之前从未来过凯兰的房间，她觉得莱拉应该也是第一次来。房间里已经有六个陪审团成员，其他人很快也都到了。

"那么，"凯兰率先发言，"事情是这样的。我有些东西，我觉得你们一定都想看看。它跟鲍比·诺克或者杰西卡·希尔弗都没有任何关系，也不会影响我们做出公平公正的裁决。不过严格来说，我这也是在违规。所以我要说的是，我相信你们所有人，我希望你们也相信我。"

玛雅很想知道凯兰手里到底有什么神秘的东西。

"如果有人不想参与的话，现在就可以离开，我什么都不会问，也不会伤和气。"他轮流望向每一个人。

所有人都留下了。

"那好吧。"凯兰走进卧室，拿出一个牛皮纸袋。他把手伸进纸袋里。是可卡因吗？还是安非他命？

他从纸袋里拿出一张光碟，是威尔·法瑞尔主演的电影《非亲兄弟》。

弗兰从咖啡桌上拿起这张光碟，仔细看着封面，仿佛在欣赏一件珍宝。袋子里还有《哈利·波特与凤凰社》《朗读者》和《好好先生》。

"这些你是从哪儿弄来的？"瑞克问。

凯兰摇了摇头说："抱歉，要想办成这件事儿，我必须要保护好我的供货人。"

陪审员们传看着这些影碟。弗兰从没听说过《好好先生》这部电影，莱拉说这片子挺搞笑的。特丽莎问凯兰《飓风营救》是不是她爱看的那种片子。

那天晚上，玛雅、瑞克和莱拉在莱拉的房间待到很晚，把《朗读者》看完了。瑞克开玩笑说这是一部"中等偏上水平"的好电影，玛雅觉得他那副自命不凡的样子挺可爱的。影片结尾处，他一样看得热泪盈眶。

莱拉睡着以后，玛雅能感觉到瑞克离她又近了一些，但是他们并没有更多的身体接触。

玛雅一生中从未做出过背叛感情的事情，她现在也不打算这样做。

她仍然每晚在规定的时间给亨特打电话。有一次，亨特没有接，她松了口气，然后又为自己的如释重负感到内疚。她应该期待着跟男朋友通话才对，分离的情侣们都是这样的，他们每天通话，彼此想念。

不过，如果不能谈论每天做了什么，她真的不可能找到其他话题说上半个小时。亨特的工作也没有什么好说的，尴尬的沉默越来越难以忍受。她发现每次两人通话时，自己都在看表，考虑这通电话还要打多久才不会伤害他的感情。

那次他因为工作晚餐而错过电话后，她让他不要担心。能够原谅他感觉很好，在他们的关系中，双方都不是坏人。

玛雅开始隔一天打一次电话。

然后是隔三天打一次。

2009 年 7 月 6 日

玛雅和瑞克正倚在他的床上看《迈克尔·克莱顿》。然后，突然之间，他们都不再看屏幕了。他们完全清醒，知道自己在做什么。瑞克的肌肤与她的相触碰，这让玛雅感到激动、恐惧和晕眩。

第二天早上六点，她悄悄溜回楼下自己的房间。她洗了澡，换了衣服，在单人用咖啡机上煮了一杯迫切需要的咖啡。她意识到，如果她那天死掉了，那么前一天晚上发生的事情就永远不会有人知道。

晚上和亨特通话的时候，她滔滔不绝。她长篇大论地说起那天的自助早餐，从没有人会花那么多时间谈论炒蛋。

她当然感到内疚，残酷的内疚。但是，能够与她分享并且谈论这种令人恶心的负罪感的人只有瑞克。出轨的感觉和她想象中的并不一样，偷情是胆怯的人在情感关系无法满足自身需求时做出的选择，不忠是浪漫懦夫们的避难所。这是玛雅的朋友们谈及偷情的态度，他们中不止一个曾发现自己处于被欺骗的境地，但是这些玛雅曾用关怀、认同和酒精安抚过的背叛，与她亲身经历的截然不同。

她和瑞克一起度过了第二个夜晚。不知道为什么，回到自己的房间独自内疚对她来说似乎无法承受。第三个夜晚，瑞克提出到玛雅的房间去。坦白说，这很有勇气。

他们之间的不当行为让二人的关系更加紧密。她该如何跟男友交代？她能对亨特说什么？什么时候说？玛雅与瑞克坦诚地讨论过这件事，在他们之间没有秘密。终于有这样一个人出现了，你不必对他保留任何秘密。

在他们的二人世界里，他们可以谈论除了审判之外的整个宇宙，可以谈论除了眼前这件事外几乎一切的话题：他们热爱的小说、他们讨厌的电影、瑞克为什么选择读博士、玛雅为什么从来没想过读硕士，至少，他们可以谈论爱情是什么。

他们都同意，爱情最首要的一点，是绝对而彻底的真诚。

这种秘而不宣的关系创造出了一个循环：对于这桩浪漫情事的任何挑剔批评与理性分析只能由二人共同完成，所以他们只想要更多时间单独在一起。性是他们亲密关系的原因，也是结果。

他们为了私会而想出的小伎俩开始成为日常惯例：某些夜晚，她会走备用楼梯偷偷溜去他的房间，据他们的了解，那里所谓的警报系统其实没有与任何保安系统联通。其他一些夜晚，瑞克会偷偷摸摸下楼到她的房间去，夜深后避开警卫并不是太困难的事情。早上会麻烦一些，他们必须很早起床，赶在其他人出门之前从走廊离开，这样才不会被发现。每隔一天早晨，玛雅从瑞克房间溜出去的时候，都会经历一个恐怖的瞬间，生怕他们的秘密世界与外界之间的那层屏障被捅破。而每次危机消失、安全脱身的时候，她所离开的那个世界又像是一个梦。

审判进入第十周后，一个早晨，瑞克离开玛雅的房间后很快又回来了。

"韦恩看见我了。"他匆忙中跑回来说。

"什么叫他看见你了？"

"我一进大堂……发现韦恩也在。"

"他说什么了？"

"他什么也没说。"

"你说什么了吗？"

"我什么都没说。"

"他看见你从我房间出去了吗？"

"我不知道。他看见了我，从我身边经过……还用那种眼神看了我一眼……然后就走了。"

"什么样的眼神？"

"就是……就是一种眼神。"

"好像他已经知道了的那种眼神？"

他们用了好几个小时来讨论那种眼神。是不是带着笑意？有没有挑动眉毛？他真的一声都没吭吗？

他们一直没有确定韦恩到底知道些什么，或者他跟谁说过——如果他真的跟人说过的话。显然他没有把他们的事情告发给法官。就算还有别的陪审员发现了这件事，他们也同样没有说出去。

随着审判的进行，玛雅和瑞克继续坚定地履行着一个口头承诺：他们从来不谈论案子。

正因为他们已经违反了那么多规定，这一条才显得格外神圣不可侵犯。他们在床上缠绵的时候，当然想聊聊杰西卡·希尔弗，但他们是为了给鲍比·诺克一个公正的裁决而来，如果没做到，那么他们为了履行义务所做出的一切牺牲就毫无意义了。

因为他们不能谈论当下，于是他们谈论未来。在酒店干净的床单上辗转的那些深夜里，他们在筹划未来。

玛雅喜欢瑞克谈论未来的样子，他描绘出那么动人的场景，它们丰富多彩，它们扣人心弦，它们巨细靡遗。

审判结束之后，玛雅会离开亨特，瑞克会搬出吉尔的公寓，他们要一起找个新的地方。回声公园那边不是很有趣吗？洛杉矶的未来在东边。瑞克会读完他的博士学位，玛雅会写完她的书。在这次审判中度过的时光一定会让他们有很多收获。

他们会马上把对方介绍给家人。在此之前他们要想好一套说辞，证明两人的亲密关系是在审判结束后才开始的。

他们为自己设计的情感关系是极为浪漫的：两个心有灵犀的人在履行公民义务、伸张正义的时候，因为命运的安排而相遇。在所有接受传唤去履行陪审员义务的洛杉矶居民中，这两个人能走到一起是多么难得的缘分。

他们开玩笑说，这段经历就是《纽约时报》婚庆专栏最喜欢的那种狗血爱情故事。

他们在一起重塑各自的过往，并共同创造着未来。玛雅爱上了瑞克希望他最终能够成为的那个人，瑞克似乎也爱上了玛雅真心认为她正在成为的那个人。

那些夜晚，躺在瑞克身边，玛雅能够听到楼下传来的微弱的城市喧嚣，嗡嗡作响的低音与瑞克缓慢的呼吸声在她耳中交错融合，让她感到自己正处于某种奇妙的绝境之中。

2009 年 9 月 28 日

庭审结束后没过几分钟，陪审员们就被带回休息室准备商议。玛雅几乎难掩兴奋，遵守规定沉默了四个月之后，他们终于可以一起讨论长久以来一直无法说出口的事情了。她不停瞟向瑞克，瑞克则避免任何目光接触。他一定也像自己一样充满着期待吧。

但是，在陪审团就案情展开讨论之前，首席陪审员认为应该先进行一轮无记名投票。首席陪审员开始分发卡片纸和黑色水笔，每个人都俯身奋笔疾书。

玛雅并不确定其他人会投什么票，但瑞克肯定会跟她一样，特丽莎和莱拉也是，凯茜也有可能如此。

　　首席陪审员把卡片收集上来，并大声宣读结果：

　　"有罪。有罪。有罪。有罪。有罪。有罪。无罪……有罪。有罪。有罪。有罪。有罪。"

　　玛雅感到一阵头晕目眩。这怎么可能？她不知道该说些什么，大家面面相觑，想知道谁是那个意见不同的人。

　　"或许，"弗兰·戈登伯格说，"我们应该轮流分享一下想法。"

　　"或许，"瑞克说，"投'无罪'票的那个人应该先说。"

　　玛雅甚至没有意识到自己在做什么，便缓缓地举起了手。

　　　　　　　　　　　　　　　　　　　　　与她共谋

第七章

有多少人知道
这件事的全部

现在

玛雅向克雷格和盘托出一切，正午的阳光让客厅里飘浮的灰尘无所遁形。

"你就是唯一那个判他无罪的人？"克雷格问。

"是的。"她向后靠在椅子上，端起白纸杯喝了一口咖啡。咖啡已经凉了。

"而瑞克坚持他的'有罪'判决。"

"是的。"

"听起来……气氛很紧张。"

"那天晚上我们回到酒店的时候，我的嗓子已经哑了。一想起来还要跟瑞克继续争论……晚餐时没人说话，那种安静太糟糕了，只有十二个人在默默咀嚼食物。等到别人都回房睡觉了，瑞克像往常一样来按我的门铃。他进来之后……"

她又喝了一口冷咖啡说："那时候我们两个都已经神志不清了。我说我不能再讨论下去了，他说我们不需要再说什么，躺下睡觉就好。他说他只是想离我近些，但那不可能啊……我们两人的关系完全建立在回避谈论案件的前提下，可是现在——我怎么可能躺在他旁边却不去谈论他要把鲍比·诺克送进监狱这件事呢？我们不能在其他陪审员不在场时进行讨论，法庭的规定非常明确：在陪审团休息室之外不能私下谈论审判内容，在当时的状况下，这条规定的重要性更甚于之前。我告诉他，我们需要先停下来。”

"他的反应如何？"

玛雅明白克雷格的言外之意。"不太好。"

"他生气了？"

"他不理解。他一直在说：'那我们怎么办？我们共同的人生怎么办？你就一点都不在乎吗？'但那就是问题所在。瑞克是个需要确定一切的人，他需要确定鲍比·诺克谋杀了杰西卡·希尔弗，就像他需要确定我们两个人未来会在一起一样。他没办法在不确定的情况下生存。而我——说实话，我不知道。他一直在问，我怎么能肯定鲍比没有杀她？而我就一直在说：'我并不肯定！我认为他没杀人，但是他或许有可能……'这就让瑞克更生气。我懂，他想要确定，人人都想确定，但是或许成长就意味着你要接受自己并非总是能够确定一切。"

玛雅深吸了一口气。"他对我非常失望，但他不明白的是我也很失望。我发现我们并不适合彼此，我们之间的分歧太大——我觉得我一生中还从未有过如此失望的时候。"

"那天晚上他离开的时候很生气吧？"

"他离开的时候很难过。"玛雅坚持说。

"然后呢？"

"没有然后了。"

　　　　　　　　　　　　　与她共谋

"你们再没有上过床了？"

"没有。"

"而且你们也再没谈论过你们之间的性关系？"

她耸了耸肩，她还能说什么？他们的关系是建立在共同的误解上的，幻想一旦破灭，他们想象中的未来也就消散了。

他们伟大的爱情其实只是一场放纵。

克雷格点点头，他要么已经懂了，要么就永远不会懂。无论是哪种情况，都不会影响他为玛雅做辩护。

她解释说，随着商议的进行，她和瑞克的关系也越来越紧张。她可以与每位陪审员逐一讨论，但是瑞克的争辩似乎只针对她一个人，甚至到了变本加厉的程度。他似乎觉得说服她接受他的观点，就等于说服她同意继续两人的关系。最后形成的局面是十一个人都在反对他，但他仍然不肯屈服。玛雅知道跟十一个联合起来反对你的人争论有多困难，但是瑞克仍然坚持己见。

瑞克曾经请求法官宣布"陪审团未能达成一致"，以此收场，法官拒绝了。他们已经花了这么多时间在这个案子上，法官不允许他们就这样把一切推翻，那样的话，法庭只能更换新的一批陪审员从头来过。

正是这件事让瑞克最后改变了主意——如果他们不给出裁决，那么鲍比的命运就会掌握在另一群陌生人手里，而杰西卡·希尔弗应得的公正就只能由那些瑞克认为不会比他们更关心这件事的人来决定。

"如果我们不做，"瑞克说，"还有谁会去做？"

如果在十二个有资格对此案做出裁决的人里，十一人都确定必须判他"无罪"，那么就这样吧。

瑞克认输的时候，就像是放弃了任何一丝说服她的希望，与此同时，他也放弃了任何一丝两人能够在一起的希望。

这件事玛雅从未告诉过任何人，连她当时的男友亨特都不知道（原因很明显），就连审判几个月后他们分手时她都没说。她的家人、她的朋友、她的同事们对此都一无所知，她当然也没有向其他陪审员吐露过一个字。

法庭对她来说就像是篝火堆，她太清楚如何在深色橡木围成的陪审团席位中煽动热烈的火焰。但是，她与瑞克的关系只剩下太过久远的记忆，久到她试图通过语言去描述往事时竟然显得笨拙不堪。在一个周四的下午，在她的客厅，把那些包含着内疚、蔑视与令人愤怒的失落感的复杂情绪转变成能够与他人分享的陈述，这感觉是多么的不诚实，即使她说的都是实情也无济于事。她的话听上去很俗气，似乎是天真的、恋旧的，又似乎冷漠超然。

她怎样才能向一个不在场的人描述她一生中最独特的那些经历呢？和克雷格说话时，她一直想象着瑞克就坐在她旁边，他是唯一能够帮她解释那种感觉的人。

现在他再也不能了。她是否也曾希望，有一天他们能坐下来好好梳理一下到底发生了什么？一起尝试着去理解？或许那才是昨天晚上她对他真正的期待。她想要一个证据，证明被迫独自牢记的一切都曾真实存在过。现在谈到他的时候，玛雅好奇自己到底有没有爱过他，也好奇他有没有爱过自己。当时他们从没说过"爱"这个字。现在他会说吗？又或者，在昨天，某人进入她的房间猛击他的头颅之前，如果她问了，他会不会说呢？

多年以来的第一次，她发觉自己真的很想念他。她想念的不是

　　　　　　　　　　　　　　　与她共谋

那个在电视节目上说出她名字的瑞克，不是那个为妥协而羞耻，以至沉溺于无可救药的执迷的瑞克；她想念那个在酒店的床上躺在她身下，一边伸手抚摸着她的头发，一边和她谈论单行道以及那些无法回头的不公之路是多么残酷的瑞克。

"这些事有多少人知道？"她说完之后，克雷格问道。

"你是第一个，我只跟你说了，但是我不知道审判之后瑞克跟谁说过。可能他的家人或朋友知道，或许没人知道。"

"韦恩·拉塞尔呢？"

玛雅叹了口气。"我甚至都不知道他看到了什么，或者他以为他看到了什么，更别提他能跟别人说什么了。"

"肯定还有别人知道，至少是知道一部分，因为今天早上有人跟警方说了。"

这些年来，她有很多时候都在想：有没有其他人知道她的秘密？

"韦恩没来参加聚会。"

"他住在科罗拉多。制片方告诉迈克他们联系过他，他只说了一句话就挂断了电话。"

"什么话？"

"绝对他妈的不去。"

"听起来像他的风格。"

"也许是他跟警方说的，也可能爆料的那个人是听他说的。还有昨天晚上，你邀请瑞克去了你的房间。"

"是的。"

"你们发生性关系了吗？"

"没有。"

克雷格停顿了一下。"到这个时候，坦白对你有好处。我们可以安排你去做检查，如果你们发生过性关系——尤其是粗暴的性关系，我们或许能发现轻微的阴道撕裂，我们可以利用这一点……"

"我明白，"她说，"但是我发誓，我们没有发生性关系，我们只是……谈了谈。"

"谈什么？"

"现在的生活……我们喝了点酒，然后说起了我们两个能在一起喝酒，这个场面是多么超现实。警察会在其中一只酒杯上找到瑞克的 DNA。然后……我们就吵起来了。"

"吵什么？"

玛雅叹了口气。"唯一能让我们吵起来的还能是什么？"

克雷格看起来有些同情，但又带着漠然。他并不在乎玛雅和瑞克对一桩十年前的谋杀案有什么不同看法，他关注的只是这件事能否替她脱罪。

"瑞克有了一些新证据。"克雷格说，"他跟制片方是这么说的。"

"他不肯告诉我是什么证据，只说他计划在镜头前隆重揭晓。"

"他给制片方的感觉是，这项证据能颠覆鲍比·诺克一案的裁决。"

"根本不可能，一罪不能二审。"

"也有例外。"

"在联邦法庭起诉？全世界没有哪位检察官愿意接这个案子

　　　　　　　　　　　　　与她共谋

吧？第五修正案[1]，碰上就是噩梦。"

"我们假设他不顾一切要申请重审，他需要怎么做才能说服一位检察官？"

玛雅试着推演："首先要与联邦管辖权建立关联，谋杀是各州管辖范围内的犯罪，所以他需要提出的罪名应该是……跨州绑架之类的？"

克雷格用鼓励的眼神看着她，他也有同样的想法。"一具跨过了内华达州界的尸体，或者女孩的一件衣服就行，任何能够表明她死前跨越了州界的证据。"

"但除非这项证据是无懈可击的——我是说，比如鲍比的指纹出现在一把沾满杰西卡血迹的刀子上，否则瑞克仍然需要说服检察官相信重新审判的结果会比上一次好。"

"如果是公开揭露第一次审判时陪审团的不良行为呢？"

"你认为瑞克会把我们之间发生的事情公之于众？"

"我当然希望不是这样，因为那就给了你一个非常明确的杀人动机。"

她回忆起在酒店餐厅里和瑞克的对话，意识到自己从中几乎没得到任何线索。过去十年里他到底做了些什么？

他还有什么事没告诉她？说实话，他又告诉过她什么？

"其他陪审员呢？"玛雅问，"两个迈克拿到他们的不在场证明了吗？"

克雷格浏览着苹果手机上的信息问道："你有什么理由认为，你的某一位陪审员同伴想要杀死瑞克并嫁祸给你？"

1　美国宪法第五修正案内容涉及正当审判程序、一罪不二审等。——编者注

确实很难想象其他人里有谁能做出这种事情来。然而，如果说玛雅从杰西卡·希尔弗被害案中吸取了什么切实的教训，那就是没有谁能够完全避免周围人的暗算。每个人都有可能被杀，每个人都可能有嫌疑，每个人都可能在一系列错误的选择之后发现自己已经走投无路，只得做出一些更加可怕的事情。

人们总是这样问玛雅：如果鲍比·诺克没有杀害杰西卡·希尔弗，那么是谁杀的？无奈之下，她只能给出所有人都不会满意的答复：她不知道。但正是这种一无所知让她更加恐惧，因为那意味着杀害杰西卡的凶手就像杀害瑞克的凶手一样，仍然逍遥法外。这么多年来，这个凶手目睹着鲍比接受审判，被公众舆论而非陪审团判处有罪，人生被逐步摧毁，他或者她会怎么想呢？如果玛雅是对的，那么在洛杉矶的茫茫人海中，仍然有一个恶徒在游走。有些日子里，每个人看上去都像凶手，杰西卡仿佛是被这座城市所吞噬的。

"每个人都有可能。"玛雅说。

克雷格面色惊讶。

"你是觉得我太多疑了吗？"她问。

"我觉得我当初聘用你是有原因的。"

玛雅笑了。只有克雷格能够从她顽固不化的怀疑本性中看到价值。

"他们都没有向警方提供不在场证明，"克雷格说，"从两个迈克了解到的情况来看，甚至没有人跟警察说过半个字。看起来，在回避刑事司法制度的陷阱这件事上，无论你们十年前吸取了什么教训，大家都真的记住了。"

玛雅感到惊讶。她试图想象，充满母性的弗兰·戈登伯格面对

与她共谋

前来确认行踪的警察时让他们滚开的样子。

不过，如果他们都没有向警方透露任何事情，玛雅当然就更难搞清楚瑞克到底遭遇了什么，也更难让自己免遭牢狱之灾。

她目前的处境岌岌可危。"两个迈克在办公室吗？我想知道他们手里有什么线索。"

"如果有值得留意的线索，我会发给你的，"克雷格说，"我会先看一遍。不过你不能去办公室，你在休假。"

他仿佛是在提醒她一件之前就已经说好了的事情。

"你把我停职了？"

"不，是你主动提出要休息一段时间。"

"我以为——你是我的律师——"

"你只能二选一，要么让我当你的老板，要么让我当你的律师。不过就算你选择前者，在这件事结束前，我也不能让你插手事务所的其他案子。"

他站起来。

"那我应该做什么？"玛雅问。

"我要跟你重申一遍我的第一条原则：继续撑住，别犯傻。"他从沙发上拿起公文包。

玛雅无法想象独自坐在这间突然无比陌生的房子里束手就擒的画面。"总有些事情是我可以帮上忙的吧？"

"我希望你可以回想一下你辩护过的所有案件，然后问问自己，你的那些当事人中有哪一个做过对辩护有帮助的事情。"

她只得承认他是对的。

"我目前倾向于以正当防卫来辩护，"他继续说道，"而且，在我们最终决定之前，你唯一要做的就是什么都别做。"

然后，他离开了。

谋杀案的新闻曝光后，越来越多的人向她表示了关切，接下来的几小时里，玛雅一直在向他们报平安。她的父母和寥寥无几的朋友们都留下了语音信息或发来短信。幸运的是，报道并没有把她列为"嫌疑人"，但确实提到了瑞克的尸体是在她的房间被发现的，含意显而易见。她只能不无惊恐地想象着，在故乡阿尔伯克基的家里，她的爸爸按照惯例坐在餐桌旁一边吃早餐一边浏览《纽约时报》的官网时，脸上会出现什么样的表情。

"他死了我还挺开心的，这样说是不是有点过分？"她刚拨通爸爸的电话并告诉他自己没有危险后，他马上这样说道。

"爸。"

"抱歉，但是那个男的在书里说了你那么多的坏话……"

玛雅告诉爸爸，是她发现的尸体，但她没把后面发生的事情全都告诉他，也没有提到警方的讯问和克雷格的帮忙，不然爸爸一定会搭乘最快的航班飞到洛杉矶。她一说起这件事，眼前就不禁反复闪回着瑞克横尸房间的画面。她想起，自己曾经见过他各种形态的身体：一个穿着衣服的陌生人、一个赤裸身体的情人、一个英勇无畏的斗士、一具没有生命的死尸。

她必须挂电话了。"告诉妈妈我还好。"

下一通电话是打给同事克里斯特尔·刘的，她根本不相信玛雅现在的状态能跟"还好"沾上边。

"陪审团的那帮浑蛋给你下了套。"克里斯特尔说。

审判之后，玛雅很难交到亲近的朋友。有太多次，她发现自己面对那些难免出现的询问时，总是在重复陈词滥调的回答。而最糟糕的是，这些交谈之后，玛雅会感到自己更被孤立。

幸运的是，2009年的上半年，克里斯特尔在疯狂酗酒，下半年又在疯狂戒酒。她完全错过了杰西卡·希尔弗失踪和鲍比·诺克被无罪释放这两个轰动一时的事件。玛雅的黑历史偶然间被提起时，克里斯特尔都像是在讲述某一出陈旧的肥皂剧——混乱、莫名其妙，又故弄玄虚到令人发笑。

如今，已经戒酒十年的克里斯特尔成了坎特维尔·麦耶斯事务所仲裁部门的稳定成员。她负责一切最具争议也最为混乱的谈判，仿佛在风暴中冷静发声是她成长的方式。

玛雅加入事务所的第一周，克里斯特尔约她出去吃午饭，自始至终没提到那次审判。

"陪审团的哪帮浑蛋？"玛雅问道。

"所有人。"

克里斯特尔一定已经去找过两个迈克了，他们肯定招架不住她咄咄逼人的发问。

"你觉得是他们八个人一起——就是昨晚在场的那些人一起想出了这个杀掉瑞克然后嫁祸给我的计划？"

她能够听到电话那头克里斯特尔叹气的声音。

"顺便说一句，我很好。"玛雅说。

"别逗了，姐们儿，"克里斯特尔说，"你不好。知道为什么吗？因为你相信太多人了。"

审判之后玛雅找的心理医生跟她说的正相反，之后找的另一位心理医生也是这么说。玛雅不同意克里斯特尔的分析，但是她欣赏克里斯特尔的直率。

"办公室外面有记者蹲点儿，"克里斯特尔继续说，"热闹得像动物园一样——出入大堂的每个人他们都拍下了。他们在找你。"

"呵呵，可我在家里。房地产记录上没有我的名字，他们还没找到我的住处。"

"他们会找到的。赶上这种新闻……鲍比·诺克一案的某陪审员杀死了同案另一个陪审员，咱俩这通电话的录音我可以开价五万卖给八卦小报。"

"你说这个是为了得到我的信任吗？"

"我已经得到了你的信任，我说这个是为了让你赶快离开那鬼地方。"

玛雅本能地四下看了看，她在阿根廷拍的照片还挂在墙上，照片里街角烧烤架上的烤鸡烟雾升腾。这里是她的家，它的位置完全隐蔽在公众视野之外，甚至连互联网都不是用她的名字申请的。

"姐们儿，"克里斯特尔说，"到我这儿来住吧。"

"谢谢，我考虑考虑。"

"我问了克雷格能不能让我加入你的辩护团队。"

"我还没被起诉呢。"

"你觉得警方还能找到几个嫌疑人？这么多人关注，他们一定会有所行动，而且会很快。"

"克雷格怎么说？"

"哈哈哈。"

"他笑了？"

"我是写邮件问的，他的回复就是'哈哈哈'。"克里斯特尔停顿了一下，"我觉得他的意思是'不行'。"

玛雅并不确定克雷格是不是故意不让克里斯特尔加入的，这样

　　　　　　　　　　　　　　　　与她共谋

玛雅就能无所顾忌地找她倾诉。在克雷格的职业生涯中，碰巧或者随意做决定的情况极少。

玛雅望向窗外，太阳已经开始往好莱坞山的西边落下了。"你想帮忙吗？"

"当然想。"

《谋杀小镇》——那部播客节目改编的电视纪录片，不是播客本身，有个制作助理。"

电话那边长久地停顿。"我猜他们应该有好几个吧。"

"香农。二十出头，白人，金发，热诚到有点让人不适的程度。昨天是她送我到房间去的。"

"哦。"

"找到她。"

"为什么？"

"瑞克不愿意告诉我他手上那份对鲍比·诺克不利的神秘'新证据'是什么，但是电视节目组一定有人知道。"

"明白了，不过你为什么觉得这个制作助理会把什么都告诉你呢？"

玛雅不敢相信自己接下来要说出口的话。"因为我是她心目中的英雄。"

克里斯特尔会流露出一种"该死的，你不是在逗我吧"的神情，在谈判中永远是神来之笔。玛雅能想象她现在的样子。

"哦，好吧。"克里斯特尔听上去有些怀疑，但也很高兴接到了任务，"你打算怎么做？"

玛雅想起了戴西警探，她现在一定在警察局准备起诉玛雅的证据吧。

突然之间，她又生起气来。她气自己昨晚邀请瑞克到她的房间，气自己夺门而出，气自己伤了他的心也让他伤了自己的心。她没有杀他——可是，如果没有遇到她，他现在应该还活着。

她也在生瑞克的气，气他在永远离开之前才让她明白自己有多在乎他，气他没有陪在身边安慰她的悲伤，气他又一次在某种程度上把她变成了坏人。

任由瑞克这样死去，看上去像是她的错。

"其他陪审员不会跟警方说什么，"玛雅说，"但或许他们会跟我说。"

两个迈克中的一个给了她莱拉·罗萨莱斯、杰伊·金、特丽莎·哈罗德、卡尔·巴罗、弗兰·戈登伯格和彼得·威尔基的电话号码及家庭住址。其他人显然在尽最大努力保护自己的隐私。

莱拉的住处位于洛杉矶南部，距离玛雅家只有很短的车程。玛雅走小路避开了交通堵塞，她路过一栋又一栋完全相同的单层住宅。每当人们说起洛杉矶给人的感觉就像一大片郊区时，他们实际的意思是——一望无际的住宅区，一模一样的围栏和院子，视线尽头也没有高楼。如果说拥有一片自己的土地就算是实现了美国梦，那么洛杉矶的这个区域显然是为了嘲笑美国梦而存在的。土地有的是，足够每个人拥有，但是有了土地也没有什么用处。

玛雅发现自己在一边开车，一边数着单行道的数量。

她到了莱拉的房前，拉开格栅防盗门，按下门铃。一个六十多岁、穿着牛仔裤和旧圆领衫的男人出来开门。他几乎全秃了，肚子圆溜溜的。他立刻认出了玛雅。"莱拉不想跟你说话。"

"你是她父亲？"玛雅说，"她以前经常跟我提到你。"

　　　　　　　　　　　　　　　与她共谋

他警惕地站在门口，良久无语。

"如果莱拉不想跟我说话也没关系，但她能亲自回绝我吗？你不会连问都不问她一声就想把我打发走吧？她会生气的。"

他看着玛雅，仿佛她是残忍的上帝为了考验他而降下的又一重负担。

玛雅记得莱拉就是在这里长大的，她在自小长大的这座房子里抚养她的儿子。重聚时，玛雅能够感觉得到，莱拉在这个屋檐外度过的最长一段时间，就是那次审判期间。

莱拉有没有想过离开？她有过离开的机会吗？

莱拉的父亲无奈地叹了口气，让玛雅进了门。

莱拉正和儿子亚伦在他卧室里玩耍，玛雅刚一进去，莱拉就跳起来拥抱她。"我非常担心你。"

房间很小，墙壁粉刷成淡蓝色，地板上散落着五颜六色的塑料卡车玩具，亚伦有条不紊地操纵着卡车迎头撞上去。

"你真的是很喜欢玩卡车呢。"玛雅说。

莱拉环视着房间说："这里曾经是我的房间，那时候墙壁是粉色的。"

莱拉转向父亲，他正在门口满脸不情愿地观望着。"爸！让我们单独待会儿。"

他离开了，但是看起来不太高兴。

莱拉顶着黑眼圈，她看上去有些萎靡慌张，像是长期睡眠不足。玛雅估计现在的自己差不多也是这副模样。

"昨天晚上你看到什么了吗？"玛雅说明了自身情况之后问道，"或者听到什么了？"

"我跟亚伦在一块儿。我们七点半、八点左右就上楼回房间了。"

莱拉的房间比玛雅的高一层，而且在走廊尽头。那么远的距离，她是不可能听到任何可疑动静的。

"你从没离开过房间？"

莱拉摇了摇头。

玛雅想问亚伦他妈妈是不是真的整晚都跟他一起待在房间里，转念一想，让一个五岁的孩子确认不在场证明未免太浑蛋了。再说，就算她从亚伦那里套出了话也没什么用处，年幼的孩子不是最可靠的目击证人。

"你昨天晚上在酒店里过得开心吗？"玛雅问他。

亚伦继续埋头撞他的小卡车。

"睡在陌生的床上，是不是很奇怪？"

他根本不怎么抬头看她。

"警察把我们叫醒了，"莱拉说，"大约凌晨一点？两点？我想应该是他们刚把你带走之后吧，他们问了我几个关于你的问题，我什么都没说，然后他们放我们离开酒店，我们就回家来了。亚伦那一天过得……挺充实。"

玛雅观察着莱拉的脸，想捕捉到撒谎的迹象。她有没有可能在亚伦入睡后溜进玛雅的房间杀死瑞克？

可是有什么理由呢？再说了，多么反社会的人才会在执行杀人任务时带上自己五岁的孩子？

"你见过其他人吗，"玛雅问，"在警察把你叫醒之后？"

莱拉说她在走廊里看到了弗兰，还有卡尔和特丽莎，不过当时情况很混乱，她只记得这么多，现场全是警察。

"我能再问你一个问题吗？"

"好。"

"你觉得是谁杀了瑞克？"

莱拉背过身去，仿佛他们中间有人可能担负谋杀罪名的想法本身就已经恐怖到让她无法细想了。"警方确定那不仅仅是一场意外事故吗？今天早上他们来找我问话的时候，说瑞克的头可能撞到桌子上了。所以他可能就是绊倒了吧？"

玛雅还记得，在审判裁决期间，莱拉是最先站在她那边的人之一。莱拉的耳根子一直很软，又或者她只想看到人们身上最好的一面。

玛雅不知道这是不是一种能够后天养成的性格，她一直希望自己能够相信别人，但她就是做不到，以后也不会了。

玛雅接着给特丽莎·哈罗德打了电话，得知警方让她这几天先不要返回休斯敦。杰伊·金让她睡在他家的沙发床上，他们离玛雅只有十分钟车程。

韩国城的房屋排列得非常紧凑，少有的几块草坪上，嫩草刚刚发芽。瑞克有一次开足火力批评这个地区原生植物种类稀少。"就连棕榈树都不是南加州的。"他说。洛杉矶就是在沙漠中建起来的城市，开一下午车就可以到达死谷。所以在二十世纪三十年代，城里栽种了成千上万棵茂密的大树，都是从墨西哥进口的。如今她已经记不清当时瑞克说这些话的目的是什么，她只记得他变得非常激动，赤裸的身体摊开在酒店丑陋的大床上，而她温柔地抚摸着他的后背。

或许瑞克的意思是，这地方本来就该寸草不生。洛杉矶可能是在向人类文明征服不毛之地的能力表达崇高敬意，也可能是一代人执意开荒的完美计划留下的枯萎遗迹。

杰伊在门口迎接她，虽然前一天刚刚见过他，但她仍然被他的老态震惊。他的白色短发几乎都掉光了，没刮干净的胡茬也稀稀拉拉。然而他到了这个年纪——她很厌恶自己接着冒出来的念头——也仍然很强壮，足以抓住瑞克的头撞在桌子上。

工棚式小屋被各种家当填满：矮脚凳子、装饰碗，每张桌子上都摆着家庭合影的相框。杰伊看上去并不是那种感性的人，但他显然喜欢攒东西，一把矮凳上堆着一叠旧报纸。

他们进入餐厅时，特丽莎已经摆好了第三套餐具。玛雅这才注意到，她为了专访节目特意穿了一条黑色正装西裤和一件白色纽扣领衬衫。她可能没带几件换洗衣服，毕竟原本只需要在外面住一个晚上而已，结果她看起来倒像是三个人里精神最充沛的。

玛雅想不起来上次吃东西是什么时候，她很感激特丽莎往她的盘子里放了一块热气腾腾的炖排骨。

"就算你因为谋杀被捕了，"特丽莎说，"也不能不吃饭。"

"我没有被捕，"玛雅说，"现在还没有。"

"昨天晚上我什么都没看到，"杰伊主动提起来，"如果你是想问这个的话。"

"我是想问这个。"

"我在餐厅待到很晚，喝得有点多。"他喝了一口淡啤酒，"太丢人了，在所有人面前喝得醉醺醺的，我都不记得自己是怎么回的房间。"

玛雅想，声称自己喝得太醉所以记不得任何事情——如果想要对细节含糊其词又不被指摘，用这个借口再好不过，醉汉说什么都不需要反驳。

"餐厅的摄像机会证明你离开的时间。"她说。

他嚼着一块猪排，看起来并不在乎。

"你和瑞克前后脚离开后，我也马上走了。"特丽莎对玛雅说。

"你直接回了自己的房间？"

"对。"

"你是几点入睡的？"玛雅问道。

"不好说。"

"你们两人后来看见过我吗，在我离开餐厅之后？"

特丽莎和杰伊互相看了一眼。

"我们还有什么能见到你的时机吗？"特丽莎问。

玛雅认为，把实情告诉特丽莎和杰伊并不会对她未来的辩护造成不利。无论玛雅之后选择采用哪一种犯罪动机进行辩护，她跟他们说的一切都只是传闻证据[1]。

"瑞克和我一起回我的房间聊天去了，我们又喝了点酒。然后我离开了房间，他还在我房间里，但我出去散了个步，等我回来的时候，他已经死了。"

"听起来你俩这个天聊得不太愉快。"特丽莎说。

"如果有人看到我离开——或者回来，就能帮我证明瑞克死时我不在场。"

特丽莎和杰伊都表示，在玛雅离开餐厅之后就再没见过她。

"我估计你们两个是想单独在一起吧，"特丽莎说，"你一走，

1　传闻证据指用来证明所述事实为真的庭外陈述。审判中一般需要排除传闻证据，以保障程序公正。——编者注

他马上也跟着走了，挺显眼的。"

杰伊看起来有点不解："你跟瑞克之间是怎么回事？"

玛雅看着面前这两个很不搭的人。她想，如果不是因为参加了陪审团，这两个人的人生根本不会有交集吧？但是现在特丽莎借住在杰伊家，还帮他招待客人吃猪排。十年前他们的关系亲近吗？有人——或许就是他们中的一个——把玛雅和瑞克的关系告诉了警方。她需要知道到底是谁。

她使用了从律所调查员那里学来的一个技巧。

"特丽莎知道。"玛雅看着特丽莎说道。她的语气很友好，像是在说：这是属于我们两个人的小秘密，是吗？

特丽莎深吸了一口气。"是的。"她转头看着杰伊，"卡尔告诉我的。"

卡尔是怎么知道的？

"你和瑞克？"杰伊恍然大悟，"你们两个……是在审判期间吗？"

玛雅转向特丽莎问："卡尔跟你说过些什么？"

"其实很明显，"特丽莎说，"说实话，你们俩以为隐藏得很好，但是卡尔说已经有一段时间了。"

玛雅点点头。"但你没跟别人说过吧？"

"你觉得是我说出去的？"

"不是，"玛雅说，"显然不是你，也不是卡尔。"

"瑞克的书里可一句都没提。"杰伊说。他或许还在纳闷自己怎么会错过眼皮底下发生的禁忌关系。

"玛雅，"特丽莎用她涂着紫色指甲油的长指甲敲着桌面，"昨晚到底发生了什么？"

玛雅重复了一遍当时的情况，并试图解读两人的表情。杰伊看起来像被某个无法理解的神秘事件震撼住了，特丽莎似乎并不十分相信玛雅说的话，不过她可能不会轻易下结论断定玛雅在说谎。

"进入我房间杀了瑞克的那个人，"玛雅说，"肯定事先就知道他在我房里。"

"你没从另一个角度想想吗？"特丽莎问。

"哪个角度？"

"到你房间杀死瑞克的人……呃，或许他要找的人是你。"

这一点她也想过，但如果是这种情况——有人去杀她，结果开门的是瑞克，于是对方就……不由分说把恰好出现在房间里的人杀了？

"你觉得会有人想杀我吗？"

"从过往的经验来看，"特丽莎说，"会。不过已经十年了，所以我也不知道你最近得罪了什么人。"

玛雅欣赏她的坦率。"我和瑞克的事情卡尔还告诉过谁？而且卡尔是怎么知道的？"

特丽莎摇了摇头说："我不知道。是有一天午休快要结束的时候他告诉我的，当时只有我们两个。我想搞清楚，你为什么非要跟裁决结果较劲。"

"卡尔说我是因为那件事才在裁决上较劲的？"

"他是在替你说话。"

"谁告诉他的？"

特丽莎又摇了摇头："你应该去问他本人。"

一个小时后，玛雅已经坐在卡尔·巴罗的客厅里。他那栋柠檬绿色的小屋坐落在银湖区一条蜿蜒小路旁几棵牛油果树的后面，离玛雅家不远，翻过两个小山头就到了。

"你确定不来一杯吗？"他举起手里的鸡尾酒问道，"这是我和唐最近新尝试的特调，用利莱酒代替了苦艾酒。"

玛雅拒绝了。卡尔瘦削、皱巴巴的手臂从那件经典款的圆领衫下露了出来，他的皮肤是那种在加州阳光下晒了几十年的人才有的永久的金褐色，很难相信他能够在体力上对比他小三十多岁的瑞克造成威胁，但也并非完全不可能。

她开始提出那一堆问题，不过很可惜，虽然卡尔的房间在与她同层的走廊尽头，但他在前一天晚上也没看到任何可疑的事情。

轮到更加尖锐的问题了："你是怎么知道我和瑞克曾在一起的？"

"我不……"

"你告诉了特丽莎，在十年前。你是怎么知道的？"

卡尔喝了一口酒，用一只手指摩挲着酒杯边缘说："是韦恩告诉我的，有一天早上他看到瑞克从你房间溜出去。"

"韦恩还告诉谁了？"

"没别人了吧，我想。我们是在保护你们俩。"

"你还告诉过谁？"

卡尔停顿了一下才回答："凯茜，因为她开始怀疑了……我们是想保护你们不被陪审团开除，或者造成更严重的后果。"

玛雅相信他。如果他想让她被陪审团开除，是轻而易举的事情。

"没别人了？"玛雅问。

"没别人了。"

"是谁杀了瑞克？"既然他们已经开诚布公，最好在这股劲头垮掉之前快速推进。

卡尔把酒杯放下。"这件事我也考虑了很久，很蹊跷。不过说到底，最简单的解释也是最合理的。"

"是什么？"

"你杀了瑞克。"

卡尔听起来怀着歉意，好像说出这种可能性于他而言，最困难的一点就是不太礼貌。

玛雅抑制住自己的反应："你真觉得我能干出那种事吗？"

他苦笑了一下："你觉得我干得出来，对吧？"

她叹了口气，他说得对。"我觉得不太可能。"

他们两人都完全有能力设想对方最糟糕的一面。

突然间，她听到了从街道上传来的噪声——有些人在喊叫，还有人行道上靴子踏过发出的嗒嗒声。

卡尔站起身从窗帘后面向外望。

"扛着摄像机的人。"他说。

"媒体。"玛雅说，"他们找到你了。"

"不，是找到你了。"

她走到窗边想看看，但他伸出一只手拦住了她。

"他们在干什么？"玛雅问。

"你开的是白色雷克萨斯吗？"

"是。"

卡尔点点头："他们在拍你的车，他们一定是想办法追踪到了你的车……不过他们似乎不知道你在这座房子里。他们在你的车旁边架起了摄像机。"

"他们是怎么追踪到——该死。车是登记在我律所名下的，一定是律所里有人……"律所中可能把她车牌号曝光出去换钱的大有人在，年轻的助理律师、实习生、后勤员工……拿到车牌号之后，可能有人黑进了她的行车记录仪。

"我得想办法离开这里——我要回家。估计他们还不知道我家的地址，但如果我从正门出去，他们肯定会看到我，你家有后门吗？"

她能想象卡尔脑子里正在进行的斗争，他真的要帮助一个杀人嫌犯偷偷从自己家里溜走吗？

"拜托了。"玛雅说。

卡尔叹了口气："沿着走廊一直走，有一扇门通往门廊。你可以跨过门廊的围栏跳到外面的空地上，那边有条步道。"

银湖区的山地住宅之间有很多隐秘的台阶步道，从外面看不出来，地图上大多也没有显示，但不必走主路和断断续续的人行道，这些步道就能供行人轻松地上下山。

"我需要明确一件事，"卡尔一边说，一边跟着她来到房子后面，"我现在这样做不等于我是谋杀犯的帮凶。我没有妨碍司法，我不知道瑞克是不是你杀的，我帮你躲避的只是狗仔队。"

"同意，"玛雅一边打开后门一边说，"谢谢你。"

"玛雅。"她即将关门离开的时候，他说。

"什么？"

"我曾经非常喜欢悬疑小说。"

她不知道他想说什么。

"比如阿加莎·克里斯蒂的小说，"他说，"各种都喜欢。"

"我记得，我们隔离期间你读的那些。"

"我现在已经没办法再读了。"

"好吧。"

"我想我终于明白是为什么了。"他深吸一口气，"小说结尾总是会告诉你答案和谜底。侦探与杀手对质，杀手认罪，我们有了确凿的结论。但是现实中却并不是这样。现实中，或许有人会进监狱，或许有人能逃掉，但我们永远不会知道真相，真正的、完全的、确凿的真相。这是不可能的。"

玛雅不知道该说什么。

他指向她背后的城市夜色。

"你该走了，"他说，"而且我真的希望你没有杀他。"

通往另一座山丘的隐蔽步道旁细密地排列着高大的树丛和忽明忽暗的路灯，提供了很好的掩护，玛雅可以看到更宽更亮的主路就在前方的山顶处。

她没有被跟踪，那些新闻摄制组既然一窝蜂地找到了她的车，可能会连续几个星期都守在那里。

她的手机突然在口袋里振动起来，她几乎惊叫出声。

天啊，冷静点。

是克雷格。"你现在人在哪里？"

"怎么了？"

"第三大道和阿拉美达街角的摄像头拍到了一张照片，昨天凌晨一点零八分，一辆红色福特 F-150 卡车闯了红灯，是科罗拉多州的车牌。"

"所以……"

"车牌是登记在韦恩·拉塞尔名下的。"

玛雅呆住了。"韦恩？但我跟你说过，他没有来参加聚会。"

"你确定吗？"

"他没出现，制片方告诉我们他拒绝参加。我甚至还跟弗兰和特丽莎聊起过这件事，大家都好多年没有他的消息了。"

"那为什么他的卡车昨晚会出现在洛杉矶？"

玛雅本能地回头看了看，什么都没有。

"他科罗拉多家里的电话没有人接听，"克雷格说，"这也符合逻辑，因为他来这里了。我们查不到他的手机号码，我觉得警方应该也没有。"

"为什么韦恩告诉所有人他不来，然后又……悄悄地出现在了洛杉矶？"她不知道她是在问克雷格还是自己，但这个问题的答案或许会是她脱罪的关键。

她还记得在陪审员休息室里韦恩和瑞克几乎要动起手来的场景，韦恩逼近瑞克，然后一拳捶在桌面上。在裁决的大部分时间里，他俩的意见是一致的——讽刺的是，这反而增强了他们的相互厌恶。

克雷格语速很快地说："你说过，溜进那家酒店对于鲍比·诺克来说是过于疯狂的做法，他肯定会被认出来。或许你是对的，但如果溜进去的那个人曾经在那儿住过五个月，对它的方方面面都了如指掌呢？"

玛雅想象着自己神不知鬼不觉地溜进奥姆尼酒店，她能做到吗？也许吧。

"我希望你回家去，"克雷格说，"而且打包好行李。"

"为什么？"

"因为韦恩·拉塞尔跟所有人说他不会来参加聚会，却被发现在瑞克死亡时于附近神秘现身……现在也没有人知道他在哪里。"

第八章

卡尔

2009-07-09

卡尔·巴罗原本以为，让一个洛杉矶警察局的警探脸红是相当困难的事情，但是，当工龄三十一年的资深警探泰德·坎德罗大声读出杰西卡·希尔弗和鲍比·诺克手机短信的内容时，他连光秃的头顶都跟着脸皮一起泛红了。

　　"等不及想要感受你紧致湿润的私处。"坎德罗警探在证人席上复述，他尽量避免与莫宁斯塔尔有目光接触。

　　"杰西卡是否回复了那条短信？"莫宁斯塔尔问道。

　　"是的，"坎德罗警探深吸了一口气，"一整天都在想着你的硬棒棒。"

　　卡尔忍住没笑出声，这位一本正经的洛杉矶警察不得不在法庭上说出"硬棒棒"这个词，这实在是过于违和了。

　　"什么时候回复的？"

　　"那条短信是在今年 1 月 11 日下午两点零八分从杰西卡的手机发出的。"

"然后呢？"

坎德罗警探向检察官投去哀求的目光。"一分钟后，诺克先生回复了。"

"说了什么？"

他再次拿起那份封在塑料袋里的打印文件朗读："你今天穿着那条裙子来上课就是为了勾引我。"坎德罗抬起头，"'为了'（to）他写的是阿拉伯数字 2（two）。"仿佛是在澄清一个之前含混不明的事实。

"然后呢？"

"一分钟之后，杰西卡回道：'我没穿内裤。'"他停顿了一下，"这里有一些拼写错误……我应该大声念出来吗？"

卡尔望向杰西卡的妈妈伊莲·希尔弗，过去三个月以来的每一天，她都是这样坐在旁听席的第一排。她如常穿着一身黑色套装，仿佛是来参加一场葬礼，看上去对证词没有任何反应。她高昂着头，看起来像是一个不会被这种恐怖局面或者任何其他场面所吓退的人。卡尔无法想象自己坐在她的位置上聆听这一切的感受。如果杰西卡的死（或者他应该像辩方律师纠正检察官那样纠正自己，"杰西卡的失踪"）还不够悲惨，那么看着这个可怜的女人坚韧地熬过这场审判则让人几乎难以承受。

卢·希尔弗从来没有在她身边出现过，或许他只是真的接受不了，卡尔没办法责怪他。

坎德罗警探尴尬万分的做证环节持续了整个上午，他被要求复述鲍比和杰西卡互发的二十多条不雅短信，他还被要求描述杰西卡发送的两张照片，不过由于照片涉及未成年人的裸体，双方律师都同意不在庭审中将之公开出示。

与她共谋

谢天谢地，口头描述就足够了。

午餐时卡尔一边吃着油炸鹰嘴豆饼，一边读着口袋版阿加莎·克里斯蒂的小说。他一直在思考，杀人的决定是如何做出的。他明白希望某个人死掉是什么感觉，但是动手杀人的想法是怎样产生的呢？身体力行地举起刀子刺向另一个人的身体？那可太难想象了。

阿加莎·克里斯蒂的悬疑小说最让他青睐的原因是，嫌疑人的数量总是有限的。要是落在夏洛克·福尔摩斯手中，伦敦一半的人都有可能犯罪，但是在阿加莎的小说里，只有屈指可数的几个嫌疑人，而且在故事一开始就都已经出现了。可即便如此，随着故事的深入展开，要想追踪每个人也是困难的——谁是那个什么大人来着？但你可以确定是他们中的某个人干的，阿加莎很公平——小说结尾不会冒出来一个你从没听说过的新角色。她的每一本小说都有巧妙反转：在《东方快车谋杀案》里，反转在于在场的十二个人都参与了犯罪；在卡尔最喜欢的《罗杰疑案》里，反转在于叙述者本人就是杀人犯；而在那部最悲伤的《帷幕》里，反转在于警探是杀人犯。无论你怎么评价这个老太太，说到罪犯身份的可能性，阿加莎全都已经写过了。

阿加莎的角色为什么要互相残杀？通常是因为钱，有时候是为了复仇，但很少是为了爱情。

卡尔观察着陪审团休息室里的另外十四个人，他们都在做着不同的事情，吃饭、读书、聊天或者玩填字游戏，他们之中会有人成为杀人犯吗？

这都是些怎样形形色色的人啊。某种程度上，克拉拉·肖特里奇·福尔兹刑事司法中心已经被证实是比东方快车更具异国风情的地方。这里地处银湖区和洛斯费利兹区的边界，距离卡尔家不到四英里，他从这里可以步行抵达他拥有或者管理的几乎所有房产。东区房地产，至少是物业管理，是卡尔经营了二十五年的生意。这个地区从寸草不生的土坑变成二十世纪八十年代皮衣牛仔们最爱的据点，再到嬉皮士咖啡馆和普拉提流行的乐土，房租也在持续稳步增长。卡尔的伴侣唐在这里居住的时间跟他一样长。然而，他在法庭上遇到的这些洛杉矶当地人却完全像是外国人——从地理位置上来说他们是他的邻居；从职责上来说，他们是他的陪审员同伴，但是，他们看起来怎么就那么像是从另一个星球穿越过来的呢？

只有在这个法庭上，这些随机挑选出来的人才会聚在一起，这个念头细想起来很有深意。要想让洛杉矶人开口跟邻居交谈，只需让他们当中一人杀掉另一人就行。

午餐休息结束时，卡尔去厕所小便，彼得·威尔基在他旁边的便池率先打破了沉默："那些短信可真是……是吧？"

"够可以的。"

"你收到过那种短信吗？"彼得问，"比如，别的男人发的。"

卡尔耸了耸肩。

"我收到过姑娘们发的，我跟你说，真是难以置信，骚话连篇，简直能得普利策文学奖。我敢打赌基佬们也……"

卡尔礼貌地微笑着。有的直男，一提到他们想象中身为同性恋可以得到的那种随心所欲的性自由，声音里就充满滑稽的艳羡之情，就好像是在嫉妒一样。

"我去年才开始用手机，"卡尔走向洗手台说，"我侄子还想教我怎么发短信,但是我不明白,干吗不直接给对方打电话呢?"

午餐后,轮到辩方律师吉布森盘问坎德罗警探。

"警官,"她一边说一边不慌不忙地往证人席踱去,好像她有的是时间,"你看到鲍比和杰西卡那些短信的时候,一定相当震惊吧?"

"是的,夫人。"

"甚至有些愤怒吧?"

"可以这么说。"

"对于这个年龄的女孩而言,她说出的很多话过于露骨了。"

坎德罗微微一笑:"嗯,我女儿也差不多大。你根本想不到。"

卡尔不得不认同警探的话,这年头孩子们在网上看到的东西啊……

吉布森友善地点了点头:"还有她的老师,也没多收敛。"

法官瞟了莫宁斯塔尔一眼,好像在等他提出反对,但是检察官一言不发。他最近提出反对的频率有点高,所以可能是想保存点儿火力。

"当然。"坎德罗说。

"你从这些短信中得出了什么结论?"

"什么?"

"这些短信让你觉得发生过什么?"

"发生过什么?"他思考了一会儿,"我是说,这是被告人和受害人之间互发的短信。"

"不过,在这一点上,我们要说清楚,当你看到这些短信的时候,鲍比·诺克还不是被告人,杰西卡·希尔弗也还没有被宣布为受害人，是吗？"

"是，对的，没错。"

"但是你仍然推测这些短信意味着他们两人之间发生过不正当的性行为？"

"是的，我是这样认为的，这也给了他杀害她的动机。"

"啊，"吉布森说，"好。"

她一动不动地站了一会儿，仿佛在思考什么，然后她回头望向证人席，像是有什么事情让她恍然大悟。

"哦，有个问题，"她说，"你为什么会那样想？"

卡尔并不确定她是什么意思，但她的话引起了他的兴趣。

"呃，"警探说，"如果鲍比·诺克需要瞒着学校，也瞒着杰西卡的家人二人有性关系——如果他需要确保杰西卡不会把他们的事情告诉其他人，这就是个很充分的犯罪动机。"

"不是，对不起，让我换个问法：你为什么觉得鲍比·诺克和杰西卡·希尔弗有性关系？"

坎德罗警探目瞪口呆："那些短信……相当露骨。"

"很有画面。"

"是的，夫人。"

"但是短信中的哪个地方明确暗示过鲍比和杰西卡已经发生了性关系？"

卡尔能听到法庭里人们发出的窸窣声响。

"啊？"

"比如，"吉布森说，"你上午读给大家的第一条短信。"

"现在没在我手上。"

她阅读着自己的笔记："'等不及想要感受你紧致湿润的私处。'

　　　　　　　　　　与她共谋

是这条吧？"

"我想是的。"

"等不及……"她缓慢地重复着，"如果你现在说'我等不及想要吃个火鸡三明治……'那么会有人认为你的意思是你已经吃过午餐了吗？"

不夸张地说，警探看起来有点慌了。

卡尔开始明白吉布森要干什么了。

该死，她真厉害。

"反对。"莫宁斯塔尔站了起来，"这是一种荒唐的假设。"

"理由是什么？"法官问道。

莫宁斯塔尔停顿了一下说："超出本案范围。"

吉布森转身看着法官说："是检察官传唤这位警探出庭为那些短信做证。他要求这位警探从短信的措辞表达中得出推论。如果我的问题确实超出了证人证言的范围，那也是控方开的先例。"

法官思考了片刻："反对无效。"

卡尔不能说自己对所谓的法律技巧有多少了解，但是就连他也看得出来，辩方律师的做法非常聪明。

"警探？"她说。

"我……"警探说道，"我……我觉得被告人在这里讲的并不是火鸡三明治。"

旁听席上一片笑声，卡尔看了一眼伊莲·希尔弗。可怜的女人。

吉布森笑了："倒也没错。那么下一条信息呢？需要我也为你再读一遍吗？"她查阅她的笔记，"你今天穿着那条裙子来上课就是为了勾引我。"

"我认为，"坎德罗警探说，"那条信息说明，被告人喜欢受害人的穿着。"

她用凌厉的眼神扫了他一眼纠正道："据称的受害人。"

"据称的受害人。"他纠正自己。

"谢谢你，"她说，"所以，我认为这些都代表着鲍比'等不及要做'或者'想要做'的事情。不过——我不能确保自己理解无误——我看不出这些短信中有哪里提到了他们已经做过的事情。"

坎德罗警探拿起装在塑封袋子里的打印文件。他浏览着纸页上的内容，翻页的速度越来越快。

"没有吧，是不是？"吉布森说。她的语气很轻松，仿佛她只是个傻乎乎的小姑娘，不小心搅进了麻烦事，根本搞不清自己到这个庄严的大法庭上来干什么。

她在猎手与猎物两种角色之间转换得游刃有余，让卡尔不禁赞叹。

"反对，法官大人。"莫宁斯塔尔可能感觉到了风向的变化，又一次站了起来。不过，如果他的举动是为了挽回颓势，那他并没有成功，因为卡尔能够听到他声音里的紧张，"这是诱导提问。"

"我重新说，法官大人。"吉布森平静地回答，"警探，虽然所有这些在同一天发出的短信和照片暗示了一种令人震惊的不正当师生关系，但你的调查是否得出了确凿的证据，任何形式的都可以，能够证明鲍比·诺克和杰西卡·希尔弗实际上已经发生了性关系？"

坎德罗警探仍然在翻阅文件，他没有找到他想找的短信内容。终于，他把文件放回了桌上。

"没有，夫人，"他说，"没有得出。"

卡尔听见旁听席上又是一阵交头接耳，声音已经有些嘈杂，法官只得敲响法槌提示大家肃静。

"如果鲍比和杰西卡实际上并没有发生性关系，"吉布森说，"那么控方对于鲍比犯罪动机的理论又该怎么解释？"

坎德罗警探没能控制住急躁的情绪。"只凭他们可能没有发生性关系这一点，并不能说明他没杀她。"

"当然，警探，当然了。不过……"她指向莫宁斯塔尔，"法庭那边的朋友主张鲍比·诺克杀害杰西卡·希尔弗是为了掩盖一段不为人知的性关系，所以我现在要问你的是，从你的专业角度判断，如果两人之间并不一定存在性关系的话，控方的指控是否还合情合理？"

莫宁斯塔尔立刻跳起来提出反对。这次他赢了，证人不必回答这个问题。

卡尔能够感觉到，案子的疑点开始在震颤中聚集。

第九章

他不是
一个人干的

现在

玛雅沿着山坡一路上行，到家的时候已经快十一点了。

银湖区山丘的后方一片明亮，是卢·希尔弗开发的新市区的灯火。而附近唯一的亮光是从隔壁邻居家的窗子里透出来的，藏在窗帘背后的温暖很遥远。

她家门口的道路空空荡荡。她停下来让自己放松一下，明白自己的直觉到目前为止是对的——还没有人发现她的住址。

然后她看到有什么东西在家门前的草坪上移动。

那一瞬间，她觉得那一定是自己的幻觉，她的胃因为恐惧而抽紧。

黑暗中，一个人影显现。亮着灯的窗户勾勒出一个人的剪影。有个人正悄悄地穿梭在她家前院的棕榈树之间。

玛雅蹲在邻居家的木栅栏后，她能感觉到自己的心在怦怦跳动。

那个人穿过夜幕来到了她家草坪旁边。如果他是个狗仔，这里唯一值得他蹲点的人只有玛雅，最好的办法就是在马路对面等着她出现，可是这个家伙正鬼鬼祟祟地走过草坪。

韦恩。

玛雅知道，自己应该以最快的速度离开这个街区，然后打电话报警。不过等警察赶来的时候，韦恩或许早就跑掉了，而控方会想办法利用那通电话来针对她。如果她站在他们的角度，也会这样做。

玛雅掏出手机，将它捂在胸前，遮挡住屏幕的亮光。她打开了视频摄像头。

她从栅栏门后跳出来，快速冲向草坪，举起手机，打开了手电筒功能。

"该死。"

是一个女人的声音，很熟悉。她举起一只手臂挡在面前，被突如其来的光亮吓了一跳。

"我报警了。"玛雅说。

"等一下，是我。"

是香农，《谋杀小镇》的那个年轻的助理，她放下了手臂。

"你在这儿干什么？"玛雅说。

"你的朋友克里斯特尔给了我你的地址……我是来帮忙的。"

"你这样能叫帮忙吗？"

香农把一个巨大的牛皮纸信封高高举起，仿佛抓到她的是一支全副武装的特种部队，而不是一个举着手机的律师。

"我不相信你会杀人。"香农说。

"谢谢。"

"瑞克允许节目组查看他所有的资料，包括他对于杰西卡·希尔弗失踪案的所有调查结果。"

"他找到了什么?"

"我不知道。"香农举起信封,"但这个或许能告诉我们。"

香农等着玛雅快速丢了几件衣服到过夜包里,又把笔记本电脑和一堆充电器塞进了手提包。

"我们开你的车。"她对香农说。

"我们要去哪儿?"

"一个安全的地方。"

香农开着她那辆全新的黑色宝马带着玛雅向西疾驰,路上并没有其他车辆。

"这车不错。"在发动机的轰鸣中,玛雅说道。她很纳闷一个制作助理怎么买得起宝马。

"我父母的。"她还没问,香农就主动说道。

克里斯特尔·刘在圣莫尼卡市的家与道路之间隔着一片精心修剪的竹林。将近午夜时分,她穿着运动裤和旧 T 恤来应门。

"看上去今晚有重要约会啊。"玛雅说。

克里斯特尔没理会她的讽刺,转向香农说道:"你真的告诉过她,她是你心目中的英雄?"

"怎么了?"香农毫不客气地回答。

在克里斯特尔很有品位的极简风格客厅里,香农打开了那个牛皮纸信封。里面是为《谋杀小镇》节目组新员工准备的各种资料:停车指南、工资查询指南、病假条例,以及节目组云盘的登录指南。

香农用克里斯特尔的电脑登录云盘。"瑞克交给节目组的所有东西都应该存在云盘上了。"

"有人能追踪到你登录云盘吗？"玛雅问道。

"肯定能。虽然是我的账号密码登录，但网络域名是克里斯特尔的。"

"解释一下。"

香农翻了个白眼。自从上次见到她以来，玛雅还从没感觉到自己是如此老而无用。

"克里斯特尔的笔记本电脑有一个独一无二的 IP 地址。如果节目组的人想知道登录者具体的地理位置，就能够查出这次登录用的是她的电脑。可是他们为什么想知道这个？又没有人黑进他们的系统，我确定他们已经把登录方式告知警方了，今天晚上很可能已经有一堆新的 IP 地址登录过。"

玛雅转身看着克里斯特尔，后者点点头："打开吧。"

香农把一个标注着"瑞克·莱昂纳德的演讲"的巨大文件夹下载下来。

"可是如果他们真的去查，"玛雅说，"就会知道我们是用你的账号密码登录的。他们会解雇你。"

香农耸了耸肩："我能跟你说句实话吗？"

"你以前都没说实话？"

她在克里斯特尔的笔记本电脑上打开了那个文件夹。"这份工作挺糟心的。"

后来玛雅才知道，香农甚至连工资都没有。她是实习生待遇，

　　　　　　　　　　　　　　　　　　与她共谋

而且似乎是和康涅狄格州的一些资金一起空降的，具体怎么回事玛雅一直没有搞清楚。

三个人分别坐在不同的沙发上，香农操作着克里斯特尔的电脑，克里斯特尔用自己的平板电脑，玛雅也打开了自己的电脑。

克里斯特尔先从与希尔弗一家有关的资料着手，香农主要负责技术上的问题，而玛雅负责最大的那个文件夹：与鲍比·诺克相关的文档。

瑞克对杰西卡·希尔弗失踪案长达十年的调查可谓巨细靡遗，玛雅虽然早有预料，但他执迷于此的程度仍然让她倒吸一口凉气。案件的每一个细节都有相关的详细文件：DNA 分析报告，连同对十几位法医学专家的访问笔录；手机信号三角测量的物理学原理，附有一份长达二十页无线网络赖以运营的无线电波技术详解；卢·希尔弗房产帝国的历史，不仅有财务数据，还有前任员工的证词；伊莲·希尔弗的家谱，原来嫁给后来的亿万富翁卢之前，她是在一个很贫困的家庭中长大的；杰西卡·希尔弗的成绩单，一直追溯到幼儿园时期；当然，还有关于鲍比·诺克日常生活和违法行为的无数文件。

玛雅想起了自己准备的案件卷宗，就是瑞克在她酒店房间看到的那些。他是不是同样觉得那是跟他相应的另一种执迷？但她那点儿文件看起来是多么渺小微薄啊。

他被害之前单独待在她房间里的时候，有没有看过那些文件？

他死前对她最后的想法，是不是失望？

凌晨一点过后，玛雅起身去煮咖啡，从法学院毕业之后她就再没煮过。

她正在努力操作克里斯特尔家时尚的挪威咖啡机，这时香农出现在旁边，三两下就启动了机器。

"你觉得是韦恩吗？"香农问道。

玛雅承认自己不知道。韦恩的谎言——以及失踪——显然说明他确实在隐瞒着什么。不过这也同样印证了克里斯特尔的理论：有多名陪审员参与其中——他们共同酝酿了一个阴谋。

"韦恩是有可能杀人，"玛雅一边倒咖啡一边说，"但他没有策划能力，他是个直来直去的浑蛋。如果是他干的，那一定不是单独行事。"

"谢谢你的肯定。"克里斯特尔在另一个房间大声回应道。

香农仿佛瞬间穿越到了她最喜欢的电视剧场景，表情兴奋、紧张，一脸不可思议，难以相信这种事竟然千真万确会在自己身边发生。

瑞克走访过的相关人士数量之多让玛雅震惊。她找到了瑞克与原告人及被告人的学校老师、大学同学和童年好友的谈话记录。每一个人都有笔录，很多人还有录音。

"瑞克哪儿来这么多时间干这些事？"玛雅问。

"他有十年。"克里斯特尔回答。

"他的十年全部花在这件事上吗？"玛雅惊呼。

"是的。"香农回答。

玛雅转过身看着她问："什么意思？"

"我们已经开始整理汇集跟瑞克有关的影像资料了，是在几周前开始的。我是说，我没参与，他们从来不让我做任何事。他提供了一些走访的背景资料。"

"他都走访了哪里？"

"就是这里，"香农说，"洛杉矶。宣判后六个月他就停止攻读博士学位了。他跟其他博士研究生之间的关系比较紧张，跟有些教授也是，好像是因为这件事吧，很难确定。他仿佛成了学校里的避雷针，不是褒义的那种。"

"争议也分好坏，"玛雅说，"瑞克是不受欢迎的那类？"

"对。"

"所以他就留在了洛杉矶，然后……？"

香农耸耸肩膀："继续执迷不悟。"

"他出版了那本书，"克里斯特尔说，"那本说你有多可怕的书。"

玛雅白了克里斯特尔一眼。

"但是之后呢？"玛雅问香农，"瑞克靠什么挣钱？"

"似乎那本书的稿费养活了他一段时间。他攒了不少钱，投资得当吧，我想。具体的我也不是很清楚。"

香农绝对是那种东海岸来的富二代。

"你是说，"玛雅说，"审判之后瑞克把全部的时间都用来调查杰西卡·希尔弗失踪案了？"

"他是这么说的。我觉得他挺孤独的，这件事对他家里人影响也很大，他的父母在宣判后分开了，他们两个仍然住在……哪儿来着……？"

"北卡罗来纳。"玛雅说。她记得听瑞克说起过父母，审判期间，双方的家庭是最安全的话题之一。香农对他家庭的了解比她更多，这让她觉得很不是滋味。

瑞克没打算把家里后来的变故告诉玛雅，为什么？

"真不敢相信，"克里斯特尔说，"他一直放不下那次审判。"

玛雅非常能理解。

"我们都没放下，"玛雅说，"哪怕我们假装放下了。"

这一次，克里斯特尔语塞了。

就在昨天，玛雅还非常自信地告诉瑞克，她已经放下了，她已经不再去想到底是谁杀了杰西卡，她已经不再关心。

多么自欺欺人的谎言。

那堆电脑文档玛雅浏览了差不多三分之一，然后发现了一些有意思的东西。

"瑞克去找过鲍比·诺克。"她说。如果瑞克的调查已经细致到了这种程度，那么他当然会想方设法亲自去询问嫌疑人，但她还是不敢相信，瑞克和鲍比竟然真的见过面，而她竟然没在现场。

"什么时候？"克里斯特尔问。

玛雅读出那段概述："鲍比住在此地往北几个小时车程的某座小镇上，瑞克在4月5日去找他。文件里只说了这么多。他跟他谈了话，但没有笔录，没有录音，什么都没有。"

香农皱了皱眉头："这似乎……不太对劲吧？"

玛雅点点头："这里面就连伊莲·希尔弗的资料都连篇累牍——她在佛罗里达州那些穷亲戚的情况，她在搬到洛杉矶并认识卢之前生活的房车营地。但是瑞克跟那个他花了十年时间想送进监狱的人之间的唯一一次对话，竟然没有记录？"

"而那个人现在还失踪了。"沙发上的克里斯特尔补充道。

玛雅皱起眉说："他是五个月前失踪的，克雷格是这么告诉我的……"她又一次核对了瑞克拜访的时间。"鲍比的假释官报告他违反假释条例的确切时间点是什么？"

克里斯特尔和香农互相看了一眼：文件里可没有这一条。

玛雅给两个迈克发了短信。

其中一个二十秒之后回复了，又过了十五秒，另一个也回复了。

"鲍比是在4月9日违反的假释条例，"玛雅读出短信内容，"之后就再没有人见过他。"

克里斯特尔抬头望着她。"鲍比·诺克是在瑞克找到他四天之后失踪的。"

"所以无论瑞克发现了什么，"香农说，"都足以让鲍比害怕到要违反假释条例跑掉。"

一个小时后，玛雅终于绝望地把笔记本电脑丢到一边。

"再没有什么了。"她说。此时已是凌晨三点，圣莫尼卡安静得有点诡异。玛雅被自己的嗓门吓了一跳，"瑞克找到了另一位科学家，来支持控方对于鲍比·诺克后备箱里有杰西卡血迹的解释，没什么大不了的。"

"没什么大不了？"克里斯特尔反问。

"不是什么新发现。我翻了好几百页这些资料，没有任何一点是十年前法庭上没讨论过的。好吧，法医学的技术有了新突破，可那又怎样？没办法确切证明什么。鲍比公寓附近一个配钥匙的家伙宣誓做证，说看到过一个他觉得像杰西卡的女孩在案发当天从附近走过，那又怎样？同样没什么大不了的。"

香农低头看着自己的屏幕："我这儿也一样。我是说……这里的所有资料基本上都是我已经知道的。"

他不是一个人干的　　　　　163

"我什么都不知道，"克里斯特尔说，"不过，就我看到的这些资料而言，如果我是鲍比，我并不会有'哎呀，我现在必须马上藏起来'的念头。"

玛雅站起来说："无论瑞克发现了什么，他都没有放在这里。"

香农似乎很困惑："可是他给我们的东西都在这儿了。"她站起来伸了个懒腰。"他第二天本来要跟我们过一遍资料的，如果他没……呃，就是今天。天啊，今天还没过完吗？"

克里斯特尔看了一眼屏幕上的时钟："严格来说，已经是昨天了。"

"节目组没有人看过这些资料吗？"玛雅问。

"没有吧，我们想等他一起来看，估计现在也没人看了，都交给警方了。"

"警察也不会看完所有内容。"玛雅说。她想起了正在收集材料准备起诉她的那位戴西警探。"警方现在的目标是我，对起诉我没有帮助的东西他们都会过滤掉。"

克里斯特尔滑动着平板电脑的屏幕说："哈，好吧。看起来这里多少还是有一些他们会感兴趣的东西。"

"你什么意思？"玛雅说。

"这儿有一个文件夹，"克里斯特尔说，"在最下面，名字是'玛雅·希尔'。"

"里面有什么？"玛雅在克里斯特尔旁边坐下。

克里斯特尔点开文件夹，屏幕上出现了玛雅的一些照片，有些是审判期间的，有些是更早之前的，还有一些是……是她在其他法庭上处理其他案件时的，在那次审判过去很久之后。

"老天。"克里斯特尔说。

香农也凑过来坐在沙发上。"你们看，这里还有个文件夹，都是庭审记录。这是你办过的所有案子吗？"

玛雅脊背发凉，一阵寒战顺着皮肤向上蔓延。

"这里还有你在法学院的成绩单，"克里斯特尔说，"我的天啊……侵权法的课程你居然拿了优？"

玛雅的胃里又出现了那种熟悉的绞痛感。"瑞克为什么要花那么多时间调查……我？"

克里斯特尔点开另一个文件夹——上面标注着"杰伊·金"。

大量杰伊的照片占据了屏幕，还有一些照片中是几个跟他长得很像的年轻小伙子，玛雅猜测应该是他的儿子，他们每个人的就业记录都在里面。

"不光是你。"香农低语。

玛雅把手伸到键盘上。她关闭了杰伊·金的文件夹，把光标移动到下一个文件夹上。他们每个人都有一个专门的文件夹：莱拉·罗萨莱斯、弗兰·戈登伯格、凯茜·温、彼得·威尔基、卡罗琳娜·坎西奥、韦恩·拉塞尔、雅斯敏·萨拉夫、特丽莎·哈罗德、卡尔·巴罗。

"瑞克这十年并不仅仅是在调查案子，"玛雅说着，胃里的绞痛加剧了，"他还在调查我们。"

他不是一个人干的

第十章

彼得

2009-07-10

每当彼得·威尔基回想起他第一次趁着那个女孩睡着溜进她酒店房间的那个晚上，都还是会微笑起来。当时他紧张得要命，出了太多汗，把女孩在前台留给他的那张房卡都打湿了。

　　那是全世界最漫长的一次电梯上行了。如果房卡不管用怎么办？如果那个女孩看到他之后吓坏了，意识到自己犯了个巨大的错误怎么办？天哪，他可太蠢了。

　　他来到长岛凯悦酒店五层的 521 房间，他现在仍然记得房间号。房卡果然是管用的。他在黑暗中蹑手蹑脚地走在铺着地毯的地面上，她就躺在床上，睡得很香，头发遮住了脸。

　　他希望她看起来跟她前一天发给他的照片一样。

　　他脱掉了所有衣服——内裤也脱了，然后钻进被子里。她扭动了几下，但是还没醒来。

　　他躺了一会儿，感到害怕，这是肯定的，但同时又因为躺在一个熟睡的陌生人身边而莫名兴奋。他想：我是谁？

他咳嗽了几声，那种故意装出来的咳嗽。

她翻过身面向他，睁开了眼睛。她瞬间有些慌张，仿佛在说，这个人是谁？发生了什么事？

然后，她抓着他的后脑勺，把他往自己身边搋，两个人一言未发，整夜做爱。

正如她在邮件里要求的那样。

那是两年前的事了，或许是他截至那时做过的最火辣的事情。他太后知后觉了，不是吗？长了那么大才明白在二手交易网站上可以买到多么疯狂的东西。

感谢上帝带来了互联网。

这个想法是一个哥们儿的哥们儿提起的。当时他们在日落大道的一家脱衣舞俱乐部喝得烂醉，那个家伙告诉彼得，大多数男人的问题在于他们不坦白自己的意图。男人泡妞总是用各种暗示："愿意一起喝一杯吗？""我送你回家吧——没别的意思，我保证。"

说这些屁话有什么意义？根本不会有人相信。

接着这个人给彼得看了他发布在网上的信息："你好，我是个受过高等教育、体格强壮、愿意尝试不同性爱、身体健康、没有任何性病的四十岁男性。只想与匿名者一夜情，一切随你。有没有什么事情你一直想试试，但是你的男友/丈夫/女友没兴趣？把你内心深处最渴望的幻想告诉我，我就是你的男人。不报姓名，不聊天，完事之后不联络。"

随后，那个家伙给彼得看了一眼他收到的回复……相当难以置信。每周三四次，都会有姑娘给他发邮件吐露自己超级特殊的性癖好，比如"我想在鲁尼恩峡谷公园里所有人都看得到的地方做爱……"或者"我想一直挑逗你，直到你不能承受为止，然后骑在你身上，把你按在身下继续挑逗你，然后我们……"

第二天，彼得发布了他的第一条信息："你好，我是一个有文化的单身白人直男，三十多岁，想要寻找你内心深处没有被满足过的性幻想……"几小时之内他就收到了一条回应："我一直希望能够在某个酒店房间里醒来，身边有个陌生人，一个从来没跟我说过话的人……"然后，自然而然，那个周末他溜进了长岛凯悦酒店的一个房间。不过，他的第二则帖文没有收到回应，于是他开始尝试改变措辞方式。

他发现，得到回应的关键在于不带感情，越平铺直叙越好，清晰、直接、简洁。让她们知道，无论她们最恐惧的是什么，你都不怕。

然后，他发现听起来很科学的措辞也十分有用。"性对你有好处！"他的帖子会这样开头，"研究表明，拥有令人满意的性生活能够降低血压，并且延长寿命 5~8 年。"这些都是胡扯，不过只要说出"研究表明"，后面你无论说什么都有人相信。他的帖子越不色情、越科学，收到的回应就越多。

有一个女孩想要把音乐开到最大声。她说她的丈夫做爱时根本不让她播放任何音乐，必须保持绝对的安静。彼得见到她的时候，她带来了一个大号的苹果音箱，播放了贝多芬——还是勃拉姆斯？反正肯定是古典音乐。

他还跟一个想要对方更粗暴一些的姑娘通过短信。"我想让你闯进我的公寓——不是真的破门而入，我不锁门，但我希望你像个抢劫犯一样，戴着面具进来……"起初，彼得觉得自己做不到。他觉得戴着滑雪面罩的场面太荒谬了。不过当他推开她的房门，发现她正在浴室里……冲动是魔鬼，那种兴奋感甚至比实际做爱的感觉还棒。

自那以后，再看到那些比较"温和"的性幻想，他就会感觉怪怪的。比如穿上消防员制服，或者在对方身上滴温热的蜂蜜之类的，都不能跟那种"该死这竟然真的在发生"的肾上腺素爆发相提并论。他找到了一个要求在自家门外台阶上被挟持的女人，钥匙还插在门上，棒极了。他还找到了一个（不开玩笑）想让他从厨房窗户闯进屋的女人。他尝试用胳膊肘把玻璃打碎，像电影里演的那样。

玻璃根本没碎，他的胳膊过了一个星期都还疼得要死。

他上次发帖是在挑选陪审员几天之前，那个女孩几乎是立刻回复的：

"亲爱的健康性生活先生，我从来没想过自己有一天会做这种事情。我只想让你知道我根本不是这种人，但我丈夫（她们总是用丈夫当借口）已经做不来体力上的事情了（她会找些情有可原的借口），而你听起来很值得信任，而且安全，对我们两人来说安全非常重要。"

她是那种喜欢随便画重点的人。（丈夫？体力上？安全？她是出于什么思路特地标出这些词的？）

她希望事情在她西好莱坞那座带泳池的小别墅里进行。他前去赴约的那个夜晚，看到大门按照约定的情形敞开着，溜进玻璃门后，发现一个女人正在床上等他。他被要求戴着乳胶手套，类似医用的那种，闻起来像是保险套。

又是一位满意的"客户"。

有时候，彼得会回忆起自己年轻时那些焦虑的夜晚，必须要乞求或者哄骗着女友们上床。他以前过的是什么日子啊？现在这样坦诚多了，也真实多了。

只是现在，看看他——在奥姆尼酒店的走廊上，结束了法庭上漫长的又一天，回到自己的房间，没别的事情可做，除了在淋浴的时候打飞机或者看看凯兰偷偷带进来的无聊碟片。上一次跟人上床是什么时候？甚至不需要那种在网上约到的疯狂性爱，随便什么都行，他开始按捺不住要发疯了。

隔离刚一开始，法庭的正义卫士们就把他的黑莓手机没收了。彼得像一条发情的狗，一生中从来没有这么无聊的时候，而这样的日子似乎看不到尽头。

他正把电子房卡贴上门锁，就看到莱拉从她房间里出来。他不敢相信她竟然会穿着紧绷绷的牛仔裤到法庭去。这可不是抱怨，目前看来她是陪审团里最惹火的，别人跟她比差得很远。

"嘿。"莱拉说。

彼得握住了门把手。

"嘿。"

她从他身边经过时，他可以闻到酒店循环空调里散发的甜蜜花香。他一直望着她，直到她的身影消失在电梯里。

然后他进入房间，用力关上了门。

天啊，他真的要控制不住自己了。

那天下午，辩方律师吉布森穿了一条黑色的西服裙，长度刚刚到膝盖以上，白色上衣薄到足以让彼得看到胸罩的轮廓。他见过这样的装束，那是他的最爱。

事情已经严重到了这种程度——彼得被一件胸罩的轮廓勾得欲罢不能。

她把控方一位证人问得落花流水的时候，会习惯性地在法庭里来回踱步。这种自信会让某些人失去兴趣，但是彼得不会。他喜欢那些知道自己想要什么也知道该如何得到它们的女孩。

那天庭审的内容都集中在了杰西卡·希尔弗的 DNA 上。对于在鲍比车内副驾驶位置上发现的头发和血迹，吉布森很轻松地给出了解释：鲍比并没有否认放学后他跟杰西卡在一起过，有时候他会送她回家，她的头发很可能出现在副驾驶座位上。同样，她经常流鼻血，说不定哪一次就有细微的一两滴血留在了黑布座椅上。

彼得愿意接受这个解释，或许其他所有人也一样。但是她的血为什么会出现在他的汽车后备箱？不用动脑子都想得出来，如果在你汽车后备箱里找到了别人的血迹，那么一定是发生过什么不好的事情。

警方的一名鉴证专家是一个穿着西服裤装的华裔女人，她已经说了一阵子，彼得才意识到自己应该尝试集中注意力。审判开始后他的睡眠一直不好，一天接一天、没完没了的听证让他很难专注。他的运动量也不够，没有任何体力消耗，无论是性生活还是其他。

"两份样本都是职员送到我办公桌上的。"专家说。

"他把样本放在你桌上了？"吉布森问。

"有一张桌子是我专用的。我们把样本放在上面，然后我会用聚合酶连锁反应机去分析它们，就是我刚才描述的那种机器。"

他开始回想网上女孩子的回应里最带劲的那些。他想到了自己收到的第一条回应，当然，偷偷溜进那个酒店房间的感觉就足够令人兴奋了……

法庭里零星发出了一些低声惊叹，彼得赶紧收回注意力。

"所以，把两份样本紧挨着放在桌子上，"吉布森说，"是否明

与她共谋

确违反了部门条例？"

"严格来说是的。"专家回答。

"这在我听起来就等于'是'，"吉布森回应，"两份样本紧挨着放在桌上，可能会出现样本污染，我可以这样说吗？"

"可能性微乎其微。"

"如果从副驾驶座位提取的样本，有任何一部分接触到了从后备箱提取的样本，那么，就会有少量杰西卡的DNA被转移到后备箱的样本上，也就验证了你的发现，这样说正确吗？"

"发生这种情况的可能性极小。"

"对不起，能否请你回答我的问题？"

彼得兴致勃勃地看着两个女人之间逐渐白热化的眼神交战。

"是的，"专家说，"如果污染发生在两份样本都在桌上的时候——"

"是在同一张桌子上。是你不顾部门条例，允许两个样本被放在一起的，对吗？"

"如果的确发生了这种污染——虽然可能性微乎其微——那么是的，我来回答你的问题，这确实会影响我的测试结果。不过我再说一遍，这几乎不太可能。"

"不太可能，"吉布森重复道，她转身面对着陪审员席，"这在我听起来就是存疑。"

那一天，法官提前让他们离开了。彼得和其他人一起坐面包车回到了酒店，他忍不住一直盯着坐在前排的莱拉。她多大了？十九岁？

她不可能还是个处女。

回到自己房间时他已经按捺不住了，他本打算直接冲进浴室把问题解决掉。他对此并没有太大兴致，这也不是什么让人开心的事情。他感到精神紧张，甚至焦虑，仿佛性欲旺盛是一种疾病，而他只是需要赶紧吃药似的。

他推开浴室的门。

客房女工正在里面弯着腰，伸手够着擦拭某处不好擦到的地方。她的制服紧紧地裹住全身。她弯下腰的样子，看起来真美好。

水龙头大开着，她没听见他进来，对吧？

他并不确定自己在做什么——或者打算做什么——就向她靠近。就像是有什么事情正在发生，但无论是什么事情，他都不是促使它发生的那个人。

那只是一种……本能。

她听到动静时，彼得距离她只有几厘米远。她大惊之下正要转过身来，但他的双手按在她肩膀上。强硬、掌握控制权，按照他一贯的方式。

"先生！"她说，"啊！先生！"

她有点不知所措，他紧紧压住她的身体，一切再清楚不过。

"先生，求你！"她说，"不要。"

但是她说话的语气，听起来就像是那些给他发邮件的女孩，那些喜欢抗拒、欲拒还迎的。

他用一只手捂住她的嘴。

她害怕了，像其他那些感到害怕的人一样，这让他反应更强烈了。

这是她想要的，彼得心想。他很自信、很确定，他一把扯开她的制服上衣，一颗脱落的扣子掉在地上发出"当啷"的声音。

与她共谋

第十一章

奇迹

现在

世界上会有那种没有背负任何罪恶秘密的人吗？玛雅很久前就放弃了这种不切实际的幻想。她已经见过太多被传唤到证人席上的人，因为过去的一些言行而导致其证词不足为信，她太清楚了。读着瑞克为其他陪审员准备的卷宗，她并不惊讶，但让她意外的是瑞克用来勾出他们罪恶的技巧。

她从自己的案卷开始看。果然，这里包含了两人私情的细节："我，瑞克·莱昂纳德，与玛雅·希尔有过一段为期三个月的私情，开始于……"

终于，瑞克对两人之间发生过的事情做了陈述。她意识到自己是多么迫切地希望听到他对于这段关系的描述。他描述的方式会与她一样吗？他对她真正的感觉是什么？他觉得她对他真正的感觉又是什么？

但她没有在这里找到答案。瑞克的书面陈述很简略，措辞平淡，像法律文书一样。瑞克是他们这场不当行为的一个没有情感、不掺情绪的目击者。她从未觉得他的内心所想是如此遥远，这令人痛苦。

玛雅的案卷中还包括她的当事人名单以及他们被控的罪行。她从中发现了自己反驳警方的论证提要，发现了那些自己曾指派法医学专家出庭的激烈辩论笔录，发现了自己与执法部门之间每一次专业交流的详尽描述——并非所有交流都是友善的。她甚至发现其中一处提到了戴西警探，戴西在贝伦·瓦斯克斯案件中的执法行为曾遭到玛雅的质疑。难怪戴西那么想把她送进监狱。

瑞克的目的显而易见，他想要呈现的是她那种与警方作对的偏见。玛雅·希尔永远无法对鲍比·诺克被控案做出公正的判断，因为无论证据如何，她永远不会相信警方。

他整理的这份材料，隐含意义极为明显，可以说相当有力。

克里斯特尔和香农也在阅读这份卷宗，玛雅没有跟她们说话。当她们读到玛雅与瑞克的私情时，她观察着她们的表情。香农一直皱着眉，抬眼看着玛雅，仿佛在确认她看到的是否属实。

克里斯特尔在阅读过程中，只有一次盯着玛雅的眼睛，脸上浮现出狡黠的笑："永远都是你最不会怀疑的那个人。"

这些案卷只收集了偏见、谎言和违法行为，那些友善、真诚和积极的时刻都被抹掉了。在这种只把每个人最糟糕的时刻收集成册的资料中，人人恶贯满盈。

杰伊·金在填写陪审员问卷时撒了谎，这是联邦重罪。他曾经为卢·希尔弗做过建筑工作。如果他提到这个情况，是绝对不会被选为此案陪审员的。他为什么要说谎呢？他在隐瞒什么？他跟希尔弗的财务关系到底是什么样的？

与她共谋

审判一年前，韦恩·拉塞尔遭遇了一起恶性事故，让他的身体虚弱不堪。他患上了严重的创伤后压力心理障碍症，具体表现为伴有强烈攻击性的幽闭恐惧症，其中一次发作甚至导致他与警方对峙。他是否会因为情绪起伏过大而无法做出冷静的裁判？

莱拉·罗萨莱斯高中时曾经跟一个男孩约会，后来他因为持械抢劫入狱。她并没有在问卷中交代这个情况，为什么？同样，她也没有在亚伦的出生证明上写明孩子父亲的身份，为什么？在母子二人的生活中，亚伦的父亲似乎全然缺席，他到底发生了什么事？亚伦的父亲会不会也在狱中？如果是这样，那可能会暗示莱拉对执法机关的偏见。

卡尔·巴罗1974年因为在一家同性恋酒吧外有公开猥亵行为被捕，他被判有罪并支付了罚金——但是他并没有把这一情况透露给法庭或者后来的雇主和生意伙伴。玛雅觉得瑞克可能会从两方面利用这一点：卡尔可以是一个顽固不化的性犯罪者，很容易因此原谅鲍比的不当行为，或者更有可能的是，卡尔在那个连"穿着与自己性别不符的服装"也被视为犯罪的年代，曾像加州的很多同性恋一样被便衣警察抓捕过，如果是后者，卡尔应该也不会太喜欢警方。

这些案卷充满了大大小小的疑点。当她读到一则针对弗兰·戈登伯格的未经证实的指控，说她隐瞒了自己的儿子从犹太教堂课外活动中盗用钱款的事情时，已经厌恶到没法继续读下去了。这些东西有的是诽谤，有的无伤大雅，但是任何一件事如果在合适的语境中被公之于众，都可以被大加利用，毁掉一个人的人生。

哪怕只是公开询问相关的话题，也可能带来毁灭性的后果。"无论有罪与否，你当时为什么没有告诉别人？所以你当时在撒谎，还是现在在撒谎？"

手握这些案卷，瑞克可以把所有人碾成肉酱。

"他是想证明陪审员干涉行为——是叫这个名字吗？"香农说，"他想要利用这些东西推翻之前的判决。"

"不，"克里斯特尔说，"无罪判决是不能撤销的，这是第五修正案的基本条款。瑞克咨询过的每一位律师都会这样告诉他，鲍比·诺克一案不可能重审。"

"在加州不能，"玛雅说，想起了克雷格跟她说过的话，"也不能以谋杀罪重新起诉。不过从联邦管辖来看……他可以利用这些卷宗向美国联邦检察官表明，就算第一次审判未能成功，重新起诉或许还有机会。或者，根本不用在乎法律，他可以直接利用这些材料向前陪审员们施加公众舆论压力，迫使他们做些什么，无论什么。"

"他把这些文件交给了节目组，"香农说，"肯定是希望把你们所有人最糟糕的秘密公之于众。"

玛雅浏览着屏幕上那一串名字。

十一位陪审员，十一个想要阻止这些案卷被泄露出去的理由。

临近凌晨四点，香农转身问玛雅："玛格丽塔·德尔菲娜是谁？"

玛雅一下子没想起来："玛格丽塔……哦，我记得好像是客房清洁女工，酒店里的，我们隔离期间她一直在那里工作。"

香农指了指彼得·威尔基的卷宗。

瑞克从一个名叫斯蒂文·普林斯的人那里得到了一份签字声明，玛雅花了一秒钟的时间才意识到这个人就是"法警斯蒂夫"。他现在已经从加州法庭退休了。

"2009年7月11日，"法警斯蒂夫写道，"玛格丽塔·德尔菲娜向我报告，她遭到了陪审员彼得·威尔基的性侵犯。据玛格丽塔所述，她在打扫彼得的房间时，被对方从背后袭击。经过一番挣扎，她终于推开了他并逃到了走廊上。"

玛雅想起，自己还曾担心过清洁女工会发现她房间的床单上留有性行为的痕迹。读到眼前这些事情，她的担忧显得太荒谬了。

法警斯蒂夫在陈述中继续写道："根据这些指控，我质询了彼得，但是他予以否认。玛格丽塔无法提供确凿证据，于是我没有将此事向法庭报告，也没有报警。事后看来，这是一个不可原谅的错误决定，对此我应承担全部责任。"

玛雅很震惊法警斯蒂夫竟然没有报告这件事，但是她也能理解为什么玛格丽塔没有进一步追究，这个女人并不那么想公开一项她没有办法证明的指控。

克里斯特尔摇了摇头："所以那个浑蛋就这么逃过去了？"

法警斯蒂夫接着表示，当时他并不希望因为一件可能是"误会"的事，让整个审判过程陷入困境。只是现在，退休之后的他开始回忆过去十年，才愿意把这件事坦白给瑞克。

克里斯特尔读完声明全文后叹了口气："你有没有希望过自己不是辩护律师？"

玛雅审视着克里斯特尔客厅里品位超群、显然价格不菲的装饰，做圣人是无法负担得起这种奢侈的。

"是的，"她承认，"有过，但想到还能有什么其他选择……我觉得我当不了检察官。"

香农还在浏览那些文件。"这里没有那个女人的声明，瑞克有没有联系过她？这里没说。"

"瑞克不可能没找过玛格丽塔。"

"或许他找不到她？"香农说。

"别人他可都找到了。"克里斯特尔说。

玛雅从外套口袋里掏出手机，大拇指点了几下，找出了电话号码。

"洛杉矶奥姆尼酒店，"电话那头传来声音，"我是格雷格。"

"格雷格，"玛雅说，"我想找你们客房部的一名员工，玛格丽塔·德尔菲娜。她上班了吗？"

她完全是在碰运气。

"玛格丽塔·德尔菲娜……"玛雅能听到格雷格敲击键盘的声音，"她今天六点才上班，我能帮你接通客房部的其他人吗？"

玛雅挂断了电话。

"或许，"玛雅说，"重聚当晚她正好当班。"

克里斯特尔的客厅里出现了短暂的沉默，她们似乎都在脑海中想象出了不同的糟糕状况。

"你觉得那天夜里发生了什么？"香农终于开口。

"我不知道。"玛雅说，"不过现在我们知道玛格丽塔、彼得和瑞克——也就是知道彼得曾经袭击过玛格丽塔的少数几个人，很可能当时都在那家酒店里。"

博伊尔高地是从市区延伸出去的一片平坦地段，驱车驶过黑暗中的大型购物中心和连锁汉堡店，玛雅觉得自己可能正身处美国任何一座中型城市。她努力想要回忆起自己上次睡觉是什么时候，过去几天在肾上腺素分泌的状态下变得模糊不清。

凌晨五点刚过，玛雅找到了卷宗中提到的地址，那是一座靠近

与她共谋

安静街道的低矮两层小木楼。

她下了车，房子里亮着灯。她打开吱吱呀呀的院门，穿过狭窄的院落，敲响了房子的正门。

开门的中年妇女穿着奥姆尼酒店浅灰色的工作服，她黑色的长发因为刚刚淋浴过还湿漉漉的。她看上去是那么的娇小，玛雅尝试想象，为了反抗彼得那样强壮的袭击者，她使出了多么大的力气。

"你是玛格丽塔·德尔菲娜吗？"玛雅几乎不记得面前这个女人十年前的样子。玛雅跟她并没有什么交流，她不无羞耻地意识到，自己当时一直在忙其他事情。

玛格丽塔点了点头。

"你知道我是谁吗？"

玛格丽塔盯着她片刻，用西班牙语说："我不会说英语。"

"那我们就说西班牙语好了。"玛雅说，"不过，"她又说回了英语，"我觉得我们说什么语言并不重要。"

玛格丽塔的眼神变得警觉起来："你想要干什么？"

"十年前，彼得·威尔基袭击了你。两天前的晚上，你又在酒店看到了他，我需要知道发生了什么。"

玛格丽塔没有眨眼睛。

"我不想惹上任何麻烦。"她说。

"我是站在你这边的，没有人会有麻烦，彼得除外。"

玛格丽塔低着头盯着自己穿着丝袜的双脚。

"发生了什么事？"玛雅问，"两天前的夜晚发生了什么？还有，十年之前发生了什么？"

玛格丽塔似乎下定了决心："那天晚上，我在酒店没有看到彼得，但我看到了瑞克·莱昂纳德。"

她的目光望向玛雅身后，天光欲晓，街道开始笼罩上一层橙黄色的光。

"你想进屋来吗？"

她们坐在厨房里，玛雅能够听到楼上有小孩子们跑动的声音。水龙头开开关关，门也开开关关，小孩子不停地争吵，听起来像是两个男孩。

"我丈夫还在睡觉，"玛格丽塔说，"在楼上。"仿佛是想让玛雅知道，她在自己家里有人保护。想到她和玛格丽塔之间竟然是这种互相防备的关系，玛雅觉得很厌恶。

"你是什么时候在酒店里看到瑞克·莱昂纳德的？"玛雅问道。

"下午，电视台的人送他去他房间的时候。我很害怕。"

"为什么？"

楼上，一个男孩大声用西班牙语冲另一个男孩嚷着什么，兄弟俩吵架的语调在每一种语言里都是相同的。

"他来找过我，来这里。"她指着杂乱的厨房说，"或许一年前吧？他来找我，说他知道发生了什么。他想让我出具一份声明，我说不可能。"

"为什么？"

玛格丽塔愤怒地摇着头说："结果又能怎样？谁在乎？"

她的言辞刺痛人心。

"我在乎，很多人在乎，无论彼得对你做过什么……"

"我说的不是那个。"玛格丽塔反驳。

"你可以不说，至少现在不用。"

"你还记得那些影碟吗？"

与她共谋

玛雅一时间迷惑了："什么影碟？"

"当时你们另外那个朋友偷偷弄进酒店的。"

"你知道那件事？"

"他是通过我带进去的，影碟藏在我的推车里，跟清洁物品放在一起，他付我钱。那是犯法的。"

玛雅愤怒了。玛格丽塔认为她必须对一次可怕的性侵保持沉默，只是因为她触犯了一项微不足道的规定。但玛雅也能理解，违反隔离规定可以被视为重罪，她肯定会被解雇。

"我告诉你的朋友瑞克别再来找我了。"玛格丽塔说，"他很生气，他说他需要我。他好像在搞什么，什么大计划，我不知道，也不在乎。我跟他说不行，他就走了。然后一年过去了……再然后我就在酒店里看到了他，就是前天。他们带他到他的房间去，我还在那层楼打扫房间……那天下午，他在走廊上碰到了我，他说他仍然需要我开口，我说不。他说他要把发生的事情告诉所有人，包括我丈夫，所有人。我说不行！他说那个可怕的人——彼得，那个非常、非常可怕的人，他也要。我跟经理说我不舒服，就早早回家了。然后，第二天……我看到新闻上说瑞克死了。"

玛雅可以看到，在玛格丽塔的脸上，那些很久之前已经抹平的痛苦裂痕再次浮现。玛雅可以用生命打赌，玛格丽塔说的是实话。

"好吧，"玛雅说，"瑞克知道彼得对你做过什么。如果彼得知道瑞克知情……那么他就有非常充分的理由杀死瑞克。"

"我不知道到底是谁杀了你的朋友，我不想跟这件事扯上任何关系，你懂吗？我的丈夫、我的孩子们、我的工作，我不想让任何人知道。"

"好的。"

"你跟我发誓。"

玛雅看着玛格丽塔的眼睛,至少她能够为这个可怜的女人做这件事。"我发誓。"

玛格丽塔点点头。

"我想我可以帮助你。"玛雅感觉到一个念头在蠢蠢欲动。

"我能处理好自己的事情。"

"我知道,"玛雅说,"但你或许需要个律师。"

第二天,玛雅一直在给法警斯蒂夫打电话,但就是打不通。克里斯特尔迅速从法院挖到了一些资料,原来,鲍比·诺克案是斯蒂夫退休前经手的最后一个案件,现在他住在萨克拉门托附近,但克里斯特尔拨出的号码没有人接听。

所以玛雅只剩下最后一条路可走:她给彼得打了电话。

他很爽快地答应跟她见面,比她想象中容易得多。他提出在自己家里见面。玛雅觉得自己没办法骗他到克里斯特尔家来,因为彼得根本不认识她,于是只好答应。由于他们的私生活已经引起了公众的强烈关注,她不可能选择公开场所。

彼得说他有一些定好的工作行程没法改时间,所以最早只能约在当天晚上九点。这让玛雅能够挤出几个小时稍做休息,但是当她躺在克里斯特尔的床上,强迫自己闭上眼睛时,才发现自己根本无法入睡。

或许她的眼睛已经闭得太久了。

彼得·威尔基住在一所他自己或许永远不会称之为"豪宅"的豪宅里,他可能会叫它"西班牙殖民地风格建筑"。玛雅估计如今那些住在威尼斯区宽敞四居室里的人都已经谦虚到不敢用"豪"这个字了。

房子就在繁华的威尼斯大道旁边。她开着克里斯特尔的车缓缓驶入房前的车道时，还能听见附近主路上酗酒高峰期的喧闹声。她按了按键盘上的按钮，钢质大门打开，随后又在她身后关闭，城市的噪声突然之间消失了。

从近处看，彼得的房子显得更加宏伟。房子有两层，似乎由无数个隐藏于外部世界的密室组成。

彼得在镶着磨砂玻璃的正门旁迎接她。他穿着一件羊绒衫、白色T恤、牛仔裤，没有穿鞋。"很高兴看到你还能自由行动。"他说。

"警察挺有耐心，"她说，"他们喜欢等待正确的时机再出击。"

他房子的内部装修非常有品位，只不过冷漠到令人发寒。"是我的设计师弄的。"听到她赞美那把时尚的做旧皮椅时他说道。

她很讨厌跟他来这种客套，但她记得自己来这里的原因。

他们在一个已经暗下来的阳光房中的白色帆布沙发上坐下来，墙上零散装饰着巨幅黑白自然摄影。玛雅不记得自己看到过任何私人物品——家人合影、纪念品，一样都没有。

他打开玻璃咖啡桌上的一个金属盒子，里面装满了电子烟。

"来点儿吗？"他招待道，"我公司做的。不是大麻，是电子烟，真正的钱都在配套业务上。"彼得继续说起了汽化器技术的纯度，但他的眼睛一直不停瞟向玛雅紧紧按在膝头的钱包。

克里斯特尔逼着她带了一罐胡椒喷雾，玛雅觉得这太荒唐了。她曾经访问过很多强奸犯，所以并不担心彼得会攻击她。但是克里斯特尔提醒她，如果彼得确实为了继续隐瞒他对玛格丽塔的所作所为而杀了瑞克，那么谁都不知道他在走投无路时会干出什么事。现在，在彼得家黑暗的阳光房里，玛雅很高兴自己带上了喷雾。

"你还好吗？"彼得说。

"只是有点累。"

"你想抽一口市中心精油吗？也是我们做的。你不会嗨起来或者做出别的什么事，但是对于缓解紧张很有作用。"

"不用了，谢谢。"

彼得把电子烟装进羊毛衫的口袋里。"还记得我们看过的那些影碟吗？凯兰偷偷带进来的那些？"

"记得。"

彼得笑了笑："咱们竟然一起逃过了那么多违法的事儿。"

她听不出他是在试探她或者只不过是在闲扯。

这个人太可恨了。

"玛格丽塔·德尔菲娜，"她说，"还没有签署声明，说你曾经在 2009 年 7 月于奥姆尼酒店对她实施了性骚扰。"她看到彼得立刻呆住了，"但我手里有当时另外一位目击者的宣誓证词。所以我要问你的是，我们应该怎么处理这件事？"

如果你想让对方认罪，不要问他们是否犯过罪行，而应该把他们的罪行当作一个早已得出的结论，仿佛当务之急是如何应对。

彼得皱起眉："是谁说我骚扰过别人？"

"我不能告诉你，但那不是重点。重点是，我不是唯一一个手里有这份声明的人，瑞克也有，而瑞克死了。"

如果你提出了更加严厉的指控，那么承认先前轻微的指控似乎就更容易些。

"你觉得我跟瑞克被杀的事情有关？"

　　　　　　　　　　　　与她共谋

"你是我们所有人中杀人动机最充分的。"

他站了起来。下意识地，她也站了起来。

他走到窗子边上，打开了一个木头橱柜。

上帝，难道克里斯特尔说对了？

玛雅把手伸进包里抓住喷雾器，她的手指不停摸索着，想找到按钮。

彼得从橱柜里拿出一瓶威士忌和一个酒杯，然后转过身对着她，她的手还埋在包里。

"你真的以为我会伤害你吗？"他说。

"我不能掉以轻心。"

彼得无奈地重新坐回沙发。

"我犯了一个愚蠢的错误。"他说。

"我觉得这么说并不能概括这件事的全貌。"

他和盘托出了自己的故事，他以为她已经知道了很多细节，但实际上她并不知道。他告诉玛雅自己曾经发布在网上的帖子、他从陌生女人那里收到的回应，以及他对极端暴力带来的刺激和危险意想不到的沉迷。他已经改过自新。那天他在酒店房间里犯了糊涂。玛雅需要理解，当时的情况才是导致事情发生的元凶。彼得正在接受治疗，过程中他才了解到自己对正常性行为的反应已经全部乱了套，所以当时他真的没有意识到自己做的事情是错的。当然现在他明白了，从那以后他再没做出过这么糟糕的事情，他不会再犯，他非常抱歉。

玛雅并不知道自己是不是该相信他，但是这也并不重要。

"你跟瑞克就是这么说的吗？"她并没有完全被同情淹没。

"我从没跟瑞克提过此事，我甚至都不知道瑞克知道什么，也不知道别人——"他这时才反应过来，"该死，法警斯蒂夫，他是唯一的知情者。当时他问过我，我撒谎了，我说没发生过，他就没再追究。"

"法警斯蒂夫对你真的挺仗义。"

他在沙发里坐好。"发生这种事情我真的抱歉极了，但是你现在也不能把我怎么样。我查过了，我是说，因为有重聚的事情，我考虑过……诉讼时效是十年。"他看了一眼手表，仿佛上面有一根指针在计算年份，"时间已经过了。"

这一点玛雅无法反驳。她重新将手伸到包里，掏出她的手机。

她把手机翻过来，让彼得看到屏幕——录音功能在开启状态。

她按了一下红色按钮。

"你说的完全正确。"她说，"在法律上我确实不能把你怎么样。加州现在对于强奸罪已经没有诉讼时效了，不过当时有，时效是十年。"

她又一次把手伸进包里，取出文件夹里的一叠纸说："不过，民事诉讼的话……"

她把文件丢在了咖啡桌上。

彼得俯身快速浏览文件。"你要起诉我？"

"我的代理人，玛格丽塔·德尔菲娜会决定是否起诉你。她现在还没有拿定主意。不过事情是这样的，你是靠卖大麻为生的，合法生意，为了做这份生意你需要拿到一个执照，如果你有任何刑事犯罪，州委员会就会吊销你的执照。我想，就算没有刑事犯罪，根据我们目前掌握的证据和这项指控的严重性，单凭民事诉讼一项可能就会……如果我的代理人决定提起诉讼，五分钟之内我就可以找到委员会的人吊销你的执照。"

她指着房子的其他部分说："这地方真不错，要是被迫卖掉就太可惜了。"

两个人都没动。玛雅不知道他是不是要扑向她。她觉得他还没蠢到想杀她的地步。

他一定知道录音是自动备份到云端的，把她的手机摔碎没有任何作用，而且可能还会构成新的犯罪。

"你到底想从我这里得到什么，玛雅？"

她把手机放回包里，然后走向门口。他像一只受伤的小狗一样跟在她身后。

"我的代理人做出决定之后，我一定会让你知道的。"

她走到外面的夜色中，能感受到海洋带来的湿气，让人精神一振。

她坐进克里斯特尔的车内时，彼得仍然无助地站在门口。

"我没有杀瑞克！"他冲她喊道，"我发誓！我没杀瑞克！"

她把车开走，担心他说的可能是实话。

"你就是这么听我话的？"那天晚些时候，克雷格在听完她过去二十四小时里做过的一切之后说，"我记得我让你什么都不要做。"跟克雷格通话时，她已经回到了克里斯特尔家。

"彼得·威尔基有杀瑞克的动机，"她说道，"而我也能证实他过去曾经骚扰过一名女性。韦恩·拉塞尔的动机不明确，但他谎称自己不会来参加聚会肯定是个疑点。"

"你在街上随便拦住十二个人，就能找到十二种罪犯。你干得很不错，但是……我仍然没有改变我最初的策略。"

"你还是想以正当防卫去辩护？我没有杀他！"

奇迹

193

"你说什么？"克雷格说道，"信号不好，我没听见你说的。"

"对不起。"

"洛杉矶警察局会检验瑞克的衣物，"克雷格继续说，"还有你和他用过的玻璃杯，你们两人碰过的一切。"

"要找 DNA？"

"希望他们能够发现其他人的 DNA 吧——比如彼得的、韦恩的，我不知道，谁的都行，但是如果没有发现的话……"

"他们就会起诉我。"

通话中出现了一阵不祥的沉默。

"测试需要……四十八小时？"她推论道，"还是七十二小时？"

"不需要我提醒你吧，"克雷格贴心地说，"被控谋杀并不是我们工作的终点，而是开始。"

这就是克雷格给人打气的方式

"你手里其他陪审员的资料，"他继续说道，"是确凿的。但是，相比瑞克的尸体出现在你的房间，上面有你的 DNA，而你手上还有他的血迹，这些资料还有那么强的说服力吗？"

他这个问题掷地有声。

"现阶段，"他说，"想要终止控诉是没有意义的。所以我还不会去透露我们掌握的其他陪审员材料，尤其是彼得·威尔基这种他们自己可能会发现的事情。我们并没掌握太多他们不知道的情况，所以我建议先留住我们掌握的材料，直到我们清楚该如何利用它们。我会集中精力策划我们的辩护，而辩护方向还是正当防卫，除非未来的四十八小时里情况出现了变化。"

她深吸了一口气。

"你还在听吗？"他说。

她尝试去想象自己手按《圣经》发誓说瑞克·莱昂纳德袭击了她，这个念头令她反感到无法细想。她最好的选择为什么反而是与事实距离最远的？

她必须要找到另一条出路。

"瑞克的卷宗里缺少了一些内容。"她说，没有理会克雷格的重点，"有些事情把鲍比吓坏了，所以瑞克跟他碰面后，他立刻就逃跑了。你觉得会是什么事呢？"

"这个……瑞克不会告诉你，也不会告诉电视制片人。他不打算告诉任何人。现在他死了，你打算怎么查出来？"

玛雅仔细考虑了一番，答案明显到让人尴尬："确实有一个人一定知道瑞克手里的证据到底是什么，我要去找他。"

加州的奇迹镇是一个小得不能再小的城镇。它坐落在靠近海岸的地方，距离圣芭芭拉市有九十分钟车程，周围环绕着绵延几英里的大片农田。南边是玫瑰田，西边是莓果园，东边和北边是一条条又长又细的莴苣田，鲜绿的叶子被黝黑的土地映衬得格外醒目。小镇的人口只有 207 人。和绝大多数小镇不同，这里所有居民都是男性，而且这些男人都有过性犯罪的前科。

鲍比·诺克最后一个已知的住址就在奇迹镇。

玛雅从之前一个当事人那里听说过这个地方，那个人态度谦卑，到她办公室来的时候一直彬彬有礼，但他仍是个注册在案的性犯罪者——倒也合理，毕竟这位当事人有着在公共场合自慰的冲动，不过，她想办法让他免去了牢狱之灾。然而，玛雅了解到，身为一个有案底的性犯罪者，最麻烦的地方在于，你很难找到住的地方。

对于性犯罪者，尤其是那些出狱后的性犯罪者，选择住所时限制非常多，也非常严格：他们需要住在距离学校、公园、日托中心、提供早期儿童教育的宗教机构半英里之外的地方，有时甚至还要远离游泳池和不限住客年龄的临时客栈。即使被允许在某地合法居住，他们也会发现，并没有太多房东愿意把房子租给一位众所周知的性犯罪者。而就算能够租到房子，他们仍必须挨家挨户上门拜访邻居，坦白自己曾经的罪行，这个过程太羞辱人了，他们通常会催促邻居快点做出反应。租房合约被毫无理由地中止，窗户上被人扔了臭鸡蛋，墙上被人涂鸦，"变态"是常见的喷涂词汇，有时候甚至更糟糕。

从没有哪个政客因为对儿童强奸犯太过苛责而败选。越来越多的犯罪行为需要在数据库里登记，首先是制作被禁止的儿童色情影像，之后仅仅是消费也不行——哪怕消费者并不知道这类色情影像的主角实际上是未成年人，此外，口头骚扰也和身体接触一样属于被惩处的范围。

越来越多的人被社会驱逐，需要找到一个能够安静生活的地方。一个令人厌恶的房地产市场由此诞生，造就了奇迹镇这样的地方。所以，到底是社会需要被保护不受这些人的侵害，还是这些人需要被保护不受社会的侵害，完全取决于你的商业模式是什么。

午夜刚过，玛雅离开洛杉矶。她借了克里斯特尔的蓝色特斯拉，开上101号公路向北驶去，希望可以在黎明前抵达奇迹镇，那些在附近莴苣田工作的男人那时应该已经起床了。她并不觉得这些人中有谁会轻易对她开口，所以希望尽量多咬几个苹果，可以尝出些味道。

然后她又想到，当你被几百个强奸犯、暴露狂和儿童猥亵犯包

　　　　　　　　　　　　　　　　　　　　与她共谋

围时，或许不该使用任何与品尝禁果有关的比喻。

　　几小时后，玛雅看着加州日出时糖果色的天空出现在一片盛放的玫瑰田上方。她离开 101 号公路，开上一条乡间小路，车后扬起一片尘土。在新一天的最初时分，她来到了这个她所见过的最与世隔绝的地方。

　　所谓奇迹镇其实只是个十字路口，没有红绿灯，周围有十几辆房车。房车之间通常只是空地，上面零散堆放着瘪掉的轮胎、暴露在风吹雨打中的废旧家具，还有，最残酷的———一些空荡荡的儿童充气泳池。她停在路边，然后下了车。

　　她等待着。

　　没过多久，男人们开始从房车里出来，他们的穿着几乎一模一样，都是旧牛仔裤和汗渍斑斑的 T 恤。他们立刻看到了玛雅，而且不出所料，他们接下来的动作都是把脸遮住，仿佛他们仍然是曝光在法庭外面的变态。玛雅把双手举向空中，以示手里没有相机。

　　"我只想问几个问题！"她大喊，但似乎没人理会。她是个开着特斯拉的镇外来客，所以无论她想从他们这里得到什么，都是可疑的。而且，由于她是个女人，跟她有关的一切都预示着危险。

　　接下来的几个小时，她逐一前去询问从房车里出来做工的性犯罪者，但是没有一个人跟她说话，直到九点钟之后，她才终于找到了一个愿意理她的人。上班的人都已经离开了，所以四周没什么动静，直到一个穿着法兰绒睡衣的大块头男人打开了他房车的门。他是个白人，一头金色卷发，体重肯定有二百多斤，没洗澡。他曾经或许英俊的脸上胡子拉碴。他一看到玛雅就呆住了，但他并没有躲回房车里，而是四下看看，仿佛觉得自己是被某个恶作剧节目选中，正暴露在隐藏的摄像头下。

"你是达丽雅吗？"他说。

"我叫玛雅。我不知道能否问你几个问题，是关于曾经住在这里的一个人的。"

那个人有些恼怒和失望："你不认识达丽雅？"

"不认识。"她往他的房车靠近，他并没有阻止她。

"五个月之前，"她说，"有一个叫鲍比·诺克的人曾经住在这儿，非裔美国人，应该在三十五岁左右。"

那个人凝视着远处，仿佛在思考这件事会给他惹上什么麻烦。

"我想找到鲍比·诺克。"玛雅说，她从口袋里掏出一张一百美元的钞票，把钱举起来，好确保那个男人能够看到它在风中摇摆，"你能帮我吗？"

男人看着钱，然后看了看空荡荡的四周，点了点头说："进来吧。"

他打开房车的格栅门进去了，玛雅不知道房车里等待着她的会是什么。

周围一个人都没有，她手机的信号只有一格。

她感到害怕，同时又因为自己感到害怕而羞耻。她对这个人一无所知——他做过什么、是什么时候做的，抑或他为什么会来到这里。像她的任何一位当事人一样，他应该得到她疑罪从无的待遇。然而，独自进入一个可能犯下过滔天罪行之人的房车，显然是愚蠢的。

玛雅提醒自己为什么要来到这里。那个星期她已经看到了一具死尸，还单独见过了一位确凿无疑的性犯罪者。而杀死瑞克的凶手并不在这辆房车里。这意味着，无论房车里面的情况有多危险，房车外面的世界，还有更大的危险在等待着她。

房车内部比她想象中整洁很多。这个人可能自己不修边幅，却把家里收拾得很干净。墙上甚至有些装饰——旧货店里买来的油画，上面画着一些船。

他站在水池边，接了两杯自来水。

他递给她一杯。"我这儿没有过滤壶之类的东西。"

"这就行，"她说，"谢谢你。"

他坐在灯芯绒情侣沙发上，空气闷热。

"达丽雅是谁？"玛雅问道。

"我哥们儿的女儿。她本该来看望他，反正他是这么说的。"

"有人来看望一定很好吧。"她觉得自己像个傻瓜。

他耸耸肩。"我不知道。"

"你叫什么名字？"

他想了一会儿："汉克。"

她笑了："不是你的真名吧？"

他又耸了耸肩。"有什么关系？"

玛雅举起那张一百美元的钞票："你在这里住多久了？"

汉克指着钞票："让我看看。"

她把钞票递给他。他用一只手捏住纸钞，另一只手的指尖温柔地触碰着。

玛雅稍稍向后退开："你在这里住多久了？"

"八年。"他停顿了一会儿，"可能更长一点。"

"你认识鲍比·诺克吗？"

"杀死那个姑娘的人？"

"你觉得是他杀了那个姑娘？"

"他跟我说是他干的。"

玛雅给了他意味深长的一瞥。"鲍比·诺克告诉你——汉克，他杀害了杰西卡·希尔弗？"

汉克把钞票放在身边的桌子上。"你想让我这么说吗，是他告诉我他杀了那姑娘？"

玛雅叹了口气。是出于庆幸、焦虑，或者仅仅是瞬间的放松？她并不确定。

"我只希望你跟我说实话。"她说。

汉克稍微耸了耸肩膀："你给钱，我听你的。"

"你认识他吗？"

"我认识他。"

"你知道他去哪儿了吗？"

汉克摇摇头："他一会儿在，一会儿不在。没人会立刻注意到的。"

"为什么？"

"那哥们儿很安静低调，他没工作。"

"那他靠什么挣钱？"

"我哪儿知道，可能是家里帮忙？我们很多人也有家人。虽然不来看我们，甚至都不打电话，但是他们会寄支票。"

玛雅从手机里找出一张瑞克·莱昂纳德的照片。

"你认识这个人吗？"

汉克眯起眼睛，似乎终于看出来了这个年轻的黑人瑞克和曾经住在这儿的年轻的黑人鲍比是两个不同的人。这是个好现象，说明他的记性还可以，虽然鲍比和瑞克长得一点都不像。

"拿过来我看看。"汉克说。

与她共谋

玛雅上前一步，像举着灯笼一样把手机举在面前。

"近点儿，给我。"

玛雅站在他面前，把手机递到他伸过来的手里。

"这是另一个人。"汉克说。

"对。"

"他是不是叫瑞克？"

玛雅尽量不动声色地问："你怎么知道的？他来过这儿？"

"对，几个月之前，他也想找鲍比。来了几次，他挺执着的。"

"他是在鲍比离开之前还是之后来的？"

汉克望向天花板，仿佛是在努力回忆："我是在那之后才见到他的。他说他曾经跟鲍比交谈过，他们是朋友之类的吧，我根本不信。他说鲍比消失不见了，他需要找到鲍比。"

"你跟他说了些什么？"

"就是我跟你说的这些。"

"别人有没有跟他说过一些你没告诉我的事情？"

"别人跟他说了什么我怎么会知道？"

"因为你们会互相串八卦，而且你也不是傻子。"

汉克第一次露出了笑容："谢谢你这么说。"他站起来，巨大的体格填满了房车的大部分空间，"但我觉得你手机里的这个人并不会在这儿有什么收获，他给一些人留了电话号码，说如果有情况就打给他。但是，我是说……还能有什么情况？"

"他给你留电话了吗？"

他到房车后面的卧室区去了，玛雅能听到他翻找的声音，她本能地往格栅门的方向挪动了一点，把手伸进挎包，找到了克里斯特尔的胡椒喷雾，紧紧握着开关。如果他拿着刀子出来，她或许能跑掉或者把他击倒，如果他拿着枪出来，她就死定了。

结果，他拿着一张纸出来了。

他把纸递给她。上面的电话号码开头的区号是 301——洛杉矶。

玛雅没能从汉克（无论他的真名是什么）那里得到更多信息，也没有停留太久。

来到房车外，她大口呼吸着新鲜的空气。阳光毒辣，她躲进阴凉的车里，准备继续去探访奇迹镇的其他居民。

不过首先，她掏出手机，拨了汉克提供的电话号码。她做好了听到瑞克语音信箱自动留言的准备。听到他留在日常生活中的点点滴滴，感觉一定很难过。

等待音只响了一声，一个女人接起了电话。

"早上好，"电话那边传来的声音说，"卢·希尔弗办公室。"

长久的沉默。在这个每位居民都曾犯下过可怕罪行的郊外荒凉小镇路边，玛雅的车里死一般寂静。

"请问您要转接哪里？"

第十二章

杰伊

2009-09-27

很多人喜欢说有钱人的坏话，但杰伊·金不是这种人。有些人认为贫穷是一种光荣，杰伊觉得那是因为他们并不太了解真正的贫穷是什么。他小时候曾经有很多个夜晚露宿街头，没有吃的。如果让他在贫穷和富裕之间选择，他一定会选择每天都当有钱人。他很确定，只有那些被洗了脑，认为自己永远不可能成为富人的人才会甘于贫穷。

杰伊工作的建筑工地上，很多人光是看着报纸或杂志上有钱人的照片，就认为这些穿暗色西装的男人或浮华内衣的女人（不知道为什么，杂志上的有钱女人一半都是穿着内衣出镜的）一定是帮恶棍，因为他们肯定是通过某些不寻常的手段才得到了现在拥有的一切。可能他们都是恶棍，每一个人都是，但杰伊知道不少穷人也是恶棍。至少报纸和杂志上的那些人，比如比尔·盖茨、史蒂夫·乔布斯、沃伦·巴菲特，他们建立了公司。那些女人，奥普拉、詹妮弗·安妮斯顿、安吉丽娜·朱莉以及唐娜·卡伦，她们把自己打造成了品牌。发财是一种思维定式，没有什么比乐此不疲地嘲笑更能显示出一个人没有钱而且也永远都不会有钱了。

这就是身为穷人真正糟糕的地方，贫穷会浸淫你的大脑，让你认为你的处境都是别人的错误造成的，唯独你自己没有错，而你周围的所有人也都抱有同样的想法。有些穷人就执迷在这些想法里，一辈子沉浸其中，还将其传给后代，一代接一代。

可是，杰伊想，看看富人家的孩子们，为什么他们总是能够变得比父母更有钱？那是因为从一开始他们就在正确的思维定式下成长。

如果说杰伊对自己的孩子们（三个女儿和一个儿子，四岁到十四岁不等）抱有什么希望，那就是希望他们能够学会像他们想要成为的人那样思考。杰伊怀着一种狂热的预感，相信他的孩子们会成为报纸杂志上看到的那些人。他听到人们说"唉，现在已经没有英雄了"，可那都是消极思维造成的。如果你认为自己不需要崇拜英雄，那么随便你，你一定也没有任何上进心。杰伊不这么认为，他的孩子们也不。

上一次看到电影里的大英雄是个生意人是什么时候？那个白手起家的家伙没有污染地下水，而是在曾经荒芜的沙漠里打井？为什么好莱坞从来不拍那种电影？

他觉得自己知道原因。因为那些隐居在贝弗利山上的好莱坞自由派，为附近的穷人感到无比羞耻。所以他们躲进豪宅，远离世事，拍出那些电影来美化他们避之不及的受害者。

卢·希尔弗出庭做证的那天，杰伊听到这个真正的亿万富翁说话时，他相当激动。

杰伊对卢·希尔弗的第一印象相当失望。这就是那个被杂志吹嘘的行业巨头、市场缔造者、明尼阿波利斯市的大富豪？卢的双肩前耸，脸上皮肤松弛，仿佛皮肤下面已经没有了支撑的肌肉。杰伊看过那些有关亿万富翁非凡气场的报道——他们走进房间的时候你就可以感觉得到。但卢不是，他的西服看起来有的地方太松，有的地方又太紧；一开始杰伊还善良地认为或许他是在展示某种新流行的欧式风格。然而不是这样，杰伊看着卢坐在木质椅子上，意识到他只是穿了件不太合身的西服。

或许再多的钱也不能让一个独生女被谋杀的人振作起来。

让杰伊好奇的是，这是卢第一次出现在法庭。他的妻子伊莲每天都在旁听席前排就座，总是穿一身黑衣，好像她是一个复仇天使，到人间来审判人类的罪行。

如果有人杀了杰伊的孩子，你最好相信他也会表现得和伊莲一样：坐在法庭前排，从早到晚，一年中的每一天，一天中的每一个小时。

卢是控方的最后一位证人。过去几个月中，莫宁斯塔尔一点一滴地把他的案子构建起来：血迹和DNA，性爱短信，以及杰西卡的手机拨出的奇怪电话。在她失踪当天的下午，离开学校后，她打给了家里的座机——或者，像检察官反复强调的那样，是有人用她的手机打了希尔弗家的座机。电话被自动转接答录机，没有留言。电话拨出时，杰西卡手机所在的位置是市区——或者，像检察官反复强调的那样，电话可能处在一个方圆25英亩[1]的区域内，包括市中心的大部分地区以及四条主要高速公路。

---

1 1英亩 ≈ 4046.856 平方米。——编者注

莫宁斯塔尔指出，手机的定位极有可能意味着杰西卡当时正在前往或离开鲍比公寓的途中。莫宁斯塔尔描绘了一幅生动的画面：当天下午，鲍比让杰西卡坐上他的汽车，开车回到他家。在去他公寓做爱的路上，或者在做爱之后离开的途中，两人发生了争执，可能她希望结束这种不正当关系，又或者她只是想跟父母坦白这件事。鲍比愤怒起来，然后在车里把她杀害，她的血到处都是。接着，鲍比意识到自己闯了大祸，于是把她的尸体塞进后备箱——所以那里也发现了血迹——然后开车到沙漠把她掩埋了。

总而言之，杰伊觉得案子证据确凿。就算鲍比·诺克没有杀害杰西卡，他至少也是在猥亵学生时选错了对象。

卢出庭，大概率是要为案件提供最后的关联性。

他的语气平静："我的名字是卢·希尔弗。我出生于明尼苏达州的明尼阿波利斯市，现在住在洛杉矶市。"杰伊身体前倾好听得清楚些，他注意到，其他陪审员也有同样的动作，"我是个商人。"

这就是一种气场，杰伊意识到，他说话的时候能让十五个人趋身聆听。

莫宁斯塔尔让卢描述一下他的业务性质。

辩方律师吉布森表示反对，她提到了什么"相关性"，然后他们来回争辩了几句。审判中这种情况很正常——几个问题，律师之间的一些争论，另一个问题，更多律师之间的争论，诸如此类，如果争论太过激烈，法官会要求陪审团回避。

"我是希尔弗地产的创始人和首席执行官，"卢最终还是回答了问题，"我是桑瑞保险的创始人和董事会成员，我是联合金属、联合混凝土、联合玻璃制品以及联合整修公司的主要股东，虽然这些公司都叫'联合'，但实际上并不像你们以为的那么联合。"听起来

　　　　　　　　　　　　　与她共谋

像是他之前说过的玩笑话，这番话引发了一些微笑，"我还是希尔弗投资公司的创始人和首席执行官。至于希尔弗基金会，我在那儿是打工的，给我太太打工。"

房间里的微笑更多了，但是杰伊目瞪口呆，"联合混凝土"这个名字猛地击中了他，就像……嗯……

杰伊不仅为联合混凝土公司工作过——三个半月之前他还为公司转包过合同，甚至他被召去履行陪审员义务的前一刻，他还在领取公司的薪水。

他想狠狠敲打自己的脑袋，像卡通片里的那些傻瓜一样。他早就知道卢·希尔弗拥有一些"联合"公司——可他怎么就从没想到那个混凝土公司也是其中之一呢？

卢继续提到他在市中心新建设的项目，而杰伊想起自己已经宣誓，表明他和卢·希尔弗没有任何私人或者财务关联。

天啊，他想起来了，他之前其实还见过卢！至少是在世纪城某个建筑工地外面的一圈经理中间。卢是那天来工地参观的一大堆西装革履的不知名白人中的一个，但杰伊确定没跟卢说过话——这个他有九成五的把握。

或者九成。

杰伊突然觉得有点热，他在椅子上挪动身体。弗兰·戈登伯格每天都坐在他旁边，她看了他一眼，比了个口形问："你没事吧？"然后把水壶递给他让他喝一口。

杰伊挥手表示没事，然后转过头看着卢。他不能让弗兰知道，也不能让任何人知道。其他陪审员都不能算是他的朋友，如果有必要，他们肯定会立刻把他供出去。可是话说回来，杰伊想明白了，洛杉矶哪个人不跟卢有着千丝万缕的联系？如果杰伊没有注意到这种关联，或许任何人都会犯下同样的错误。

杰伊尽最大努力将精力集中在证人审问上。检察官让卢描述一下他跟女儿最后的对话，也就是她死亡当天的早晨。

辩方立刻提出反对。

"我们之前讨论过这个问题，法官大人，"吉布森无奈地说，"杰西卡·希尔弗的'死亡'尚未定论。"

"反对有效。"法官朝莫宁斯塔尔翻了个白眼，"不要再这样了。"

莫宁斯塔尔带着歉意点点头："你和杰西卡最后一次交谈时都说了什么？"他对卢说，"在她失踪的当天。"

卢悲伤地摇了摇头："你知道最让人受不了的是什么吗？我甚至都不记得了。"

卢形容他的女儿是一个容易相信别人、心软、善良、傻乎乎的人，而且越来越擅长在他面前隐藏自己黑暗的秘密。他说他完全不知道杰西卡和鲍比之间的事情，他为此很自责。他是不是太沉迷工作了？是不是对家人太疏于照顾，才犯下了无法饶恕的错误？还是说孩子到了一定年龄，就会变得像陌生人一样，变成了自有一套生活习惯和处事方法的外来生物？

杰伊觉得，卢提到自己女儿的时候没什么感情。某种程度上，这让他显得更可悲了，好像他并不知道该如何讲述发生在他身边的可怕的事情，于是只好尽己所能去笼统地讲述。莫宁斯塔尔问了卢一些具体的问题——她一般几点钟从学校回家？他是什么时候开始担心她迟迟未归的？她是不是经常不打招呼就在外面待那么久？但是卢的大部分反应都表明，关于杰西卡的事情，由于他自己的疏忽，他知之甚少。

每得到一个答案后，莫宁斯塔尔都会转身看着陪审团席，尤

与她共谋

其仔细地观察杰伊、卡罗琳娜、弗兰、凯茜和恩里克。杰伊明白过来，这些陪审员都有孩子，那是他第一次觉察到，检察官在试图左右他们的想法。当然，卢·希尔弗所经历的是每一对父母的噩梦，对杰伊来说肯定也是这样。如果连卢·希尔弗都不能保护自己的女儿不受伤害，别人能有多大的能力？

但是，对于莫宁斯塔尔一直喋喋不休地讲述父母不在时孩子会做什么，杰伊感觉不对劲。如果莫宁斯塔尔认为他需要这样强行灌输观念给陪审团才能获胜，那么这对于案子又意味着什么呢？

吉布森缓缓起身，仿佛在等待着空气稍微清新一些。法庭上的气氛凝重起来。

"我很抱歉，希尔弗先生，"她说，"这对你来说一定很不好受。"

卢还没开口，莫宁斯塔尔就提出了反对："我觉得我没听到辩方的提问，法官大人。"

法官看了他一眼，好像在说：这家伙吹毛求疵，但他说得也没有错。他对吉布森说："你可以开始提问了，辩方律师。"

她点点头："好的，法官大人。为了希尔弗先生着想，我会尽量简短。"

吉布森对着证人席发问："你拥有多少家不同的产业？"

莫宁斯塔尔提出反对："这与本案无关。"

吉布森摇了摇头："我有种似曾相识的感觉。"

"反对无效。"法官对莫宁斯塔尔说，"这是你开的先例。"

吉布森走到法庭中间，也在对着陪审团席发问。她认为双方同样重要，甚至更注重陪审团这边："你的商业利益是否曾经引发过任何争议？"

卢深吸一口气："并不比相同规模的其他企业多。"

"对不起，你的意思是'有'？"

"是的。"

"有没有人威胁过要杀了你？"她盯着杰伊。

这与他和卢之间的关联有关吗？但她是怎么知道的？

"当然有过。"卢说。

她的高跟鞋转了个角度："当然？"

"我的地产开发项目要转移租户，有一些愤怒的社区组织，有人给我寄过信。很可怕，但是人在愤怒时说的那些话，都是说说而已。"

"有人给你写过信说要伤害你的家人吗？"

"我想有的。"

"有人给你写信说他们要强暴并杀掉你十几岁的女儿然后把她的尸体埋在沙漠里吗？"

如此细致的描述让法庭里的每个人都震惊了。

"我不记得了。"卢说。

如果有人写过这样一封信给我，杰伊想，我肯定会记得。

"那让我帮你刷新一下记忆吧。"吉布森从桌子上拿起一张纸，先展示给了莫宁斯塔尔——无论这是什么，他之前是看过的。她把文件交给法官，后者按照程序将其收录为"辩方证物 101 号"。

"请求给证人过目。"她说，法官点点头。

她走近证人席，把那张纸递给卢·希尔弗。

"你能否帮我读一下，希尔弗先生？"

他看了一眼法官，仿佛一个在征求家长允许的小孩，法官点点头。

"'亲爱的犹太佬[1]希尔弗,'"，卢开始读起来，"'你在毁掉这座城市。你应该眼睁睁地看着你的贱货女儿被强暴然后被谋杀，尸体被埋在甜点[2]里，让你永远找不到。或许我会干，或许，如果你走运的话。'"他抬起头，"没有署名。"

吉布森并没有显示出轻浮的情绪："埋在甜点里？"

"上面写的是'甜点'。"

"你记得收到过这封信吗？"

"不记得。"

"是寄到你家里的。"

"警察跟我说了，在鲍比·诺克因为谋杀杰西卡被捕之后。"

"你没有觉得这件事值得注意吗？"

"我当然觉得值得注意。"

"没有值得注意到让你想到，写信的人或许是认真的？"

"杀害我女儿的是鲍比·诺克。"

杰伊几乎确定他看到了吉布森的笑容。

"你一定非常震惊，"她说，"当你看到被告和你女儿之间的短信时。"

"我是在他杀掉她之后才看到的。"

杰伊已经受够了审讯流程里这些悬而未决的时刻，他希望吉布森立刻反击，但是让杰伊惊讶的是，她没有说什么。她只是望向陪审团，希望能够得到理解，仿佛是在说，他们都在尽全力去应对一位悲哀的父亲令人理解的怒火。

---

1 原文为 Jew，与卢（Lou）发音相似，此处有歧视犹太人的意味。——编者注
2 原文为 dessert，为 desert（沙漠）的误拼。——编者注

"你看到那些短信的时候有什么想法？"

"我无法相信。"

"无法相信你女儿用那种方式跟老师交流？"

"无法相信他会给她发那种信息。"

吉布森表现得很好奇："他的行为更让你吃惊，而不是她的？"

"他违反了法律，他在占她便宜。"

"请允许我这样讲，希尔弗先生，那些信息的内容显示出，杰西卡是自愿的。"

这个律师怎么能说出这么难听的话，还是对女孩的父亲！这样不对。

杰伊对莫宁斯塔尔的印象并不太好，但是吉布森给他的印象更糟。

"你怎么敢这样说？"卢说。

"抱歉，"她说，"我无意冒犯你。"

"她才十五岁，"卢说，"还是个孩子。"

"我很抱歉你不得不读到你女儿和我的当事人之间这些带有性暗示的信息。"

卢保持沉默，他似乎非常生气。

"杰西卡跟你提到过鲍比吗？"

"我觉得没有。"

"你觉得没有？"

"我不记得了。"

"甚至没提过鲍比是她的老师？"

卢摇了摇头。

吉布森望向法官求助。

"希尔弗先生。"法官说道，"恐怕本庭只能记录对律师提问的言语回答。"

卢看着法官，现在也迁怒于他。卢看起来不是那种需要别人告诉他该怎么做的人。

杰伊觉得，如果他有一亿美元，他也不喜欢别人告诉他该说什么以及该什么时候说。

"没有。"卢说。

"希尔弗先生？"吉布森说。

"对你提问的回答——没有。我不记得杰西卡提到过那个人。"

"她通常都会跟你提到她的男朋友吗？"

卢似乎感到反胃："你说什么？"

"女孩子对这种事情可能是很保密的，尤其是对父亲，这再正常不过。我只是想了解一下，她有没有跟你提过其他的男朋友，在鲍比之前的？"

"那个人不是她的男朋友。"

吉布森耸耸肩："对不起，那你觉得杰西卡会用哪个词来形容他？"

"他是她的老师。"

"当你读到你女儿发给鲍比的短信时，你一定非常恨他。"

"是的，没错。"

"你希望他因为跟你女儿发那种短信而受到惩罚吗？"

"我希望那个黑鬼遭到报应。"

法庭里一片抽气声，仿佛大家在比赛谁能吸入更多的氧气。杰伊相当确定有人把一句脏话说了出来，但他不知道是谁说的。就连法官都呆住了。

吉布森则连眼睛都没怎么眨，她发出了一声最轻微的叹息，仿佛已经厌倦了这个对她的当事人有着如此恶毒偏见的世界。

"没有其他问题了。"她说。

法官提出暂时休庭。在陪审团休息室，大家有很多眼神交流，但没人说话。他们知道，如果有人开口说什么，他们就都有麻烦了，但是在你听到那种话之后又怎么可能保持沉默呢？

杰伊试图用沉默跟瑞克交流。他想告诉瑞克，呃，嘿，哥们儿，我知道那些白人想干什么。但是从瑞克脸上的表情来看，他不想表态，又或者，杰伊并不是他想要同病相怜的对象。

杰伊发现，有时候黑人会跟他说白人的种族歧视有多严重，但接着又要声明最大的受害者是黑人，就好像杰伊从没听到过白人模仿那种他并没有的口音，或者说他一定数学很好之类的屁话。每当黑人装出一副他们才是种族歧视唯一受害者的样子时，杰伊都感到特别厌恶。

他去找特丽莎，他俩本来就是最要好的。她有种敏捷的冷幽默，如果你能听出其中的讽刺，肯定会爆发出大笑。他只跟她说了一句："该死。"他觉得这句话已经能够清楚传达他的意思。

特丽莎只是摇了摇头："说得好。"

弗兰·戈登伯格看起来很窘迫。她是不是为卢·希尔弗——她的犹太同胞——是说出如此种族歧视的话的人而感到难堪？好像也会连带着让她颜面无光似的。

法警斯蒂夫带领他们回到法庭时，气氛非常紧张。

法官让莫宁斯塔尔发言，他站起来。

"控方没有证人了。"他说。

与她共谋

法官转向吉布森："辩方准备好传唤第一位证人了吗？还是你想结束今天的庭审，明天早上传唤第一位证人？"

杰伊看见吉布森沉吟片刻，然后她在鲍比·诺克耳边低语了些什么。他们两人低声交谈了一会儿，鲍比终于点了点头，然后继续盯着他面前的桌子。

吉布森站起来。

"陪审团的女士们先生们，"她说，"辩方没有证人了。"

第十三章

我可能是你
最好的朋友

现在

"我想与卢·希尔弗先生通话，谢谢。"玛雅对着电话说。电话那头的女人没有回应——不管她是谁。一阵沉默之后，玛雅补充说："我是玛雅·希尔。"

"请稍等。"女人回答。之后，在没完没了的等待音乐声中，玛雅坐在那里，看着荒芜空旷的奇迹镇发呆。

瑞克和卢怎么会搞到一起？卢从财力上或者其他方面帮助过瑞克的调查吗？为什么瑞克没有把这件事告诉任何人？

另一个人出现在房车门口。他盯着玛雅借来的特斯拉，正在纳闷这辆车——还有她——在这个被遗忘的地方干什么。

"希尔小姐？"电话那头有人说话，"希尔弗先生请你明天早上九点钟到办公室来，这个时间可以吗？"

玛雅说可以。

接下去的几个小时，她仍然在尝试询问更多备案的性犯罪者，但是没有人跟她开口。

那天下午，她沿着海岸边风景优美的公路开车返回。公路在高耸于海滩上方的山崖上蜿蜒，岸边，海浪拍打着裸露的岩石，溅起美丽的白色浪花。她想利用这段时间好好思考一下自己了解到的一切，并好好欣赏可能是入狱前最后一次看到的海景。

这是她搬到洛杉矶之后第一次在曲折的1号高速上开车，望着波光粼粼的海面，她想起了和亨特一起从旧金山来这里途中的对话。她偶尔会想到亨特，连她自己都惊讶这种情况是如此罕见。

那次审判之后不久他们就分手了，但并不是因为她的外遇，和瑞克发生的事情是一个可悲的错误，她已经后悔了。按照亨特的说法，在两人之间造成障碍的是鲍比·诺克。

"我们就不能说点别的事情吗？"她回家两周之后亨特愤怒地说，"那个浑蛋毁掉的事情还不够多吗？现在还要让他来毁掉我们的生活？"

那天他们出去吃晚饭，有人在餐厅里认出了玛雅。一个穿着黑色紧身裤、戴着一堆首饰的女人走到他们的桌边说："你是陪审团成员，对吧？我希望你开心。"然后被她感到难堪的朋友拽住手腕拉走了。

约会之夜从那一刻开始瓦解，一阵紧张的沉默，对随便什么小事发几句无关紧要的牢骚，然后又是一阵紧张的沉默，侍者来给两人的水杯倒上水，冰块融化时发出噼啪声。

"我只想好好度过今晚。"他说。

那么他想聊些什么呢？直到今天她也并不确定。她当时就问了他，但是他回避了，把球踢回给她："别的什么都行。"

"我不是你的游艇主管，"有一次吵架时她说，她不记得是哪次了，在她的记忆中这些争吵已模糊一片，"我的工作并不是娱乐你。"

"你太执迷了。"他说。这句话肯定是后来的某一次吵架时说的。告诉亨特自己想读法学院之后，玛雅觉得讽刺的是，她缺少"人生方向"曾经是他们之间关系紧张的一个潜在原因，结果她读法学院的决定似乎只会让他更加不满。

"怎么，"他说，"你要当律师，这样就能够帮鲍比·诺克洗脱杀人罪吗？我提醒你一下：你已经做到了。"

"不，"她想解释，"我想当律师是因为鲍比·诺克和杰西卡·希尔弗那样的人都有权得到公平的审判。"

在这个城市里，每天都有人杀人，每小时都有人被强奸，每分钟都有人偷东西。警察忙着四处抓人，其中有些人是无辜的，有些人不是，可亨特希望她做什么？袖手旁观吗？写完那些根本没有人会看的愚蠢的小说？还是写一部回忆录讲述司法系统对她有多么不公？

绝不可以。她不是一个无情体制内无助的受害者，她也不是事不关己的旁观者。

亨特永远不会理解，成为一名律师并不是为了永无休止地重新回味那次审判，而是为了拥抱她人生中那些最艰难、最痛苦、最难忘的场面，并与之和解。

她已经把旧时的玛雅留在了那个法庭上，她现在是另一个人了。而这位全新的希尔女士，是从那些法庭和休息室中重生的，在那里她就像在家里一样。

亨特现在已经结婚了，他住在波特兰。从他在脸书上的照片看，他非常热衷于手工酿造啤酒。

路上的时光很愉快，直到她遇到了马里布附近的晚高峰。太阳刚刚下山，那几乎完全被一个人拥有的新市区的灯火在远方朦胧可见。

审判之后，玛雅只遇见过卢·希尔弗一次。几年前，她到帕利塞兹参加过一家美妆公司主办的改善气候变化筹款晚会。她是陪克里斯特尔·刘一起去的，非常享受这少有的低调。"我叫玛雅，是克里斯特尔的同事，我们的办公室离得很近。"她跟其他来宾这样说。这就是她当晚的全部身份——另一个来品尝喷着油雾的蔬菜沙拉、试用下一季香水样品的律师而已。

直到她看见出现在房间另一头的伊莲·希尔弗，两人的目光对视了一秒，玛雅下意识地转过头去。她并不能确定伊莲·希尔弗真的看到了她，她甚至不确定那个人是不是伊莲。她试图说服自己，房间那边那位六十多岁的优雅女士是另外一位亿万富翁慈善家和上流社会的常客。接着，玛雅又忍不住一直偷偷瞟向她。

这种虚假的视而不见直到晚会结束时仍然在延续。玛雅和克里斯特尔一起排队等待私人泊车服务时，感觉到有人从后边撞了她一下。

是卢·希尔弗，正在催促妻子快点走向等待他们的林肯加长轿车。

"希尔小姐。"他经过时低声说。

就这样。希尔弗夫妇上了车，没有再往玛雅这边看一眼。

"所以，"几分钟之后，克里斯特尔在开车驶入夜色时问道，"你遇见什么有意思的人了吗？"

与她共谋

卢·希尔弗拥有的各种公司占据了世纪城大厦南楼的好几个楼层。每层楼都代表一个他感兴趣的领域：房地产、保险、私募基金、"创新"——无论这个词意味着什么。伊莲和卢·希尔弗基金会以及金融部门同在一个楼层，占据了一半空间，而卢本人的办公室在最顶层。

卢看起来比玛雅想象中苍老一些。人们总是形容衰老是一个逐渐下坡的过程，但卢看起来像是一落千丈。十年前，五十岁的卢看起来是个中年人，现在他已经不再梳分头遮住谢顶，手上的黑色老人斑也非常显眼。他从办公室角落起身走过来问候她的时候，她注意到他的每一步都很缓慢。

他的脸上还是那种厌倦的表情。

"总感觉这一幕在我们之间发生过。你好，我是卢。"他说。

她握住了他伸出的手说："我想应该从没发生过。"

"为什么？"

"因为你告诉《纽约时报》，我小时候一定是被我妈妈头朝下摔在了地上。"

他接受了她的直言不讳，并回敬她："是吗？你放走了那个杀害我家杰西卡的人。"

"这可不是个好开场。"

他笑了："坦白说，比我想象的还好一些。请坐。"

他指向一对沙发。从办公室一侧的玻璃幕墙望出去，玛雅可以看到海景，另一侧则是好莱坞山庄，再一侧，是新市区的摩天大楼，以及更远处的内陆帝国。

"所以，"卢说，"你给我打过电话。"

"为什么瑞克·莱昂纳德把你的电话号码给了一个住在奇迹镇

的性犯罪者？"

卢的回答丝毫没有迟疑："哦，你知道了，很好。我还在琢磨你是从哪里得到那个私人号码的，瑞克把它交出去是因为那是我调查部门的电话。"

"你有一个调查部门？"

"他没告诉过你？"

"没有。"

"嗯。"显然玛雅的答案并不是他期待中的，"是这样，过去几年，瑞克·莱昂纳德本人实际上就是我的调查部门。"

"他为你工作？"

"大约两年前，瑞克来这里找我，他把自己对鲍比·诺克所做的一切调查都告诉我了。他坚信他能够证明鲍比是有罪的，但是他需要时间、人手和资源。他几乎已经破产了。我读过他写的书——我知道他站在正确的一方，我满足了他的一切要求。"

玛雅对卢的直率感到惊讶。

他看着她说："你以为我会试图对你隐瞒这些事情吗？"

"我不知道。"

"我何必呢？"

他的话竟然非常有道理。

"瑞克死了，你听说了吧？"她问。

"真是太邪恶了。"

"瑞克吗？"

"鲍比。"

"抱歉，你说什么？"

"是鲍比·诺克杀了瑞克。"他听起来好像是在陈述一个再明显

226　　　　　　　　　　　　　　　　　　　　　　　　与她共谋

不过的事实。

玛雅觉得这话简直毫不可信："你竟然相信这个？"

卢似乎被冒犯到了："鲍比·诺克杀了我女儿。在你运用无尽的智慧放他自由之后，他整整十年都在逃避应该得到的法律制裁。瑞克·莱昂纳德出于高尚灵魂的驱使，在我的帮助下，一直在深入调查鲍比。瑞克发现了对鲍比不利的证据，所以鲍比为此把他杀了。"

"如果你想主张是鲍比·诺克杀害了瑞克，你知道你必须相信什么吗？"

"我洗耳恭听，你觉得我应该相信什么？"

"首先，鲍比必须知道一件事，那就是陪审团要重聚。然后他必须知道重聚的确切地点在哪里。他还要想办法在不被人看到的情况下潜入酒店，不被我们任何一个人看到——十几个能够一眼认出他的人。他还必须知道瑞克会待在我的房间、他去我房间的时间，以及我当时并不在场。"

"或许我和你之间最本质的区别之一在于，我认为鲍比·诺克绝对没那么简单。"

公平地说，玛雅想，这可能是对他们此时处境最准确的描述了。"你知道警方认为是我干的吗？"

"我知道。"

"但你不那么认为？"

"对。"他沉吟了一下，"你现在最难接受的一件事情就是，我可能是唯一相信你无辜的人。这意味着，哪怕我肯定你是全洛杉矶最容易上当受骗也最顽固不化的人，我仍然可能是你能找到的最好的朋友。"

她无法相信自己听到的话。

"我知道，"他说，"奇怪的伙伴。"他坐回沙发里，像天使展开翅膀那样张开双臂。

卢对鲍比的痛恨影响了他视野中的一切。在他眼里，只要牵涉到鲍比，哪怕再牵强附会的事情都没什么难以置信的。

"所以瑞克发现什么了？"她问，"在你这样强劲后盾的支持下。"

卢的脸上浮现出失望的神情。

"听起来不太妙，"他说，"很不妙。"

"什么？"

"我以为你知道。"

"他没告诉你？"

卢叹了口气："瑞克很聪明，干劲十足。你知道，没有什么比变节更能够促使一个人走向伟大。因为鲍比对我女儿所做的事情，我希望能够伸张正义，而瑞克希望伸张正义的原因是那些他因为鲍比而做错的事情。"卢向她俯过身，"至少瑞克承认了他的错误，不像我们这些人。"

玛雅阻止自己上他的圈套。她提醒自己，现在她最不需要的就是开启一场到底是谁杀了杰西卡·希尔弗的争论，特别是跟女孩的父亲争论。她所需要的——她唯一需要的，就是对她的辩护有帮助的信息。

"你真的还不确定吗？"他问道，好像她的冷静让他厌烦，"在这么多年之后？在发生了这么多事情之后？这让人几乎要敬佩你的执念了——几乎。"

"如果瑞克是为你工作的，那你一定能够看到他的笔记，他收集到的鲍比的材料。"

卢哑哑嘴："是的。这些材料并非秘密，他也都交给电视制片方了。"

"他们手里的东西我已经看过了。"

"那你应该明白，那些文件里没有什么重大发现，他也没跟我透露过。哦，我问过他很多次，我可以给你看我们之间往来的一百封邮件。他只是一直在说他拿到了好东西，非常好的东西，好得不得了的东西，但必须要在完美的时机爆出来，我们为此还争执过。"

这件事的方方面面听起来都很荒谬。"为什么瑞克找到了一些无可辩驳的证据，却要瞒着你？瞒着所有人？"

卢用一只手指抵住双唇，这个姿势让他看上去隐约有股学究的气质。"很不错，是不是？你终于开始和我问同样的问题了。"

卢望向窗外的天际线。"杰西卡一直更喜欢海边。"

玛雅跟随他的目光，她能看到的只有连绵不绝的城市高楼，"好吧。"

"从她很小的时候就是。大多数婴儿都讨厌洗澡吧？杰西卡不是，她特别喜欢。长大一些后，就是游泳课，然后是加入游泳队，每周末她都会和朋友们一起到海边去，而我在这里，就在这间办公室里。我工作得太久了，现在也是，但是现在，还剩什么呢？你懂的。以前，我晚上回家会见到她，她的长发湿漉漉的。我还能闻到海水的咸味。我会说：'杰西卡，你整整一周都在游泳队里训练，周末你还要去海里游泳？'她说那是一种冥想，我女儿是那样的女孩，她会说出'冥想'这样的词来。"

玛雅不知道该如何去理解他这番话，也不知道该说些什么作为回应。

"我真希望能认识她。"这是她能想到的最好的回答。

卢摇了摇头，仿佛她说的话无关紧要。"你知道伊莲一直在跟我说什么吗？她说'惩罚鲍比·诺克并不能让杰西卡回来'。"

"你不同意。"

"我一直跟伊莲说，让我们试试，看看会怎样。"他把双手放在膝头，"而这就是我决定帮助你的原因。"

"怎么帮？"

"我知道鲍比·诺克在哪儿。"

玛雅不相信他说的话。

"一个月之前，是瑞克发现的，"卢解释说，"谢天谢地，他将这个情报告诉了我。我可以告诉你。"

"为什么？"

卢笑了："因为如果我告诉你鲍比在哪儿，你就会去找他谈谈。为了给你自己洗脱嫌疑，你需要搞清楚瑞克到底掌握了鲍比的哪些证据，他或许能提供点线索。"

"你为什么不自己去？"

卢耸了耸肩："我去了要说什么？"他晃动着身体站起来，"而且更重要的是，鲍比有多大可能性会跟我或者我的人开口？"

"不太大。"

"但是他跟你开口的机会有多大？毕竟你是他的救世主吧。"

卢这种能够计算出每一方各自的利益，并只在对他有利的方向上加以利用的冷酷逻辑令人惊叹。经年累月与对方律师谈判的经验让玛雅学会了一眼就辨认出那些擅长摆布别人的人，但卢是不一样的物种，他似乎知道该如何制造那些完全由最基本的人性欲望组成的精密机器。

玛雅想，或许这就是他能当上亿万富翁的原因。不是通过把自己的意愿加诸别人，而是通过操纵布局，让他人把各自的意愿加诸彼此。每个人都在为卢·希尔弗工作，无论他们有没有意识到这一点。

"好吧，"她说，"我接受。鲍比·诺克在哪儿？"

"在我告诉你他在哪儿之前，我希望你能为我做一些事。"

"什么事？"

"我希望你跟我说实话。"

玛雅糊涂了。"我什么时候跟你说过谎？"

"你回避了我之前的问题。现在我想知道，你真的——真的——仍然确信你十年前的判断是正确的吗？"

过去那些年来，玛雅见过太多人围绕着这个问题顾左右而言他，此时她反而欣赏卢的直接鲁莽。如果他"几乎"要崇拜她的执念，或许她也"几乎"要崇拜他的坦率。

"有没有可能，"他说，"只是可能……鲍比杀了我的杰西卡？"

卢的表情因为渴望真相而憔悴。

她知道为什么他那么在意她的回答，她很清楚那种感觉：你争论了那么长时间之后，争论的结果已经不那么重要了——唯一能提供安慰的并不是被证明你对了，而是事实显示，从最开始你就是对的，那才是卢真正想要的。现在呼唤正义已经太晚了，他的内心永远不会平静，所以他能期待的唯一满足感就是听她承认她一直是错的。

玛雅想告诉卢，他渴望的东西会一直折磨他的余生。他们所有人都不得不面对一种最让人难以接受的命运，那就是永远不会确知到底发生了什么。身为需要答案的人类，他们受到的惩罚是不得不永远带着疑虑生活下去。

在这座城市中大大小小的法庭里，玛雅看到有些人得到了他们想要的判决，也看到同样多的人得到了他们所不希望的判决，但是这些判决跟真相毫无关系。任何判决都不会改变一个人的观点。陪审员不是神，那些进入法庭寻求神的启示的人，得到的只是官僚式谈判的结果。

玛雅想要告诉卢，这种对于澄清事实的渴望已经成为整个国家的泥沼。每一天，人们醒来的时候，都会热切地盼望新闻头条能明确证明他们一方是善良的，而另外一方是绝对邪恶的。但是，具有确凿肯定的证明永远也不会降临。每一项看似会让对立方遭殃的新发现，都会伴随着一种新的合理化解释；每一次失败的预测，都会伴随对方罪行的减轻。他们会加倍坚持最无力坚持的信念，因为另一种选择令人无法忍受，而且法庭另一边的浑蛋也是同样的处境。她想说的是，唯一比犯错误还要糟糕的事情，就是毫无底线地渴望证明自己从来没有犯错。

但是这些话她都没有对卢说出口。

相反，玛雅说出了卢想听的话。这是因为，她比世界上任何一个人都更加没有资格去指导卢·希尔弗该如何过他的日子。这还因为，他问了她一个坦率的问题，理应从她这里得到一个坦率的答案。

"希尔弗先生，"她伸手捋了捋头发说，"我现在对任何事情都没有那么坚信不疑了。"

第十四章

凯茜

2009-09-28

"你打算干什么？"凯茜·温的丈夫阿尔伯特在电话那头说道，她能听到电视背景音，"你要破案吗？"

一想到法警斯蒂夫正在值班室监听这通电话，凯茜就很厌恶。她想提醒阿尔伯特通话的不止他们两人，但是以往的经验来看，"提醒"阿尔伯特一些他已经知道的事情，后果往往不会太好。

所以她干脆说："明天就是结案陈词了，然后我们会做出裁决。我很快就能回家了。"

"四个月了，凯茜，"阿尔伯特说，"这四个月来是谁在照顾莎拉贝斯？"

他们的女儿莎拉贝斯到现在也没写完大学论文，这就是把她留给阿尔伯特来看管的结果，但是此刻为这件事吵架没有任何意义。

"我知道我不在的这段日子你付出了很多，我保证回去后都会补偿你，审判马上就要结束了。"

"你掺和进去能干什么呢？伸张正义吗？你不是律师，你也不是法官，你对那些事情根本一窍不通。如果你觉得你能够做出点不一样的事情来，那你真是全天下最大的傻瓜。"

她叹了口气。阿尔伯特有时讲话很难听，这一点毫无疑问，但是他是对的——她觉得自己能做什么呢？

但是，问题在于她做出了承诺。她答应加利福尼亚州政府，她会履行自己的责任。是的，说句公道话，他们要求她付出的的确太多了，但是如果她就这样抛开自己的责任、违背自己的誓言……那么，这又会给莎拉贝斯树立什么样的榜样呢？

凯茜在旁听席看到了受害人的妈妈伊莲·希尔弗。她看着那个女人每天都把头高高扬起，而鲍比·诺克跟她相距不过五六米。即使在昨天，她的丈夫卢说出了那样令人震惊的话，她也依然如故。凯茜不会因为一个女人的丈夫说了非常难听的话而怪罪她，如果法庭上的人听到了阿尔伯特说的那些……

凯茜只希望，如果万一有什么事（上帝保佑不会有）发生在莎拉贝斯身上，她也能像伊莲那样坚强。她感觉自己并不只是向加州政府承诺要担起这份责任——她也向伊莲承诺了，而这份承诺是有意义的。

可是，尝试跟阿尔伯特解释清楚真是太难了。

她相当清楚，如果她尝试告诉他自己对于某个亿万富翁的太太有一份责任，他会说什么。

"或许，"于是她说，"他们会让我当替补陪审员，那不就行了吗？那我就可以回家了……没准明天就行。"

法官告诉他们，在审判结束时，会随机挑出三名替补陪审员。替补陪审员可以立即回家。那就意味着，凯茜有五分之一的机会能够在明天晚饭前回到家里。

　　　　　　　　　　　　　　　　　　与她共谋

"头号大傻瓜！"阿尔伯特说，"他们是在利用你，结果你连动脑子想想的念头都没有。"

如果他已经处于那种情绪之中，干脆让他发泄出来算了。

"你告诉他们你需要当替补。"他说。

"法官说是随机选择的，我不觉得……"

"你去提要求。你明天必须回家，没得商量。"

凯茜想象着此刻莎拉贝斯就在房间里，论文还没完成。或许直接回家对凯茜来说是最好的选择。成为替补陪审员并不意味着她逃避了责任，是不是？反正总要有三个人当替补，其中一个是她也无所谓。"好的。"

"好的？"阿尔伯特听上去还不放心。

"我跟他们说。"

"他们不是非要你在场才能把这一切解决掉。"阿尔伯特没完没了，好像她还没同意似的，"寻找一项一直以来都没有找到的关键证据？那证据不是你，明白吗？你回到家人身边并不会导致刑事司法系统崩溃。"

凯茜真希望法警斯蒂夫这会儿已经睡着了，但她对此表示怀疑。"我说了我会跟他们说的。"

"光是想想就够了，"阿尔伯特自己笑了起来，"首席大侦探凯茜。"

第二天上午的法庭上，莫宁斯塔尔相当迅速地做完了结案陈词。凯茜以为他会尝试着加入更多动之以情的部分——可怜的杰西卡遭遇了什么、伊莲和她的丈夫承受了什么，但是经过昨天那一大堆破事，他可能觉得需要降降温。

他让大家把注意力集中在案子的三个基本事实上：短信、血迹、案发时鲍比对所在地点告诉警方的谎言。"当法庭那边的朋友尽量混淆大家思路的时候，"他说，"我请你们牢记这三个简单的、基本的事实：短信、血迹、谎言。她会说，被告人或许是一个被人误解的年轻人。可能他确实是，但是……短信、血迹、谎言。她会说，可能警察太过急于去怀疑他，可能他们确实是，但是……短信、血迹、谎言。"

在陈词的末尾，他举起一幅几乎是真人大小的杰西卡的照片。那是案发当天她离开学校时安全摄像头拍下的，是她失踪前的最后一张照片。

在审判过程中，凯茜已经看了十几次这张照片，莫宁斯塔尔一直在提及它。现在，他小心地把照片放在架子上。如果审判是一首歌，这张照片就是副歌，全部的意义就在于重复。

凯茜永远不会忘掉这张照片，哪怕她想忘掉都不行。杰西卡还穿着校服：海蓝色的裙子，长度刚刚过膝，黑色的裤袜，白色衬衫，纽扣一直系到领口。她金色的头发别在耳后。照片这么大，凯茜甚至可以看到杰西卡锁骨上那枚小项链吊坠盒的细节。

他们了解到，那个小盒子是她父亲送给她的礼物。是几年前一次旅行的纪念。银色的小盒子让杰西卡显得比实际年龄还要小，凯茜觉得，它出现在一个还没有准备好就一头扎进了成人世界的女孩脖颈上，显得格外幼稚。

凯茜试着想象让莎拉贝斯戴上她父亲送她的吊坠盒，那可不容易。

莫宁斯塔尔结束了他的结案陈词，把照片留在那里，仿佛杰西卡穿着校服、戴着儿童吊坠盒的照片是他最希望大家记住的画面。

　　　　　　　　　　　　与她共谋

吉布森的策略与控方截然相反。莫宁斯塔尔坚信不疑的地方，她都认为是模棱两可的。所有莫宁斯塔尔认为再清楚不过的事实，她都会把水搅浑。与鉴证科学有关的证据以各种形式呈现——微量百分比，百万分率，误差范围，而吉布森用令人眩目的速度不停把它们抛出来。

在卢·希尔弗的问题上，她摆出了高姿态，她甚至再也没有提起过他前一天所说的话。相反，围绕着他的敌人们，她营造出一片疑虑的乌云——有人想要伤害他和他的家人。从法律上来说，她无须证明是这些人绑架了杰西卡，但控方有责任证明这些人确实没有做。

吉布森提到杰西卡的时候，总是使用"绑架"这个词，凯茜没听她说过一次"杀害"。

吉布森从未解释过为什么她不进行辩护，只字不提为什么鲍比·诺克会站在被告席。

她表现得好像已经赢下了官司。就好像控方什么都没有证明，所以她也没有任何反击的必要。

吉布森感谢了陪审员付出的时间和贡献后，法官宣布，庭审结束。

"我不会透露哪些陪审团成员已被随机挑选为替补。"他说，"如果我叫到你的号码，请站起来，跟着法警一起到我的房间。加利福尼亚州政府感谢各位的服务，我也一样。"

凯茜能够感觉到周围的每个人都紧张起来，她确定自己是唯一想成为替补的人。特丽莎那天说过，她没法想象在这儿坐了好几个月之后，没有给出判决就被送回家去。"这段前戏对我来说太长了。"特丽莎说。

凯茜本来也有同感，但是阿尔伯特说得有道理。如果她必须裁决鲍比·诺克是无罪还是有罪，她该投哪边？可能是有罪吧，她并不是做出判断的最佳人选。现在，玛雅迫不及待地想进入陪审员休息室开始投票，她的"朋友"瑞克也是。特丽莎说过，玛雅和瑞克睡过，但凯茜觉得这不关自己的事，说来也不关特丽莎的事。

还有韦恩。他肯定也是个替补。他越来越语无伦次，经常盯着窗外长久地沉默。上周他需要二十五分钟"晒太阳"的时间，然后才能上车去法庭。法警斯蒂夫只好给法官打电话说他们会迟到。她不知道韦恩还能坚持多久，或者他们还能利用他多久。

法官读出了名字。

"906 号陪审员。"他说。

阿诺德·迪恩站了起来，他看起来呼吸过猛。

"552 号陪审员。"法官说。

看到恩里克·纳瓦罗站起来的时候，凯茜几乎像是被鞭子抽到了。恩里克对这个消息倒是没什么反应。

现在她和韦恩之间只剩下一个名额了。

"873 号陪审员。"

凯兰·布拉格站了起来。

三个人一起跟着法警斯蒂夫走向门口。

凯茜震惊不已。一切都发生得太快了，她根本没有机会开口解释她的处境，让那三个人回家的理由并不比让她回家的理由更充分。

她没有细想就举起了手。

所有人望向她。

　　　　　　　　　　　　　与她共谋

"690号陪审员？"法官说，"如果你有事情跟我说，可以到我的办公室去。"

凯茜难为情地把手放下，自己可真是个傻瓜啊。

"在你们的审议开始前，"法官告诉剩下的十二位陪审员，"我们会随机选择你们中的一位作为陪审团主席。和本庭的所有沟通，也就是和我的沟通，必须由指派给你们的陪审团主席亲笔书写在我们提供的卡片上。陪审团主席将负责管理陪审员休息室里的商谈，并管理审议流程。本庭的基本原则是：第一，所有审议都必须在陪审团室中进行，所有十二名陪审员都必须在场。也就是说，不能私下商谈，也不能在晚上回到酒店后商谈。你们都要在那个房间一起商议，直到得出判决。清楚吗？"

凯茜点点头。

"第二，"法官说，"对被告人提出的指控只有一项：一级谋杀罪。你们可能会认为他的这一罪名成立，或者不成立，但是你们做出的任何裁决都必须要得到全体成员的同意。如果你们对于这项指控的定义，或者应该遵循的指示有任何问题，按照我们刚才说的，可以由陪审团主席通过手写卡片来要求进一步解释说明。这一点清楚吗？"

凯茜又点了点头。她只希望快点结束这个说明环节，好让她到法官办公室去澄清这个错误。

法官打开了一个牛皮纸文件夹，把里面一个封好的信封撕开："你们的陪审团主席是……"

他从信封里拿出一张纸宣布："690号陪审员。"

"我不能留在这儿。"几分钟后，凯茜在法官办公室里对他说，

"我要回家去找我的家人。"

法官向后靠在椅子上，椅子吱吱作响。他已经脱掉了法袍，现在穿着黑色的西服套装。凯茜从没见过他不穿法袍的样子，虽然他还穿着西服，看起来却好像什么都没穿似的，感觉很奇怪。

"如果你需要照顾小孩而无法履行陪审员义务，你应该早点提出来。"

凯茜并不想对法官撒谎。"不是那个原因。"

"那是什么原因？"

她怎么说才能让他明白呢？"绝大多数陪审员都愿意留下，为什么不能让那些想留下的人留下，想离开的人离开呢？"

法官挠了挠光秃秃的头皮说："复杂一些的答案是，那会导致陪审团通过自我选择构成，影响裁决的公正性。短一点的答案是，因为我说不行。"

凯茜听到了自己绝望的叹息声，她意识到自己在家对莎拉贝斯号发号施令的时候，对方一定也是这种感觉。

"感到紧张是正常的，"法官柔声说道，"你正面临着一项重大的责任。"

"就是这个原因，我对这些事情完全不懂。我丈夫说……反正，我做不了这么重大的决定。"

"你有没有想过，正是因为你'对这些事情完全不懂'，所以才需要由你做出决定？"

这个人出什么毛病了？真是个特大号糊涂蛋啊。

"我已经让候补陪审员离开了，"法官继续说道，"所以如果你在得出判决之前离开，那我只能宣布这是一次无效审判，而且如果你离开的理由不具备约束力，我可以控告你藐视法庭。"

与她共谋

凯茜终于回到了陪审员休息室，发现其他人都站在房间里。

他们为什么不坐下呢？

"我们需要按指定座位就座吗？"弗兰问。

他们都看着凯茜，等她回答。

"我不知道。"

"或许我们应该按照自己的陪审员号码顺序就座。"弗兰说。

"我觉得无所谓吧。"瑞克说。

"在法庭上我们就是按号码顺序坐的。"特丽莎说。

"各位，"韦恩说，"这是我们的房间，我们可以自己定规矩。"

他们又一次看向凯茜，她感到慌乱。她已经当了十五年药剂师，有足够的经验去安抚那些吃光了抗焦虑处方药的病人，但是说到组织领导工作，她只管过女儿那些烦人的朋友。

"我再看看法官的指示。"凯茜说。

"哎哟，不至于吧。"韦恩喊了起来，他走到门口把门打开，把大家都吓了一跳，"法警斯蒂夫？"他冲着走廊喊。

法警斯蒂夫现身问："有什么问题？"

"我们的座位重要吗？"

法警斯蒂夫似乎觉得这个问题挺逗的。"任何法律相关问题我都无权回答。不过……房间是你们的，你们在里边干什么都可以，只要遵守法官的指示。"

"谢谢。"韦恩说，然后法警斯蒂夫把门关上了。

"都自己找地方坐吧。"韦恩说着，占住了窗边的那把椅子。

他们随意就座。弗兰似乎为此有点生气，凯茜不知道能做点什么来安抚弗兰，她出于本能想做点什么，但是大家的目光又投向了她——所有人都在等待她的指示。

"或许，"瑞克提议，"我们应该先投一轮票。"

凯茜把桌上供他们使用的一堆索引卡分给大家。撕开水笔上的塑料包装时，她体会到一种心满意足的快慰，发水笔的瞬间她觉得非常平静，仿佛又回到了从前给莎拉贝斯的小伙伴们派发课外手工作业的时候。

"好了，"凯茜说，"这样，我们先进行一轮不记名投票，每个人都把你们的裁决写下来，然后交给我。"

没有人行动，凯茜不知道他们还在等什么。

"每个人都要写'有罪'或者'无罪'，"瑞克柔声帮凯茜解释，"然后凯茜可以宣布结果，我们根据结果再决定下一步。"

凯茜转过头看着自己面前的那张卡片，她完全不知道该写什么。她有什么资格去决定是谁杀害了杰西卡·希尔弗？她怎么给自己找了这么大的麻烦呢？

她瞟了一眼特丽莎面前的卡纸。特丽莎的座位就在她旁边，她的手臂把卡纸挡住了，但凯茜伸伸脖子就能看到。

她写下了和特丽莎一样的裁决。

至少特丽莎看起来知道自己在做什么。

一分钟之后，玛雅举起了手："是我。"

凯茜无法相信，其他人的意见都是一致的。

玛雅到底在想什么啊？

瑞克看上去五内俱焚，仿佛在私人关系上遭到了玛雅的背叛。鉴于他们两人之间确实有隐情，这也许是真的。

"不可能。"杰伊说。

"真的只有我吗？"玛雅说，"我能猜到你们有些人会认为他有罪，可是……所有人都这么认为吗？"

是的，所有人。等玛雅意识到她有多孤立之后，就会改变她的裁决，她得有多疯狂才会想要跟十一个人争论呢？

"特丽莎，"玛雅说，"你对此案没有任何疑点吗？"

特丽莎看起来有些疑虑："一两个疑点？当然有。但是，我是说……你懂的。"

玛雅转身看着瑞克，而他回避了她的目光。"我以为陪审员中的有色人种会对昨天法庭上发生的一幕更为震惊。"

"这么说是什么意思？"特丽莎说。

凯茜觉得自己还不如现在就死掉。

玛雅似乎受到了伤害："我是站在你们这边的。"

"因为我是黑人，鲍比·诺克也是黑人，而卢·希尔弗是个种族主义者，所以我就应该投'无罪'吗？"特丽莎说。

"不是。"玛雅说。她又一次望向瑞克，希望他能帮忙，但瑞克根本不看她。

"或者，"凯茜试图做点什么来缓和气氛，"玛雅可以解释一下为什么她认为鲍比·诺克是无辜的，然后我们来回应她的观点。"

她觉得自己就像是在给莎拉贝斯和表弟表妹们劝架。孩子们一吵闹阿尔伯特就很烦，最后总免不了大发雷霆。所以，至少这种情况凯茜知道该怎么处理。

玛雅摇了摇头："反过来。"

"什么？"弗兰说。

"举证责任在控方，"玛雅说，"你们告诉我为什么那么肯定他就是凶手，然后我们可以就此进行讨论。"

桌子周围传来一阵恼怒的叹息声。

"你是说,"杰伊开口了,"你可以盯着法庭上的那个家伙,然后告诉你自己,这个人的模样像是无辜的?"他说到"模样"这个词的时候,有几个人在椅子上不安地扭动着身体。

凯茜下意识地望向瑞克和特丽莎——他们会认为这是种族歧视言论吗?凯茜不知道。不过,如果陪审团里的两名黑人都不认为杰伊对黑人被告"模样"的评价是种族歧视,那就不是。

"他的'模样'怎么了?"玛雅说,"你这么说是什么意思?"

此前勉强可以承受的尴尬局面至此再也无法掩盖。谁给了玛雅这样做的权利?大家应该礼貌讨论才对。

杰伊朝着特丽莎做出了一个"这位女士简直不可理喻"的表情。

"通往地狱的道路都是帮倒忙的白人铺的。"特丽莎伤感地说。

气氛剑拔弩张。凯茜意识到自己就要哭出来了,于是握紧拳头试图忍住眼泪。

"我看到的鲍比·诺克,"玛雅说,"只是一个无辜的人。"

第十五章

东基督区

现在

卢·希尔弗告诉她，东基督区是索尔顿湖对岸的一个非建制地区，也是嬉皮艺术家的聚居地。它坐落于沙漠中间，并不具备法定地位，也没有官方警力。玛雅甚至好奇谁能有权到那里实施逮捕行动，会有人去那片区域巡逻追查违反假释条例的人吗？没有。卢把卫星导航定位的坐标给了她，并且强调，对一个十恶不赦的人来说，那儿是最理想的藏身之处。

　　驱车七小时之后，玛雅驶下高速路，进入一条单行道，然后又拐上一条几乎没有路标的土路。日落时分，她开着车缓慢地穿过越来越暗的尘烟。特斯拉并不太适合越野行驶，电动轿车在岩石嶙峋的沙地上颠簸前行。

　　随着最后一缕日光消失，她打开了车头灯，但也只能看到前方几英尺¹内的荒凉。身为一个在新墨西哥州出生长大的人，玛雅吃

1　1 英尺 ≈ 0.348 米。——编者注

惊地发现自己面对这片在夜色中蔓延的沙漠时，竟然有些紧张。她提醒自己，仅仅这周之内，她就已经在警察局的审讯室里受过审，也探访过性犯罪者聚居的地盘。所以，一个艺术家社区，她应该可以应付。

距离东基督区最近的"城镇"是斯拉伯市，镇上那些敞开大门的移动房车已经被她远远地甩在了后面。后视镜里的点点灯火逐渐消失，她继续朝黑暗的前方驶去。

然后，她看到前方出现了一片圣诞彩灯一样的微弱光线，红色、绿色、蓝色、黄色的光在一栋建筑物的顶端闪烁。驶近一些之后，她辨认出一些更加低矮的建筑，有些是锡皮窝棚的形状，其他的则像是巨大的垃圾堆，其中最高那座的轮廓隐约出现在眼前。不会吧，她心想，看起来像，但不可能是……

玛雅把车停下。

那是一大堆洋娃娃的脑袋，堆了四层楼那么高，顶端只有节日彩灯般的一点微光。

而更让人毛骨悚然的是，这座建筑的底部有一扇门，门是开着的。

她下了车。

"别动，"一个男人的声音在她身后幽幽响起，"转过来，速度要很慢。"

玛雅转过身，看到一个穿着灰色连身裤、满身泥点的红胡子男人。他戴着 LED 头灯，光线直刺玛雅的双眼。她很难看清这个男人的脸，但不可能忽视他手里那支正对着她的猎枪。

她举起了双手。

　　　　　　　　　　　　　　　与她共谋

"我并不想开枪。"他说。

"那我就放心了,"玛雅说,"我也不想挨枪子。"

他笑了,聪明人总是能够认出同类。

"那是什么?"他低声吼叫。

玛雅意识到自己手里还拿着车钥匙,"车钥匙,我这就把它扔掉。所以,提醒你,它落在地上的时候不要被吓到。"

"我尽量吧。"

她把钥匙扔在地上,钥匙掉在坚硬砂石上发出的声音让她哆嗦了一下。

那个男人用头灯照亮了她脚下的地面。

谢天谢地,他把对准她的枪口移开了。"你是警察吗?"

她伸脚把地上的车钥匙朝他推了推,好让他看清特斯拉的商标。

"不是。"

"你看起来也不像是来这儿抢劫的。"

"你们这些人身上有什么值得抢的东西吗?"

他好像还仔细想了想说:"人人都没有吧?"

"我是来找人的。"

那个人指了指身后的营地,"我们有规矩,天黑以后谁都不能进出。"

"对不起,我不知道。"

"网站上写了。"

"我不知道你们有网站。"

他一脸恼怒的样子。"照片墙、色拉布、脸书,我们都有。"

"没有推特吗?"

他摇了摇头："去他的推特。"

"我觉得你跟我应该能合得来。"

他花了很长时间细细打量她的衣服、她的车，还有她脚上看起来很舒适的皮质平底鞋，然后问道："你是谁？"

"我叫玛雅·希尔。"

他对她的名字没有任何反应，这是个好兆头。这个地方显然是有互联网的，但是这个人——或者说这儿的人——似乎并没有关注洛杉矶的新闻。

"我怎么称呼你？"她问。

他仔细考虑着答案，然后微笑着说："叫我伊斯梅尔[1]。"

"好吧，伊斯梅尔。"她说，"我在找一个叫鲍比·诺克的男人。"

"我的名字是《白鲸记》里的。"

"我知道。"

"这儿没有叫鲍比·诺克的人。"

"他可能用了其他名字。"

"这么说的话，他应该是不太想见你吧。"

"他想，"她说，"他只是不知道我来了。"

伊斯梅尔每摇一下脑袋，他的头灯都会晃到玛雅的眼睛，让她头晕目眩。

"你跟这个叫鲍比的人是怎么认识的？"他说。

玛雅想了一会儿说："我帮他逃脱过牢狱之灾。"

---

1 这是麦尔维尔小说《白鲸记》的开篇第一句话，在文学史上很有名。伊斯梅尔是小说叙述者，为一名水手，这一名字也来自《圣经》，意为"被遗弃的人"。——编者注

这不算说谎，不完全算。伊斯梅尔看起来对她的解释很满意。

"来吧，"他说，"我带你到营地去。"

他握枪的手放松下来，把枪安全地横在前胸，然后从她的汽车旁边经过，走向那片闪烁着的"圣诞彩灯"。

玛雅跟随着他头灯散发的光线往前走。"那边是什么？"她指向前方问道。

"那边，"他说，"就是东基督区。"

玛雅了解到，东基督区是一个无人监管的大型艺术项目集群，而艺术家和他们的狐朋狗友们都住在他们创作的作品里。她已经看到的那座娃娃屋，它的创作者和几名帮手就住在里面。有些人在自己的作品旁边搭帐篷居住，特别是那些在营地的主体建筑里帮忙的人。那里看起来与真正的建筑无异，有石膏板材质的墙体，有屋顶，还有一个临时搭起来的舞台，上面摆着一台大钢琴，供游荡到这里的乐手们使用。他们还有一条相当不错的灯杆，伊斯梅尔还向她炫耀说，他们还为那些来拍音乐视频的人准备了一支相当不错的照明架。

"还有人来这儿拍音乐视频？"她问道。

"当然。"他带着她经过一面完全由破旧电视机搭成的墙，墙上喷涂着一些单词："政府""信任""时尚""杀人"。

"我是说，"他继续说道，"这地方确实很诡异。"

他听起来很自豪。

破电视墙的后面是个篝火堆，有二十多个人正围在火堆前，喝着酒，抽着大麻，或者只是躺在地上，全神贯注地望着火苗发呆。有些人脸上带着致幻剂药效发作时那种眼大无神的表情，另一些人在平静地讨论着晚餐。

这里流通的毒品量印证了外界眼中营地混乱的治安。也不知道这儿的居民是趁休假来搞艺术创作的毒贩子，还是趁休假来贩卖毒品的艺术家。在这里，一切界线都是模糊的。

"这是玛雅。"伊斯梅尔跟火堆旁边的那群人说。

"天黑之后不许访客进来！"一个女人喊道。她是个白人，剃了个光头，穿着一件古罗马托加袍一样的衣服，也可能只是条床单。

"没事，"伊斯梅尔说，"她挺酷的。"他仍然随意地握着猎枪，没人再去关注他们俩。

"我来找一个老朋友，"玛雅说道，"他以前叫鲍比。黑人，三十多岁，戴眼镜，很瘦……至少曾经很瘦，我有一阵没见过他了。"

那个女人和伊斯梅尔对了一下眼神。

"你们能带我去找他吗？"玛雅问。

伊斯梅尔和女人似乎在默默地商讨这样做会不会违反某种心照不宣的规定。

突然间，他们两人都愣住了。伊斯梅尔的目光锁定在玛雅身后的远处。

篝火的另一边，一个穿着黑色牛仔裤和红色格子衬衫的男人拎着一个桶朝他们走来，桶里的液体随着他的步伐往外溢出，他比玛雅印象中又瘦了不少。

他一看到玛雅就停下了脚步，盯着她。火光在他旁边摇曳舞动。

玛雅意识到，实际上他们从没说过话。

"嗨，鲍比。"她说。

"嗨。"

"可以聊一下吗？"

他慢慢地把桶放下。"玛雅·希尔，"他说，"我真不知道我们能有什么可聊的。"

伊斯梅尔把她和鲍比带到一个印第安尖顶帐篷旁边。他掀起帘子，玛雅往里看了看，怀疑自己产生了幻觉——帐篷里全是摆成各种犯罪姿态的泰迪熊玩偶，有些小熊举着小玩具枪，有些拿着刀，其中一只甚至还举着弓箭。安装在木地板上的几个聚光灯自下而上把它们照亮。圆帐篷的顶壁上呈现出凶猛动物的残酷黑影。

吸到二手麻药也会嗨吗？

"你是怎么找到我的？"伊斯梅尔离开后，鲍比说道。他的声音很小，仿佛担心即使在这里也会有人偷听。

"瑞克·莱昂纳德。"

"是他告诉你我在哪儿的？"

玛雅想弄清楚该如何理解他这句话，"他告诉了卢·希尔弗。"

鲍比点了点头，好像这是他早就料到或者担心的。"所以你现在也帮卢做事？"

玛雅沉思片刻："我真的不能说。"

他觉得这就算是默认了："你们所有人——卢、瑞克，每个人，你们走遍天涯海角也要追踪我吗？把我当作弗兰肯斯坦的怪物[1]？"

"他逃到北极去了，"玛雅说，"至少你还待在更暖和的地方。"

他几乎要露出笑容了，但终究没有。"我以前教过那本小说。"

---

[1] 小说《弗兰肯斯坦》中，主人公在实验室中创造了一个可怕的怪物，最终一路追杀他去往极地。——编者注

"给杰西卡？"

"给学生们。"

"瑞克不会再追踪你了。"

她仔细地观察着他的表情——他真的不知道过去三天发生了什么吗？

"瑞克死了。"

那一瞬间他显露出的惊讶如果不是真的，那他肯定是个好演员。

"什么时候？"

"三天之前。"

听说那个一直想把自己送回监狱的人死了，鲍比看起来并没有太难过，但他确实忧心忡忡。他的眉头紧皱，地板上的灯向上照着他的脸，让他看起来像是在篝火边听别人讲鬼故事。

"怎么死的？"

"我们举办了一次聚会。所有的陪审员都回到了奥姆尼酒店，纪念案子宣判十周年。在那期间，瑞克被人杀了。"

他双臂交叉抱在胸前，开始在帐篷里踱步。她感觉他已经学会了小心说话，而且在知道她的底细之前，他不会轻易透露任何信息。玛雅不能怪他不信任自己。

"你觉得，"他说，"是我杀了瑞克·莱昂纳德？"

"不，但是卢·希尔弗这么觉得。"

"那倒合理。警方怎么认为？"

"警方认为是我杀了他。"

他凝视着她，仿佛突然之间她变成了全世界他最感兴趣的人。

"你？"

"对。"

他的嘴角露出奇怪又苦涩的微笑，似乎被这个突如其来的转变逗乐了。"未来，"他说，"每十五分钟就会有人因为谋杀罪受到指控。"

"有什么诀窍吗？"

"有。"他用靴子尖抵着地板，"一定要找个好陪审团。"

玛雅认为这是赞赏的意思。"我需要你的帮助。"

"怎么帮？"

"我需要知道，瑞克在奇迹镇找到你的时候跟你说了什么。"

"你知道我违反了保释条例，如果有人发现我在这里，后果会是什么。"

"我知道。"

"那我为什么要帮你？"

"因为你欠我个人情。"

灯光在鲍比的脸上留下鲜明的阴影，离得这么近，她能看到他已经有了皱纹，那是牢狱之灾的痕迹、遭受迫害的痕迹、一直被追捕的痕迹。他的下巴上还多了一条之前没有的疤痕。

这个家伙曾经去过地狱，谁知道那会对他产生什么样的影响？

十年前，她觉得他虽然做了几个非常糟糕的选择，但仍然是个正派的年轻人。然而，无论当时他是什么样子，她发现自己如今已经完全不认识他了。

"你竟然还有脸对我说出这种话，我真的非常惊讶。"他告诉她。

"你看过瑞克写的那本书吧？你知道是我说服了其他十一个人才把你无罪释放的。"

他并没有试图否认。"你还记得卢·希尔弗出庭做证那天吗，在我受审的时候？"

"记得。"

"你还记得吗，他说完那句'黑鬼'之类的话，本该轮到我的律师进行辩护的，对吧？结果她什么都没说。"

"对，我全都记得。"

"那都是因为你。"

玛雅觉得自己一定是听错了。"什么？"

他诡异地笑了笑，仿佛是在回忆一个物理学基本定律被打破的荒诞梦境，一个只有做梦者才会觉得合理的噩梦："我们当时已经准备好了一整套辩护策略，我们有一些以人格名誉做证的证人，能够担保我没碰过杰西卡，有我的老朋友、我的兄弟，还有另一位老师。我们甚至有另一套犯罪理论，但是我的律师和我一直在争论到底应该走哪条路。"

玛雅能够想象那些证人会在法庭上说什么，审判之后，她在电视上看到了他们所有人的陈述。已经做出判决之后，她才对鲍比有了那么多深入的了解，这让她大为震惊。她回到家才听到鲍比的父母谈及他在弗吉尼亚州的童年生活，也是直到那时，她才看到了他弗吉尼亚大学的室友说起他们组建流行乐队的事情，鲍比以前还弹钢琴。最后，玛雅终于了解到鲍比搬到洛杉矶的首要原因：鲍比在弗吉尼亚大学的一位学长在杰西卡的学校教书，在那儿给他找了一份教音乐的工作。鲍比接受了，来了之后却发现校方出了些差错，工作没有了，于是他就当了一名兼职英语老师。他只教一个班，每周四天，周末他会教人弹钢琴挣点外快。

"如果你让那些证人出庭，"玛雅说，"我们会希望你本人也出

　　　　　　　　　　　与她共谋

庭做证。在陪审团看来，派出一大帮朋友和家人替你说好话，但你自己一言不发，这样不太好。"

"我的律师也是这么说的。"

"但如果你本人出庭，控方提出你过往不良行为的证据时，你就得坦白交代。"

"那些事你也知道了？"

"审判之后才知道的。你高中时殴打过一个孩子，这属于重罪，但由于你当时是未成年人，所以只判罚了社区服务。"

"重罪？两个比我大的孩子想要抢我的钱包，我们打了起来，结果不知道为什么我赢了。我到现在也不知道我怎么打赢了他们，但他们都说是我先动的手，所以被逮捕的是我。"

"因为你本人没有出庭做证，所以任何与你犯罪前科相关的内容法庭都不予采纳。这一点上，你律师的做法很聪明。"

"自始至终我们都不确定应该怎么做。一方面，我们希望让所有人都知道我是个怎样的人，以及我认为杰西卡出了什么事；另一方面，让我站在证人席上就会让'斗殴'事件曝光，这有可能会导致很糟糕的后果，我是说非常糟糕的后果。直到审判当天我们都不知道最好的方式是什么。然后卢·希尔弗说出了那句种族歧视的话……而吉布森看到了你们的反应。"

"陪审团的反应？"

"你的反应。"

玛雅不明白他想要说什么。

"吉布森靠近我耳边轻声说道：'我们只需要一个人，我觉得玛雅·希尔就是我们需要的那个人。'"

玛雅试图想象着自己当时的神情，她努力回忆自己有没有改变坐姿，有没有像其他人一样忍不住低声惊呼。她不知道。她意识到自己当时正全神贯注地看着卢，所以根本没想到鲍比的律师竟然也在全神贯注地看着她。

"我没有……"玛雅一时语塞。她从未想过，在审议开始之前，她就已经在影响审判的结果了。

"你知道'红心大战'怎么玩吗？"鲍比说，"实际上，我到现在也不会玩'红心大战'，但吉布森会。她说我们要'孤注一掷'，我猜那是非常冒险的一步，要么皆大欢喜，要么瞬间溃败。"他打了个响指，"我觉得既然事关重大……那就干吧。"

看起来鲍比·诺克的律师识人的眼光要比玛雅犀利得多，被一个只在法庭上有过一面之缘的人看得透透的，她感觉并不太好。她也很不情愿看到自己被归入性格鲜明的那类人：理想主义者、热血斗士、土包子。

"你为什么要跟我说这些？"她说。

"因为如果我同意帮你，也不是因为我欠你什么。你出头并不是为了我——你只是做了你本来就会做的事情。你被选中就是因为这个。不管你信不信，我的人生中确实有一些我想要真心感谢的人，但你不在其中。"

玛雅并不需要他的赞扬，她需要的是情报："所以如果你不是因为感激而帮助我，那是因为什么？"

"因为我没有杀杰西卡。"

玛雅过了一会儿才明白，这不仅仅是一个声明——这是一种互信条约。

"我没有杀瑞克。"她以此作为回应，两个人没再多说便达成了共识。

"瑞克找到你的时候发生了什么事？"她说，"之后你为什么跑了？"

虽然他们曾经在法庭中一起安静地度过了几百个小时，但他此时的举动却是她从未见过的。

他大笑起来，笑声比他的嗓音还要尖一些，像是孩子的声音，听上去仿佛来自他并不常用的那部分肺叶。"我们出去散散步吧。"

鲍比做的第一件事就是向她出示瑞克被杀当晚自己的不在场证明。他们从营地中穿过时，他告诉玛雅自己当时在东基督区。营地里的一个摄影师那周一直在拍照片，鲍比带着玛雅去了摄影师的帐篷，给她看了带有时间标记的数码照片，那些照片上鲍比的脸清晰可辨。

如果那些时间标记无误，那么鲍比驱车前往洛杉矶杀死瑞克并返回营地的总时长不能超过七十分钟，而营地到洛杉矶的单程车程是五到七小时。

鲍比自己的帐篷在娃娃头搭起的高楼附近。帐篷只够放下一只睡袋、一箱水、一个手电筒和几件小装饰品。

"我很想请你坐下，但是……"他说着，示意她这里并没有椅子。

玛雅看到，睡袋旁边的帐篷壁上挂着一幅短吻鳄蜡笔画，画面上的短吻鳄是亮红色的，露出橙色的牙齿，它与周围环境形成了强烈对比，无法不吸引住她的注意力。一时间她以为鲍比或许开始创作蜡笔画了，但随后又明白过来，这一定是小孩画的。她记得他有两个弟弟，他们有小孩了吗？鲍比本该拥有的家庭生活似乎只给他留下了这一幅画。

她在法庭上见过鲍比的家人。他的父母每天都来，隔着走廊与伊莲·希尔弗相对而坐。他们看起来明显比伊莲更加绝望，又或者他们只是没有掩饰悲伤。玛雅曾经试图去理解他们的痛苦有多深。卢和伊莲·希尔弗的女儿消失无踪只是一瞬间的事，杰瑞和阿拉纳·诺克却在几个月里，一天天看着儿子越来越远，玛雅并不知道哪一种痛苦更糟糕。

"瑞克·莱昂纳德没有任何对我不利的证据。"他终于回答了她的问题，"有一天他突然来到奇迹镇，出现在我的房车前，摆好了审讯的架势。他想要我认罪，我让他滚。"

玛雅不是很相信。"那你为什么要跑？"

"因为他会一直来找我，他和所有人都会。他说十周年就快到了，会有很多特殊的纪念活动，有更多的媒体。我并不难找，一切又要重来一遍，所以……我真的受不了了，别再来了。奇迹镇的一个人告诉我我可以来这儿。"鲍比摇了摇头，"我愣了一会儿才意识到自己的人生沦落到了多么可耻的地步——我竟然需要一个娈童犯给我建议，告诉我去哪里安身。"

玛雅细细审视他的脸，他说的有可能是真的吗？

瑞克也没有告诉鲍比他找到了什么？

"你可以回家。"

"家？"

"你还有父母，还有弟弟。"

"我觉得他们已经受够了。"

"你所经历的似乎不只是受够了而已吧。"

"是吗？"鲍比用鞋尖踢着硬土地，"我知道有一个人的遭遇比我更惨痛。"他抬起头，"杰西卡。"

玛雅终于向鲍比提出了那个让她琢磨、假设、推演了十年的问题，好像这是世界上最正常不过的事。

"鲍比，"她说，"你认为是谁杀了杰西卡？"

他凄惨地笑了笑："已经太久没有人问过我这个问题了。"

他看着墙上那幅短吻鳄儿童画，仿佛内心被融化了。

"她爸爸以前经常打她。"鲍比说。

玛雅能感觉自己一口气堵在喉咙："你说什么？"

"她给我看过那些伤痕，她说他也殴打伊莲，一打起来就没完。随便什么事都能让他动手，比如杰西卡晚上忘记关灯，或者关掉了不该关的灯，或者晚餐迟到。任何事情。我想杰西卡第一个告诉的人就是我，她非常害怕他。该死，连我都觉得可怕，而我当时甚至压根没见过他。在那样的家庭环境中长大——他像颗气态的爆裂恒星，而其他人，包括杰西卡在内，都是荒芜的岩石行星。实际上，这是她的比喻，我还记得她说这句话时的样子，当时她刚刚给我看了被烟头烫过的……"

他停住了，似乎是不想让玛雅知道最恶劣的细节。

"她说她妈妈也遭到了同样的恶毒对待，但是该死的伊莲·希尔弗不打算采取任何行动。她已经忍受了几十年，如坠深渊。"

玛雅的大脑在飞快转动。她经常怀疑卢是不是有所隐瞒，十几岁的女孩出事，所有人都会先怀疑父亲。从统计学上来说，这是有道理的，但是从始至终，关于家暴的议题完全没被提及。

她试图想象虚弱又阴郁的卢·希尔弗实施这种恐怖暴行的画面。他看起来没有这个能力，但是话说回来，有多少家暴者能让人一眼就看出来？

"这件事审判时你为什么不说？"

"除了我的陈述之外，我没有任何证据。而且，如果我站在证人席上发誓说卢·希尔弗暴力殴打过他的女儿……呵呵，你刚才跟我说什么来着？"

玛雅明白，这样一来他就要公开自己过往的案底。为杰西卡遭受虐待出庭做证或许是正确的选择，但却是个糟糕的法庭策略。

有些时候，真相反而会对辩护非常不利。

"你知道最糟糕的是什么吗？"鲍比继续说，"一切就是由此开始的，我们之间。杰西卡需要找个人倾诉家里的事情。她很害怕、很困惑，她不相信任何人……但是出于某种原因她相信我。"他紧紧攥起拳头，仿佛要把自己的骨头捏碎，"可是我都干了些什么？"

"你们就是从那个时候开始……单独在一起的？"

鲍比点点头："这个可怜的女孩正过着地狱般的生活，你知道我是怎么想的吗？我以为我能帮她。"

他悲痛地摇了摇头："你有没有想过，我们总以为自己是在帮忙，结果最后做出了多少蠢事？"

玛雅只希望自己不会总是这样想。"是的。"

"放学后我带她去喝咖啡，我告诉自己我是在帮她。我让她去找心理医生、去找校长，甚至去报警的时候，我相当确定我是在帮她……但她一直在拒绝。她让我发誓不会告诉任何人。她说：'别人会相信谁，你还是我爸爸？他们能做什么？'我不知道她是不是错了。你觉得卢·希尔弗那样的人会被抓起来吗？卢·希尔弗那样的人会进监狱吗？不可能，对他来说最坏的结果就是伊莲终于带着杰西卡逃出了他的魔爪吧。我也这样建议过她。'告诉你妈妈，如果你们两个人还要继续留在那里，'我说，'总会有一个人被杀死的。带上你妈妈，找辆车——如果你们有钱就雇一架私人飞机，远走高飞吧。'但是她不肯丢下妈妈自己离开。她妈妈又不愿意离开。她妈妈说会好的，说自己能够应付，卢会停手，不会有人被杀的……"

他最后的这句话在黑暗中回荡着。

"所以我做了些什么？我答应她不会告诉别人，好让她继续放心跟我倾诉。我试图说服她去看心理医生，我们继续见面，那时我刚刚搬到洛杉矶，没有什么朋友，我很孤独。我和她一起喝咖啡的次数越来越多，我是说，不然放学后我还有什么事情可做呢？她跟我说了她人生中最渴望的事情——她想住在一个无名小镇，安静、远离城市，也可以是个农场。她想生小孩，孩子们会有个好爸爸，一个善良的爸爸，和她自己的爸爸完全不同，生活也就不会那么沉重了。她其实很风趣，你知道吗？人们在电视上看到了她的照片，也听说过她人生的方方面面——但他们不知道她实际上真的很风趣。她很讨厌水，这是她最大的怪癖——她特别害怕被鲨鱼吃掉什么的，我猜她以前参加过游泳队，但是后来因为身上经常有伤口和瘀青，才停止了训练——她没办法穿游泳衣，但她撒谎告诉父母说她还在练游泳。我们会在周末见面，我送她回家之前，她都会在水池里把头发弄湿。她会跟她爸爸说，她在海滩上待了一整天。为什么是海滩上？我不知道。

"之后我们就开始发短信，来回来去地开玩笑。我知道自己不该跟学生发短信，但是我喜欢有人关注我，太悲惨了是不是？我需要一个遭受家暴的十五岁女孩的关注来让自己感觉好一些。也许她是第一个对我有所崇拜的人。于是我告诉自己：'不会有人受到伤害，我没有做错什么。'我继续跟她在一起，那些不堪入目的短信、污秽的照片——都只是开玩笑。有一天她拿走了我的手机，是她用我们两人的手机来来回回地发送了那些短信。后来我发现手机被她拿走了，放学后去找她，她就给我看了她干的事情——她笑得特别厉害。'要是有人看到这些你就死定了。'她觉得这样玩很疯，太恶作剧了。我把自己手机上的对话都删除了，但我猜她手机里还有，所以后来，警察拿到她的手机之后……"

玛雅想起审判中的一个细节，鲍比和杰西卡之间所有格外露骨的信息都是在一天之内发送的。即使他现在才终于说出来，这个解释也仍然有其合理之处。

"你能想象如果我在法庭自辩时说出这些事会怎样吗？"他说，"会有人相信我的话吗？你会相信吗？不如还是表现出我确实发了那些信息的样子吧，但那也是我辩护策略中唯一的问题：我们的关系确实不正当。我承认，只不过这种关系太奇怪了，我根本无法解释清楚。"

"比如车里的证据。她的鼻血、前座的头发，这些才是最讽刺的。你知道我们俩在我的车里一起度过了多少时间吗？光是开车到处兜风有多久？远远超出了检察官的想象。洛杉矶有 30% 的土地都覆盖着公路，这你知道吗？是杰西卡告诉我的，她说她爸爸一直在强调这个。所以我们就开车兜风、互相发短信。我仍然不知道那些小血滴怎么会出现在后备箱，我猜我的律师说得对，确实是证据室出了纰漏，但是我们在那辆车里待着的时间太长了，我肯定车里到处都是她的 DNA。我们之间发生的事情是错误的，是我的错，然后有一天……她就不见了。"

玛雅觉得，要是再不相信他，自己就简直不是人了，可她一直都里外不是人吧？鲍比确实非常对不起杰西卡，他自己也知道，但是话说回来，其他人也一样。杰西卡的父母、杰西卡的老师，甚至玛雅，因为如果鲍比所说为真，那么她现在就正在替家暴杰西卡的人工作。

"是卢·希尔弗自己把女儿杀死的吗？"她低声道。

"那就是我们要提出的辩护理论，算是一种'积极抗辩'吧。也许卢发现了杰西卡和我的事，也许她告诉卢她把他的所作所为讲给了我，他们一直没有找到她的尸体，是不是？所以，谁能有本事让一具尸体无影无踪、真正消失呢？"

一直以来都没有任何物证指向卢有嫌疑——连一根线头都没有。不过，这不是恰好验证了鲍比的论点吗？如果你认为是鲍比杀了杰西卡，那你就要相信他会笨到把血迹留在自己的车里；如果你认为是卢杀了杰西卡，那你就要相信他的手段太过高明，以至于十年里竟然没有一个人怀疑过他。

玛雅知道，就算她不相信凶手是卢，也不影响她相信鲍比讲述的家暴事实。这也是她在鲍比一案上的思路——他确实做了一些不好的事情，但那未必代表他就是凶手。

反复思考着卢和鲍比的嫌疑，玛雅感觉自己陷入了某种无穷无尽的恐怖循环。卢和鲍比是杰西卡生命中最重要的两个男人，但他们都没能保护她。

"这些事情你从没说过，是因为……"此时，玛雅才感觉到心中的恶感更严重了，"是因为我。"

他大笑起来，带着多年酝酿而成的苦涩："你知道有时候我为什么抓狂吗？司法系统确实发挥了作用。我和一个十几岁的孩子有过不当行为，我也为此坐了牢。像你这样的人一直在说这一切都是不公正的，但是你仔细想想，真的……有什么不公正的？"

玛雅看了一眼四周，这个陌生的地方与她所理解的任何一种公正都不太相似。

"你应该把这些都说出来。"

鲍比看着她，好像她是个傻瓜。"说给谁？为什么？"

玛雅有点糊涂了，这些指控太有杀伤力，不能就这么瞒下去。然而……鲍比也没错，他不公开也是有原因的。他们可以报警，可是警方能做些什么呢？唯一的罪行已经过去很久而且无法证实。他们可以找媒体，让卢·希尔弗在公众面前丢脸，但他们没有证据，有的只是一面之词，而且出自大多数人认定的杀害卢的女儿的凶手。

卢和鲍比可以在余生里继续互相指责对方的暴行，但是结局并不会有什么改变，他们失去的一切再也无法挽回。

"那么你打算怎么办？"她问他，"永远这么躲下去？"他确实犯了错，但那不代表他应该为此遭受永无休止的迫害，何况这世界上还有其他的罪行——甚至包括别人对杰西卡犯下的罪行，都比他的更严重，"还有人在关心着你。"

"谁？"

"我在法庭上注意过你的家人。几百个小时里我都在看着你妈妈，我难以想象一个人怎么可能像她那样每天坚强地坐在那里，你不能说她不再相信你了，你也不能说你父亲对你有过丝毫动摇，你不觉得他们很想念你吗？你不觉得他们希望你能待在他们身边吗？"

鲍比对她发出一声轻蔑的叹息："你不懂……你以为你很了解我，其实并不是。你根本不知道我是什么人。"

她望向别处，目光落在了那幅短吻鳄蜡笔画上：修长的红色身体，橙色的牙齿裸露着，咄咄逼人。稚气未脱的画手尽力想要描摹的恐怖与周围药效发作导致的真实恐怖形成了如此悲伤的鲜明对照。

她指了指那幅画："我知道你喜欢短吻鳄。"

鲍比勉强露出了笑容，他并不打算和她讨论那幅画。他不想跟一个十年之后再见到也仍然不算相识的人谈论它。

"我曾经想过给你写信，"他岔开话题，"审判之后。"

"写信说什么？"

"想说很抱歉，我也毁掉了你的人生。"

"我所做的……并不是为了你。"

"其实你说一句'你没有毁掉我的人生'就很好了。"

"我是出于一个原则才那样做的。"

他挑起一边的眉毛。"那么结果如何呢？"

她最不愿意做的就是在鲍比面前捍卫原则的至高无上，因为在这起极为不公的案件中，这个龟缩在沙漠中小帐篷里的男人如果不是受害者，就是罪犯。

也许他两者都是。

然而不知道为什么，无论公正与否，他都已经得到了平静。或许这么说也不太对，或许鲍比只是完全不在乎"公正"与否了。

"我也曾经想过给你写信。"她说。

"想说什么？"

玛雅遗憾地耸了耸肩。"所以我才一直没写。"

鲍比叹了口气，仿佛陷入了对过往人生的可怕回忆中。"每个人都去了吗？酒店的团聚？"

"什么每个人？"

"陪审团。"

她点了点头。

"他们都好吗？"

她意识到他并不认识他们，他们只是他在那几个月中，每天连续好几个小时盯着的一些面孔。他可能是从电视上知道他们的名字的。

"你当时对我们有什么想法？"她问。

他皱起眉头说："我只是希望你们都能尽力而为。"

一阵悲伤向她涌来。虽然鲍比经历了可以想见的苦痛，但他能说出这句话已是宽容至极。

而这一点让她心碎不已。

帐篷外面一阵越来越嘈杂的喧哗声打破了这个寂静的时刻。

他们掀开帆布门帘，眼前一片混乱。营地里的人们四散而逃，鲍比带着她冲进人群，看到了引发大家惊慌的东西：五辆黑色的越野吉普车正亮着大灯全速冲进营地，仿佛一支入侵的军队。

刺目的车头灯光撕破黑夜，车子越来越近，人们举起手挡住双眼，躲避着令人痛苦的光线。

伊斯梅尔在她身边出现，他把猎枪握在腰间。

然后，越野车开到了他们面前。

有几个艺术家逃回了帐篷，还有两个已经掏出了枪。

越野车调转方向，形成了一道屏障，此时她才发现车身两侧喷涂着"BuzzFeed新闻网"的标志。

伊斯梅尔举起了猎枪。

"不！"玛雅大喊，"别开枪！"

"去他的！"他说，越野车猛然停住，尘土在夜空中飞扬。

"求你了！"玛雅用手指轻轻握住枪管，"他们不是警察，他们是记者，他们不是来找你们的。"

"那他们是来找你的？"

几辆越野车里钻出一大堆摄影师。

玛雅看了鲍比一眼，他在灯光照射下呆住了。

他惊惧而痛苦地瞪着玛雅。

然后他跑了。

他快速钻进惊慌失措的人群中。

她需要去追他，但她同样需要让这场嗑药嗑到失去理智的沙漠游民与过分急切的记者之间的对抗和平收场。摄像机的灯光照着玛雅身侧的猎枪。她大喊着请求双方保持冷静，没有人在听她说话，在如此嘈杂的环境下，就算他们想听都听不清。

只剩下一个选择了。她举起双手，朝着媒体和东基督区游民之间的无人地带走去。

一步接一步，她凭着感觉走向那片砂土地。

五台摄像机追踪着她。

"各位！"她转过身冲着艺术家们喊道，"我们先深呼吸一下，没有人想要伤害你们，大家都没必要受伤。"

她对伊斯梅尔说："他们是记者，他们是来找我的。"

他看起来并不相信。

"鲍比·诺克跟你在一起吗？"其中一个记者喊道。

"鲍比·诺克在里面，"玛雅喊道，"但是如果你们硬闯进去找他，我这些朋友就会感到威胁，他们有权在法律范围内保护自己，而且他们有些人持有武器。"

她对艺术家们说："朋友们，我真的认为大家把枪放下是更加明智的选择。这些人不是来找你们的，如果有人受伤，我们都会有很大的麻烦。"

终于，伊斯梅尔放下了枪。

看到他的动作，他的同伴也随即放下了枪。

"这些王八蛋不能进来。"伊斯梅尔喊道。

她朝着记者们大喊："这个营区是私人领地。如果你们进来，他们有权依照法律，我指的是加州的法律，开枪射击。"这完全是胡说八道，但是她觉得记者们不懂。

记者们回答："我们能跟鲍比·诺克谈谈吗？"

"你们进来只会适得其反，我会进去找鲍比，问他是否愿意跟你们见面，我可以帮你们捎话。"

媒体之中没有人反对。她又对营地的人说："这样做你们觉得可以吗？"

"就你一个人进来。"伊斯梅尔说。

"就我一个人。"

"问问鲍比他为什么要逃跑。"一个记者的声音传来。

"好的。"玛雅说。她忍住没说出口的是显而易见的答案——因为你们。

"还有，"一个记者说，"问他有没有杀害杰西卡·希尔弗。"

"早都问过了，他也答过了，"玛雅条件反射般地说道，"但我会尽力而为。"

"你的神经还算强悍。"玛雅从伊斯梅尔身边经过，往营地走去时，他说。

"我这一周过得格外锻炼人。"

伊斯梅尔仍然守在对峙现场，玛雅灵巧地穿过营地中混乱的人群。没费多大力气，她就找到了鲍比的帐篷。她发现他正把他在这个世界上仅有的私人物品——只有区区几件——丢进一个行李袋。

"是你把他们引到我这儿来的。"他说，仿佛她只是一大群有可能出卖他的人之一。

"可能，"她说，"但也许卢还把你的地址告诉了除我以外的其他人。"

鲍比摇了摇头，他为什么要在乎她的辩解？

"你不能一直这么逃亡下去。"玛雅说。

"那我还有什么办法？"

如果警察抓到了他，他会因为违反保释条例而再度入狱。那就意味着在奇诺监狱再待半年，甚至一年，然后回到奇迹镇，之后警方还会找到其他理由把他再次送进监狱。这会是他此后余生的轨迹：监狱、性犯罪者的殖民地，又是监狱。

鲍比·诺克刚刚三十四岁，她看着他把四角短裤塞进行李袋时想到。他的脸很瘦，整个身体似乎已经到了崩溃的边缘。他的人生还远远没有到结束的时候，但是已经没有了一丝一毫的希望，甚至没有一点点自由的可能。这就是他的命运，她或者其他任何人对此都无能为力。

现在，逃跑是他唯一的出路。她一度认为自己拯救了他，而这就是他得到的结局。

"我是支持你的。"玛雅知道这是个非常蹩脚的回应，但这是真的。

"我知道。"他说话的语气像是在哄小孩。

他把那幅短吻鳄的画像从墙上拿下来。"你想帮助我吗，玛雅·希尔?"

"是的。"

他举起那幅画说:"那么,你记住这幅画。"

她看着那条短吻鳄,它龇出来准备咬人的橙色牙齿相较动物的体型而言过大了,即使在这幅傻乎乎的画中,也蕴含着一丝暴力倾向。

"我已经没有什么真正属于我自己的东西了,"他说,"这幅画提醒我,即使我犯过一些错误,即使我做过一些错事,我也不是他们想的那种人。所以无论发生什么,无论他们接下来会怎么说我……你都要记得,我曾经是一个真正的、有血有肉的人。"

他把那幅画折起来放进行李袋,然后推开她走出了帐篷。

她并没有追上去,而是慢慢地跟在后面,看着他把那个行李袋扛在不堪重负的肩头,朝着远处跑去。

在茫茫夜色中,鲍比逐渐消失了。

第十六章

特丽莎

2009-10-04

清晨五点，特丽莎·哈罗德看着新闻采访车踩点似的准时抵达，每天都是如此。她并不是第一次感觉自己像是一个意外上场的演员，被推上舞台参演一出她从未答应出演的戏剧。演员已经选定，观众已经入席，评论家们准备好了纸笔。她感到，一场关于复仇和藏匿的詹姆斯一世血腥时代的戏剧即将拉开帷幕，只不过她还没记住自己的台词。她觉得她像是在演一部情景喜剧版的《复仇者的悲剧》。

　　她转身离开酒店房间的窗口，走到床尾的短凳旁边，凳子上整齐叠放着她为第二天提前准备好的衣服。她从十几岁起就养成了前一天晚上把次日要穿的衣服准备好的习惯——舞台剧排练难免会很晚才结束，这样可以高效开始新的一天。她当时想当演员，她最初热爱的是音乐剧，她掌握旋律比舞蹈动作快得多。

　　八九年级间的夏天，她在密歇根的一个艺术夏令营度过了人生中最棒的暑假。两个月的时间里，她演过《悲惨世界》里的芳汀、

《芝加哥》里的洛克西·哈特和《拜访森林》里的几个次要角色。直到现在，她仍然在听这些剧目的百老汇原声录音卡带。在市政厅设置（并且维修，然后再次维修）信息系统的时候，特丽莎大多数时候可以戴上耳机，想象着自己站在一个遥远的舞台上，但在这次审判期间，她体会到的戏剧感前所未有的强烈。

过去疲惫的四个月中，没人提到特丽莎是陪审团中仅有的两名黑人之一，并且是唯一的黑人女性，一次都没有。她几次试图用这件事开玩笑——跟杰伊和弗兰，但是他们都不理她，假装没听见。

有些日子里，她甚至希望其中一位陪审员可以把他们已经在脑子里为她构思好的剧本直接交给她算了：愤怒的黑人女性与洛杉矶警局的暴政做斗争。

最难搞的就是玛雅，特丽莎一边穿衣服一边想。玛雅开始执行拯救鲍比·诺克的疯狂任务以来，一直希望能得到特丽莎的支持，但是特丽莎并不打算这么做。特丽莎竟然会给出有罪判决，这似乎让玛雅大为光火，她气就气在特丽莎没有扮演她本该扮演的角色。

玛雅一直在说，如果被告是白人，那么控方不可能在没有尸体的情况下推进谋杀审判。特丽莎则一直说，虽然玛雅说的有可能是真的，但或许他们坚持起诉的原因是鲍比确实杀了人，这一点清楚而明显。

那个人跟十几岁的女学生发生过性关系，天啊。玛雅假意暗示说鲍比惹上麻烦的唯一原因是种族歧视，但这只会贬低和弱化种族歧视渗入美国社会后引发的真正问题。特丽莎试图说明，如果一切都能扯上种族歧视，那就等于没有种族歧视，司法体系中的不公正真的一定要用鲍比·诺克一案去对抗吗？

过去一周的审议中，特丽莎看着玛雅说服了几名陪审员站到她

与她共谋

的一边：莱拉很容易被权威的语气摆布；卡罗琳娜被证据指向的结论和相反的结论彻底搞糊涂了；卡尔喜欢扮演侦探，于是玛雅让他仔细挖掘他们手里掌握的资料，好找到一些证据去证明谁是真正的凶手。

特丽莎鼓起勇气，准备面对又一天令人厌烦的辩论。

她离开房间，小跑着冲进正好开门的电梯，瑞克·莱昂纳德也在里面。

"嘿。"瑞克说。

"嘿。"特丽莎默默站在他旁边，电梯门关上了。

隔离的大部分时间他都和玛雅在一起，特丽莎看到过他俩在用餐时离开众人单独坐在别处，还看到过他俩一起溜进某个房间去看偷运进来的影碟。所以弗兰告诉她某天清晨韦恩看到瑞克从玛雅的房间里溜出来的时候，她并不太惊讶。如果他们觉得已经骗过了所有人，呵呵，那可真是想错了。

审议的第一天，当瑞克发现自己和玛雅对于案子的意见不同时，他似乎真的非常震惊。特丽莎目睹着两人之间树立起了一道冷酷的防线，从那以后，他们几乎没跟对方说过话。

"今天还好吗？"瑞克首先打破了沉默问道。

在运行的电梯里，她说点什么才能准确地回答这个问题呢？"累。"

他同情地点点头："我们应该很快就能回家了。"

"你怎么知道？"

"玛雅会让步的。"

特丽莎见证过在陪审员室里瑞克把所有矛盾焦点都指向玛雅的方式，她也注意到他一直在看着玛雅，这孩子被玛雅迷住了，而且他的表现就是那些犯了相思病的男孩遭到无视时的反应：执迷、愤怒、完全无视其他人的存在。

与此同时，玛雅却在步步紧逼。就在昨天，她刚刚取得了杰伊的支持。瑞克越把火力对准她，她就越把注意力放在别人身上。

"不，"电梯门对着酒店大堂打开的时候，特丽莎说道，"她不会的，除非你先让步。"

她走出电梯，朝餐厅走去，准备喝点咖啡，然后开始新一天的抗争，让自己抵挡住那些太容易上当因而看不到事实真相之人的围攻。

每天的审议开始前，他们都会重新进行一轮表决。引导大家投票本该是凯茜的工作，但是从第二天开始，玛雅就接过了控制权。说实话，凯茜似乎松了一口气，不过最近当所有人都在互相折磨消耗的时候，凯茜却越来越有精神了，特丽莎并没有想到她有这种潜力。凯茜的发言越来越积极，仿佛有生以来第一次发觉自己的话有人在听，而且她也很享受被人听到的感觉。

那天早上，凯茜似乎非常自豪地给大家分发了卡纸和水笔，然后作为这个仪式的主持人，宣读了十二个裁决。结果是九票有罪，三票无罪。

"不然我们再过一遍短信的内容吧？"凯茜建议。

弗兰苦笑了一下，无论如何她都不想在陪审员室里大声朗读那些短信。特丽莎认为不会有人想的。

这些短信成了他们辩论的核心，因为这是他们能够窥视被告人心理状态的唯一窗口。控方摆在他们面前的只有一项控罪：一级谋杀罪。依照法官已经大声朗读过多次的《加州刑法》第 187 条所述，一级谋杀罪指"恶意预谋、非法杀害自然人或胎儿的生命"。关于"胎儿"的部分专门有解释说明的段落，但是由于与本案无关而被法官略过。这句话的前半句给了玛雅可乘之机，让她提出了疑点，她抛出了将所有人笼罩其中的半透明烟雾。刑法中对"恶意预谋"有几大段详细解释，但主旨是说：如果他们想判"有罪"，那么他们需要相信鲍比不仅杀害了杰西卡，并且事先策划了这次谋杀。

玛雅就是这样说服杰伊的。杰伊认为鲍比可能是因为一时冲动才杀了杰西卡，或许她要把他们的关系告诉别人，或许她不想再继续这种关系，无论是什么。玛雅说，如果杰伊是这样认为的，那他只能给出"无罪"的表决。由此，他们也意识到，陪审团的表决就像是托尔斯泰笔下的家庭一样：所有"有罪"表决的理由都是相似的，但是"无罪"表决的理由却各有各的不同。

"你要强调的重点是我们不能确定鲍比和杰西卡发生过性关系。"瑞克说。

"是的。"玛雅要站起来俯身过去，才能从桌上那堆证据中拿到那份打印的短信记录，"'我没穿内裤。'如果他们刚刚上过床，那鲍比应该是知道的。"

弗兰大声叹着气。这一切对她来说无疑是又一场谋杀，不是吗？

"我认为，"卡尔说，"色情短信未必要按照字面意思解读。"

"所以讨论这些有什么意义？"弗兰突然插话，"无论他们有没有那种关系……这些短信本身还不够恶劣吗？"

"因此让他被学校解雇？"玛雅说，"够了。因此判他谋杀？我觉得不够。"

特丽莎

"但是害怕丢掉工作就是动机，"瑞克说，"这些短信足以证明。"

"你觉得鲍比杀掉杰西卡这个他明显很在乎的年轻女性，就是为了保住工作？"

"年轻女性？"特丽莎反问，随后意识到自己的语气可能过于苛刻了。

"她十五岁，"玛雅说，"你觉得叫'女孩'更合适？"

"她十五岁，"特丽莎说，"我觉得应该叫'孩子'。"

"我女儿十七岁，"凯茜说，"也绝对没到可以做这种事的年纪。"

"我没说这是对的，"玛雅说，"我要说的是，鲍比和杰西卡之间发生的事可能比我们知道的要复杂得多。"

玛雅迅速瞟了瑞克一眼，这个动作足以让特丽莎明白现在到底是什么状况。

玛雅在寻求共情，是不是？在现实生活中她和男友一起住，实际上与已婚无异，她和瑞克的私情破坏的原则不只是法庭能管的那些。特丽莎相当清楚玛雅这种存在即合理的道德观念是从哪里来的。

"你是说我们都是罪人吗？"特丽莎讽刺地说，"只有上帝才有权衡量我们的私德，不是吗？"

玛雅猛地一缩，仿佛被特丽莎说中了一个她不可能知道的秘密："我是说，只凭表象很难判断一个人的真面目。"

特丽莎总是觉得发怒会让人不自在，但坦白说，玛雅这种伪善的胡言乱语她一分钟也忍不下去了。

"你不是也觉得自己很了解我吗？"特丽莎说。

"算了，"凯茜说，"或许我们该休息一下。"

"不，"特丽莎说，"我真的听不下去了，来回绕弯子。玛雅，你能不能把你真正的意思直接说出来呢？"

"我……我没有……我什么意思？"

"你认为我必须在所有事情上与鲍比·诺克保持一致，你认为我们的黑色皮肤就是我们最典型的特征。没关系的，玛雅，这并不代表你是个种族主义者。这正是所有优秀的、充满善意的白人最让人抓狂地方，对吧？你们为了避免被人当成种族主义者简直是殚精竭虑，天啊！所以你不会说'鲍比是个男人而特丽莎是个女人，所以他们两个人没有太多共同点'，而是会说'鲍比是黑人，特丽莎也是黑人，所以那一定就是他们的共同点'。关键特征是什么？能够给事物下定义的那部分特征是什么？"

她其实都不完全知道自己在说什么，她真的太沮丧了。

"杰伊，"特丽莎索性不管不顾地说道，"你是韩裔。"

"对。"他迟疑着回应。

"你最让人感兴趣的地方是你的韩国血统吗？"

杰伊皱起眉头。

瑞克转向特丽莎："咱们都保持冷静，好吗？"

她拒绝回应他："杰伊，我敢说你人生里有一千件事情比你的韩国血统更有趣，但是我们现在还是绕不开你的血统，因为不知道为什么，那一个词，'韩裔'，就成了一堵墙、一幅壁画！它变成了一幅人像，阻挡了别人对你——杰伊——这个活生生的人的看法。"

她一口气把这些话全都说了出来，滔滔不绝的语句来自深沉而疲惫的内心深处。

"瑞克，你是黑人。那么你告诉我，我们两人有多少共同点？"

"目前来说，"瑞克说，"我们都认为鲍比·诺克有罪。"

特丽莎点了点头："好吧，这样我们还算有得聊。"

"我不知道人怎么能够脱离自身经验来看待这个案子，或者看待其他任何事情……"玛雅说，"这就是我想表达的全部。我想说没有人能够做到完全公正，没有人能够只看事实，因为我们在争论的并不是事实意味着什么——我们在争论事实是什么。你们说那些短信就是一个事实，我说它们并不是，不是你们所说的那种事实；你们说血迹是事实，我说我不确定它们是不是。"

"求你们了，各位。"

是莱拉的声音，特丽莎扭头看到莱拉几乎要哭出来了。

"没事的，宝贝，"弗兰说，"或许我们应该休息一下。"

"这个房间里的每个人都是好人。"莱拉说。

这句话是那么善良大方，特丽莎立刻觉得羞愧难当。从桌边各位的神情来看，特丽莎觉得自己并不是唯一感到内疚的人。

她为什么要加剧和玛雅的争斗？她想要证明什么？从这一切中她想要得到什么？如果鲍比·诺克此后都在监狱里度过——如果他在无尽的折磨里过完余生，这又会给自己带来什么好处？

或许到了最后，一切都是表演。如果她投了"无罪"，她扮演的就是一个抗争歧视的黑人女性，完全符合大家的期待；如果她投了"有罪"，她扮演的就是和原本的角色截然相反的叛逆者。没有其他出路，不是吗？要么她是大家希望的样子，要么不是，但是这两种角色都跳不出别人对她的固有认知。

身为曾经的音乐剧少年天才，最大的好处就是能够体会各种各样的人生。无论是已经死了几百年的英国贵妇，还是住在草原上的美国女孩。她可以今天是这个人，明天是另一个人，除了身在角色中的时刻，什么都不能束缚她。如果她觉得加入这个陪审团同样可以抛开先入为主的观念，那她的天真程度不亚于玛雅，她就像桌上每张照片里那个笑容灿烂的已故女孩一样太容易被人操纵。

鲍比·诺克有没有杀死杰西卡·希尔弗？特丽莎不知道。她不确定自己知道，至少并不确信无疑。或许那是个意外，就像杰伊认为的那样。或许，按照韦恩莫名其妙的推论，杰西卡先出于某种原因袭击了鲍比，而鲍比的自卫引发了二人剧烈的搏斗和杰西卡的死亡。也许是突然发生了该死的人体自燃。

在法庭里消磨了四个月之后，她能诚实地宣告自己确定无疑了解这些人的哪怕一个方面吗？无论是鲍比、杰西卡、卢或者伊莲，还有她身边这些奇怪的人？他们都是穿着戏服的演员，在灼热的灯光下冒汗。他们只不过上台表演了几场简短但引人入胜的戏，然后就退回了侧幕后面。

但是没人知道剧本，没人知道自己的台词，这场戏演得越久，就会有更多人的人生被卷入这一场虚妄。

所以，去他的"且听下回分解"，去他的"这会对所有人造成什么影响"。特丽莎宁可让"有罪"的人自由（这个词意味着什么甚至都不再重要了），也不想再继续演戏，继续假装自己能够看到真相。

她坐直身体，把双手放在桌面上，挺起腰板。

"好吧，"特丽莎说，"好吧。"

特丽莎紧盯着玛雅的双眼，把她想要的东西给了她。

"无罪。"

第十七章

自首

现在

当玛雅穿过逐渐平息的混乱人群来到营地边缘的时候，新闻采访车已经向远方疾驰而去，汽车尾灯的亮光消失在轮胎扬起的尘土中。

伊斯梅尔站在那儿，猎枪放低至腰间。

"他们怎么走了？"她问他。

"有辆车从营地另外一边开出去了，"他说，"我想他们可能觉得那是你的朋友。"

"他叫鲍比。"

"对……他杀了那个女孩？"

她该从哪里开始说起呢？

"我认为不是。"她说。

她找到了自己的车子，开始了返回洛杉矶的漫漫路途。过去一天里她面对上膛枪口的次数已经太多，到了麻木的地步。汽车翻越黑黢黢的群山，没落的内陆城市灯火点缀其中，玛雅想象着第一批来这里定居的开拓者从同一座山脊向远方眺望的时候，会有什么样的感受。他们肯定没想到等待他们的是一片汪洋。他们是否想过，自己能够发现如此美丽的地方？

一个小时之后，玛雅从蒙特雷公园西侧的立交桥上经过，绵延好几英亩的货运火车经由桥下的铁轨大张旗鼓地向城市进军。它们的存在显示，洛杉矶就是一个十字路口，人口和物资会从这里通往全世界。

鲍比告诉过她，洛杉矶有 30% 的土地是公路，他说的是真的吗？

在博伊尔高地附近，她的手机响了，是克雷格。

她怎么才能把东基督区的经历描述出来呢？

"喂。"她对着电话说。

"我已经不是当年那个小伙子了。"克雷格说。

"嗯……"

"我时常记性不好，但我很清楚地记得，我曾经给过你一条基本原则，你还记得是什么吗？"

"不要做傻事。"

"结果呢……"

过去几天里她做了太多他不会赞同的事情。

"我做什么了？"她问。

"网上出现了你的视频，你在一个叫什么东基督区的地方，站在一堆举着枪的乡下毒贩子前面，声称你可以跟鲍比·诺克达成一个协议。"

天啊，玛雅想，网上已经有视频了。

"也太快了。"

　　　　　　　　　　　　　　　　　与她共谋

"也太蠢了。"

"我找到了鲍比。"

"很显然。"

"他没有杀瑞克。"

"你并不知道。"她可以听出他声音里的恼怒。

她告诉克雷格自己和鲍比见了面,看到了照片和能够证明瑞克被杀时他不在现场的时间标记。

她说完这些之后,克雷格说:"所以你大费周章,结果只是排除了一个嫌疑人而已?"

她只得承认,严格来说,确实是这样。

"DNA结果出来了,"他说,"我也是刚刚听说。"

她等待着自己最害怕的结果。

"在瑞克·莱昂纳德的尸体及周边发现的DNA只有你一个人的。"

这就是敲进她棺材板的最后一颗钉子。

她知道他接着会说些什么来鼓励她:证据缺失并不等于没有其他凶手,这并不能证明只有她具备作案可能,只能说明真凶没有在现场留下任何毛发、唾液或者其他体液。

她不想听他的废话。

"所以接着会怎样?"她问,虽然答案她已经知道了。

"洛杉矶警察局会以谋杀嫌疑罪逮捕你。"

三十分钟后,玛雅抵达克里斯特尔家时发现克雷格已经到了。由于此时已是凌晨一点,克里斯特尔穿着休闲运动裤,她并不觉得在老板面前这么穿有什么不好意思。也是,玛雅想,这毕竟是她家。

克里斯特尔紧紧拥抱了玛雅："起码现在你还没有进监狱。"克里斯特尔在玛雅耳边轻声说道。克雷格没有太过明显地表露出关切，只是默默点了个头，算是跟她打了招呼。

这两个人的举动让她非常感激。

他们开始仔细考量对策，克里斯特尔泡了姜茶，但是他们都没喝。

第一个方案是辩称彼得·威尔基或者韦恩·拉塞尔杀了瑞克。彼得有动机但是没有手段，韦恩有手段但是没有动机。按照克雷格的说法，"都是毒药，随便选"。

第二个方案是把两种毒药都选了，再加上几个嫌疑人充数："玛雅没有杀人，但是有一堆人有作案可能。"为了让这个论点更加有效，他们希望可以把嫌疑人名单扩展得越长越好。现在既然玛雅已经帮了倒忙，把鲍比·诺克从名单上移除了，那么他们希望可以把其他陪审团成员都拉进来。杰伊·金的卷宗里说，有关他和卢·希尔弗之间的利益关系，他没说实话，对吧？而且案发当晚，他还喝多了，是不是？卷宗里还说，卡尔·巴罗也隐瞒了此前与执法机关打过交道的情况。玛雅不得不说，主张八十岁的卡尔能够有体力打倒三十八岁的瑞克，这个论证……太弱了。不过，克雷格提醒她，第二个方案的目的并不是要特别针对其中某一个人，只是要扩大嫌犯的范围而已。

然后还有第三个方案。

"我主张用正当防卫来辩护的理由是，"克雷格说，"这样一来他们提出的所有证据都能够合理化。他们说，尸体上只找到了你的DNA？很好，我们同意。那是因为瑞克只袭击了你。他们说，多年以来，你一直向朋友家人甚至是法庭隐瞒了你和瑞克的性关系？我们说：'她当然要这样做！'因为瑞克是个有暴力倾向的渣男，你没办法摆脱他，你觉得很丢脸，等等。就连瑞克伤口的性质，后脑勺与桌角接触形成了一次撞击伤，对吧？在我看来绝对像是一次失控的肢体冲突，我们可以解释一切。"

"只不过，"玛雅说，"没有找到杀害瑞克的真凶。"

克雷格看着她，好像她是个小孩："我的工作不是找到杀害瑞克的真凶。我的工作是阻止加州法庭宣判你的谋杀罪名成立。"

玛雅看着克里斯特尔，希望她能帮自己说句话，但她并没有。

"一小时前我刚跟本·高联系过，"克雷格说，他指的是地方副检察长，"他希望你明天早上 10 点钟去自首。"

玛雅浑身发麻。她在法庭上见过本·高，但从未与他当面交过手，她在事务所里的资历还不够。

很多检察长都是浑蛋，但他不是。在她的记忆中，他总是文质彬彬、柔声细气，并且近乎完美地仔细。

克雷格不说她也明白，要想让正当防卫的辩护说得通，唯一可行的方法是她本人站在证人席上，讲述一个可怕并且不符合实情的事件经过。她必须在宣誓后撒谎说瑞克袭击了她，而她进行了反抗；她必须要为了洗脱自己并没犯过的罪名而真的犯罪；她必须说瑞克"有暴力倾向"、"容易发怒"。她真的能允许自己亲口证实这样一个不真实的故事吗？这对于她和她曾经在乎过的那个男人之间的回忆来说，是否太过残忍？更不用说其中还杂糅着细思极恐的关乎种族与性别的潜台词。

她要把自己变成《杀死一只知更鸟》里那个只是为了自保就谎称被一个黑人强暴的卑鄙白人妇女了。

"作为一个洛杉矶的黑人，"她对克雷格说，"你不觉得如果我说瑞克袭击了我会有点，呃……"

"种族歧视色彩？"克雷格问。

"至少，是在利用法庭的种族偏见吧？"

克雷格苦着脸，仿佛在懊悔上帝为什么要让他来管这件事情："作为一个洛杉矶的黑人，我为四十一起刑事诉讼案件出庭进行过辩护，我谈下过数百个认罪协议，我六次起诉过洛杉矶警察局滥用暴力，我赢了五次。作为一个洛杉矶的黑人，我有理由认为自己是洛杉矶最好的刑事辩护律师，谁会有异议呢？作为一个洛杉矶的黑人，我不希望任何人，特别是我的员工以及，没错，我的朋友——为了她没有犯下的罪行而入狱。"他叹了口气，"作为一个洛杉矶的黑人，你知道我最希望得到的是什么吗？正义。我看不到你在监狱里度过余生这个结局有何正义可言。"

克里斯特尔用责备的目光看了玛雅一眼——看到跟老板争论的下场了吗？

"我不知道我能否做到。"玛雅心虚地说。

她看着他们两人交换了一下眼神。很明显，他们已经背着她商量过这件事了。

"你不需要今天晚上就做决定，"克里斯特尔冷静地说，"先睡一会儿，跟你的家人谈谈。如果你明早去自首，那么听证之前你都不需要给出辩护决定。"

也就是她在监狱里待上一天之后。

克里斯特尔一定觉得在监狱里待一天的经历会让玛雅倾向于接受正当防卫论。所有最明智的原则都会沦为生存的最低需求，她多快会屈服？

　　　　　　　　　　　　　　与她共谋

玛雅意识到，自己被他们操纵了。

她也曾花过很多时间这样操纵她的当事人们。那些显然有罪的职业罪犯很容易被说服，他们都非常专业而且懂得利害关系，她也总能知道该怎么帮助他们。反而是那些无辜的人，或者那些这辈子第一次尝试犯罪之后发现自己吃不消的普通人则会陷入痛苦。他们的情绪需要持续的关照，令人安心的微笑是关键，你需要与他们携手面对，有时候真的需要去握住他们的手。

克雷格看了看手表："好了，我要去睡一会儿，我建议你也睡一觉，需要跟谁谈谈就谈谈。明天早上八点之前我来接你。"

"你陪我去自首？"

克雷格走过来紧紧握了握她的手。"玛雅，当然。"

克雷格离开后，克里斯特尔也去睡了，玛雅不知道自己该做些什么。

一个人在进监狱之前会做什么呢？

她给父亲打了电话，阿尔伯克基的时间比这里晚一小时，他应该已经睡熟了，可能是在沙发上，面前的电视还在播放着微软全国广播公司的夜间节目。

不让父母担心的技巧她已经掌握得很熟练了。当年的审判让她的爸爸很受打击，对她妈妈的影响可能更糟，因为对他们来说，维持一种正常状态似乎非常重要但又不可能做到。玛雅当然不能和他们提到任何与审判有关的事情，其他的谈话也会被法警斯蒂夫监听。于是她的父母跟她分享近况来打破沉默：妈妈即将在新墨西哥州立大学完成园艺课程；番茄嘉年华就要开始了；房子后面新建起来的石墙很漂亮。

他们尽力想多跟她聊一会儿，多一分钟都好。

他们从她口中得到的消息还不如从有线新闻里看到的多，这一点他们已经习惯了。玛雅后来才知道，他们每天都花好几个小时收看 CNN。他们感激新闻的时效性，也感激摄像机和出镜者带来的那种脆弱的亲近感。

但随后就有了判决。转瞬之间，舆论全部开始针对她。对于完全没有准备好面对公众目光的税务顾问和家庭主妇来说，谴责的声浪让他们不堪重负。

"爸爸？"她等爸爸接起电话后马上说，"你先别怕。"

这句开场白本身就足够令人胆寒了。

"怎么了，宝贝？"他迷迷糊糊地说，"等我把电视声音……"

她能听到他摸索着找到遥控器。"一切都会好的，"她说，"相信我。我的律师和我会妥善处理。"她残忍地停顿了一下，"但我会因为谋杀罪被逮捕。"

总体而言，后来的对话远没有她预想的那么糟糕。

打完电话，她和衣躺在克里斯特尔家客房的床上，闭上双眼。她知道自己不可能睡着。她一直在想，到什么时候所有人都会抛下她，她的父母、她的朋友、她的同事们……他们还有多久会跟她划清界限？

她眼前浮现出鲍比·诺克的身影，他在荒芜的沙漠里无休止地奔逃，独自一人。

他做了一件可怕的事。一个人要犯下多严重的罪，才会让别人对他放弃所有的同情？一旦越过之后就再也无人跟随的那条界线在哪里？

　　　　　　　　　　　　与她共谋

在大多数人眼里，玛雅放走了一个有罪的人时，只有一部分人与她割席。而今她自己也受到了加州政府提出的指控，这是否意味着所有人都可以抛弃她了？

克里斯特尔做了蛋白质果昔当早餐。

"你想聊聊这件事吗？"她说着，把一个超大号的杯子递给玛雅。

"不想。"玛雅喝了一口。香蕉、橙子、草莓。她细细品尝着这种或许之后很久都无法再体会的味道。

"那好吧。"克里斯特尔没再说什么，拿起了电话。

克雷格像往常一样准时抵达，一路上他们几乎没怎么说话。洛杉矶早高峰的拥堵比平日更严重，他们走走停停。克雷格偶尔会开口重复一些她已经知道的事情，比如逮捕她的警探是谁，她会被收入哪个监狱，入狱时的规定程序，等等。

她也曾经跟当事人说过类似的须知，被告从来不会用心听。

她和克雷格如约来到中央分局，戴西警探和她的搭档马丁内斯警探在第六街旁边的小巷里等他们。四个便衣敷衍地担任保卫，大家都不觉得会出什么差错。

玛雅认出了地区副检察长本·高，他和警察们站在一起，安静而耐心地观察着局面。

克雷格先下了车，然后为玛雅开了车门。

"下次我再见到你，应该是在你的听证会上，"他柔声说，"所以，请你好好想一想该如何认罪。"

玛雅觉得除此之外她也没其他事情可想。

"如果你愿意进车里，"戴西警探说，"带你去监狱之前我们还可以谈谈。"

克雷格竟然笑了。不是假笑，而是真实、诚恳的笑，发自内心。

"拜托，警探。"他回应道。

戴西也露出微笑。试一试又何妨？她从口袋里掏出了一副塑料腕铐。

玛雅把她的手机、钱包和钥匙交给了克雷格，由他保管总比交给狱管部门强。

她转过身背对着戴西，向后伸出双臂，一句话都没有说。

"如果你觉得能舒服些，"戴西说，"也可以把手放在前面。"

一名警官询问自己希望以何种姿势被逮捕，在玛雅看来，美国司法体系两大支柱之间的壁垒从未如此明显。

她面向戴西伸出双手，戴西熟练地把腕铐套在她手上锁紧。她被捆住了。

"玛雅·希尔，"戴西警探说，"你因涉嫌谋杀瑞克·莱昂纳德被捕了。"

第十八章

雅斯敏

2009-10-15

雅斯敏·萨拉夫听着瑞克和玛雅发挥出超一流的绝佳吵架技巧，那场面确实很不寻常：语气中微妙的伪善，口口声声"只是为了澄清事实"的假意公允，揪住对方偶然出现的前后矛盾和用词不当时的毫不留情。然而雅斯敏在想什么？

　　这两个人是天造地设的一对儿。

　　就在前几天，弗兰告诉她，瑞克和玛雅之间有别的事。但是弗兰不知道两人是不是已经成了"一对儿"，或者是希望成为一对儿，抑或到底是怎么回事。他们两个般配吗？或许雅斯敏只是一个无可救药的浪漫主义者——她的丈夫戴维总是这样说她，但看着两人恶毒地争辩时，她确信自己正在见证那种永恒的爱情。

　　只有当你真正在乎一个人的时候，才会如此顽强地和他们争执；只有当你非常介意对方的观点时，才会为其错误的严重性而感到如此愤怒。

　　争吵在雅斯敏的成长过程中早已司空见惯，她的父母是她所见过的最会吵架的人。他们是波斯犹太人，革命后从德黑兰逃了出来。她很小的时候就知道，只要父母开始用波斯语说话，那就说明他们吵起来了。英语是到杂货店购物以及与医生预约诊疗时用的，所有的争吵都用波斯语进行。她的妈妈通常以一句快速的抱怨宣战——"所以你喜欢住在垃圾堆里是吧？"然后逐渐升级到人身攻击——"你不尊重任何人，除了你自己！"她爸爸则会发出一声冷酷的大笑——"哈！你是这么想的吗？"然后开始抛出他那种"我太倒霉了"的论调——"我就应该待在店里，至少在那儿我还是受欢迎的！"

他们在暴怒中冲进不同的房间，之后的几天里互不理睬，完全通过孩子们传话。雅斯敏和她的弟弟达鲁什会尽职尽责地帮他们转达消息。

她妈妈会说："雅斯敏，请告诉你爸爸，如果他要在门廊上抽烟，那他得把窗户关上。"

"达里，"她爸爸会说，"告诉你妈妈，烘干机里的衣服她早该拿出来了。"

每隔几周，雅斯敏就会听到父母在他们卧室紧闭的房门后带着哭腔互相原谅。她能够听到他们充满感情地道歉，然后就是一轮激情热烈的……嗯，之后发生的事情她尽量不去想好了。

斗嘴是他们的共同爱好，并且让他们在一起生活了三十五年。

相反，雅斯敏的丈夫戴维这辈子有一半的时间都在看心理医生。他来自一个上西区家庭，是个"妈宝"，但同时也特别善良可爱，他的父母在离异之后的二十年里从未联系过对方。所以每当雅斯敏和他吵架时，她的声音刚刚提高半个分贝，他就会说："雅斯敏，你真是从不了解一种健康的成人关系应该是什么样子。"

　　　　　　　　　　　　　　　　　与她共谋

稍有争执就会让戴维连续几天闷闷不乐，如果雅斯敏胆敢开口骂他，他会要求召开一次"家庭会议"。戴维的"应对策略"就像办公室的内部邮件一样"浪漫"。

这样就是所谓的健康？

雅斯敏思考过律师们在法庭上吵架的方法。他们称之为"对抗式诉讼体系"。双方律师要竭尽全力获胜，不择手段——最后，无论从血肉横飞的场面中得出什么结论，都会被视为正义得到了伸张。

雅斯敏觉得这样做挺有道理，瑞克和玛雅似乎也这么觉得。

他俩有那么多共同之处，多甜蜜。

今天的"战争"主题是彼得的那一票。他曾经表达过对那些短信的矛盾态度。"我们都给女孩发过那种不该发的短信或者其他什么吧，是不是？我不会因为这个就把一个人送进监狱。"玛雅感觉到他的那票或许可以争取，于是她直奔主题："如果短信没有说服力，而且我认为它们确实没有，那么控方手里还有什么呢？"不过当然，瑞克是不会让玛雅轻易把彼得拉过去的。"手机短信记录之外还有什么？鲍比说的谎，还有一堆 DNA 证据。"

最后这一点，也就是在鲍比车里发现的 DNA，在彼得眼里似乎是最重要的证据。"只不过，我个人认为，没有什么比科学更有说服力。"这就意味着，反复了无数次之后，他们的重点又一次回到了血迹上。

"那么，"瑞克大声说，"杰西卡的血迹到底为什么会出现在鲍比的后备箱？"

玛雅看上去很烦躁："他们不能证明那是杰西卡的血迹，还记得那个实验室检验员吗？"

"她说了那就是杰西卡的血迹！"

"她说的是，她的样本中检测出了杰西卡的DNA，但是她也确认了先前进行取样的鉴证人员没有按照正当程序操作。"

"'正当程序'，这就有点狡辩了——你乱穿马路是没遵守正当程序，你用红色的水笔签房租支票也是没有遵守正当程序。正当程序太多了，难免有人没遵守。"

"如果你以后被人杀了，"玛雅说，"我肯定希望站在你血淋淋尸体面前的鉴证人员能够记得遵守正当程序。"

瑞克的声音里透着讽刺："我感激不尽。"

"行了，你们俩，"卡尔说，"我们都先缓一缓吧。"

彼得开口了："那位法医技术人员……她说她确信后备箱里的血迹是杰西卡的。"

"是的，"卡罗琳娜补充说，"确信。"

"但是，"特丽莎反驳，"她也说了不能百分之百确定。"

特丽莎开始支持"无罪"的观点了，这让雅斯敏觉得有趣极了。至少特丽莎并没有说鲍比绝对无辜的意思，她犀利的评论完全是从疑点考虑的。

"那是辩方律师缠了她一阵之后她才说的。"韦恩说道。整个上午韦恩都神经兮兮地坐在窗边他的固定座位上，双眼紧闭。这是他今天说的第一句话，把所有人都吓了一跳。"她不能说百分之百确定，但她是专家，她相信血迹是杰西卡的。平心而论，这一条我不知道你还能怎么开脱。"

房间里瞬间陷入沉默，大家似乎都在思考韦恩突然的插话。

"关键不在于她相信什么，"特丽莎说，"而是在于她能证明

　　　　　　　　　　　　　　　与她共谋

什么。"

"嗯，"韦恩说，"她看起来确实像是知道自己在说什么，如果她相信这个结论，那我也相信她。"

"为什么？"玛雅说，语气更平静了一些。

"因为她看上去很诚实。"

雅斯敏察觉到玛雅脸上闪过了一丝笑意，雅斯敏的妈妈抓住她爸爸的漏洞之后也会露出这样的表情。

玛雅向韦恩重复了一遍他刚才的话："因为她看上去很诚实。"

"我是这样说的。"

"那位法医技术人员有什么地方让你觉得'她看上去很诚实'呢，韦恩？"

"玛雅，"瑞克打断她，"那女人是科学家。"

雅斯敏看着彼得，他的身体向外倾斜，做出一副对韦恩"敬而远之"的姿态，好像在尽力避免自己掉进他们之间刚刚出现的地洞一样。

"让韦恩回答。"玛雅说。

"我不知道你什么意思。"韦恩说。

"你觉得那位法医技术人员比鲍比·诺克更可信、更诚实。"玛雅对韦恩说，"可能确实如此，但最终一切还是落到了我们要相信谁的问题上，是不是？"

"相信或者不相信这些人里的随便一个，都会牵扯多种原因。"彼得说，他想引导大家别再纠结这个问题，但没有成功。

"你说得对，"玛雅说，"我们可以再在这里花上一年的时间讨论血迹，讨论样本中有多少 DNA 微粒，讨论这个样本瓶和那个样本瓶并排放在实验室的桌子上多少个小时无人看管，讨论所有这些废话。但其实这些根本不重要，我们都不在乎，这不是关于'事实'的讨论，而是关于人的讨论，关于一个人。我们相信鲍比·诺克吗？还是我们认为他在撒谎？"

"我觉得，"韦恩说，"那小子看起来绝对是个说谎的人。"

雅斯敏能够感觉到"小子"[1]这个词在房间里萦绕，她不敢相信韦恩已经恼怒到了会把这种蠢话说出口的程度。

特丽莎深吸了一口气，仿佛肚子上被人打了一拳。

彼得闭上了眼睛，仿佛在为自己跟韦恩站在同一边而羞愧难当。

瑞克立刻发话了，他知道这个所谓的队友讲出这么难听的话也会让他面上无光。"鲍比不值得信赖的原因，"他坚称，"是他之前撒过谎。他对警方、校方和所有发觉他与学生之间有这种极不正当关系的人都撒过谎。"瑞克转向韦恩，同时带着赞同和责怪说道，"我们有充分而且确凿的理由不相信鲍比。"

韦恩没听懂，不然就是不在乎。"我不知道，"他说，"我反正觉得那小子不是什么好东西。"

雅斯敏能够看到瑞克的沮丧。韦恩让他的队友失望了，致命一击已经完成。

玛雅直接抓住薄弱环节，她指着韦恩对彼得说："这就是你们的论点，这就是你们那一方最终想要说的话。要怎么粉饰美化随你们的便，但你们真的希望这个陪审团通过判决表达出这样一种态度吗？"

瑞克反驳她："别把彼得跟韦恩相提并论。"

这句话肯定让韦恩介意了。"你说什么？"

---

1 "小子"原文为"boy"，在美国俚语里有歧视黑人的意味。

与她共谋

"彼得和我表述的观点和你的不一样。"瑞克说。

"你这样认为吗？或许我只是说出了你心里清楚但是不想大声说出来的话。"韦恩俯身向前，把两只手肘撑在桌面上。雅斯敏能够感觉到桌子被他巨大的身躯推动了，他的右脚跟快速拍打着地面，比大多数日子里的频率都快。雅斯敏担心他会大爆发，或许是今天，或许是明天，但肯定不远了。

"别以为你知道我脑子里在想什么。"瑞克说。

"别叫我种族主义者。"

"种族主义者"这个词让所有人都打了个激灵。

彼得的表情凝住了，他这种居住在加利福尼亚的白人最怕和偏执顽固的人被归为一类，不管是有意的还是无意的。雅斯敏能够看到他正在脑子里疯狂盘算：哪怕我们的理由不同，但是跟韦恩投出相同的票是否意味着我也会被视为种族主义者？

"没人说你是种族主义者。"杰伊对韦恩说。

但韦恩已经火冒三丈，他确信自己受到了侮辱，他要反击。

"瑞克是这么想的，"韦恩说着，又一次俯身向前，离瑞克更近了一些，"是不是？"

"'种族主义者'这个词怎么了，让所有人都这么激动？"瑞克也没有退缩，"你们觉得它是所有英语单词里最不礼貌的，这就太逗了，因为我保证我还能想出一个更难听的词。"

感谢上帝，他没有把"黑鬼"这个词说出来。

瑞克继续说："它不是个开关，也不是二元性的。'这个人是种族主义者''那个人不是'。非黑即白。它是一种架构、一种体系。"

"够了吧，哥们儿。"韦恩嗤笑道。

"想想性别主义。该死，想想性取向问题。从概念角度去想，种族主义其实就是关于种族取向的。说你因为鲍比·诺克是黑人就对他有成见，并不意味着指责你是个随身带着套马索、浑蛋到不可救药的乡巴佬。我们眼中的'种族主义者'是另一种人——是缺乏人性的浑蛋里的一小撮。在那些把幸福的白人塑造成救世主的荒诞电影里，这些种族主义者都是恶人。当恶人那么显眼的时候，我们晚上就可以钻进被窝安然入睡，心里很清楚自己跟他们没有一丁点相似之处，但如果恶人没有那么明显怎么办呢？如果情况比'这是一些没有种族歧视的英雄白人和那是一些有种族歧视的邪恶白人'更为复杂怎么办？如果对我来说，最紧迫的问题并不是你觉得你有多'种族主义'或者你是否能够证明你不是种族主义者怎么办？你自认在种族歧视的刻度盘上属于第一档还是第十档都好，我完全不在乎，我在乎的是你会怎么做。"

看起来他的这番话让韦恩感到了一种诡异的趣味。"我不知道你在说什么，但是，是你先说起'种族主义者'的。"

雅斯敏能够看到彼得改变了立场。她看着玛雅说服了卡罗琳娜，然后又说服了莱拉，然后是特丽莎，现在她又说服了彼得。雅斯敏看着这个比自己年轻一些的女人向后靠进椅子里，脸上带着满意的神情。

玛雅看出韦恩和瑞克意见相同，但理由迥异。她瓦解了他们的同盟，让彼得无所适从，对彼得来说，和玛雅保持一致比留在他们的阵营里被连累似乎更安全些。现在，本该联合起来对付玛雅的韦恩和瑞克在争吵，其中一个肯定会激怒另一个，导致他最终也选择站到玛雅那边去。

是谁杀了杰西卡·希尔弗？雅斯敏毫无头绪。

但答案也无关紧要了。阻挡玛雅是没有意义的，她会把他们一个个全都拉下马，直到最后，连瑞克都只得屈服。

　　　　　　　　　　　　　　与她共谋

第十九章

我真的很抱歉

现在

总体而言，狱中的生活并没有太糟糕。媒体对这个案子的高度关注让高副检察官不敢冒险将玛雅和其他囚犯关押在一起，如果她被放出来时身上有一丁点伤痕，克雷格会提起一大串民事诉讼，让州政府招架不得。所以她得到了优待，而在洛杉矶县的监狱体系里，这就等于她会被单独关押。

　　她被带入一个单间牢房，几小时后又被告知，她的听证会要到第二天上午才能举行。克雷格已经跟她通过气，但她自己也预料到了。万一法官允许她取保候审，高副检察官希望能够对外声称她已经在狱中过了夜。他可以从中获得两次媒体曝光的机会：今天她的被捕，明天她的听证会。

　　她躺在坚硬的金属床上，整间牢房里除了一个没有盖子的马桶之外，唯一的家具就是这张床。她有很多时间用来思考，思绪从下午飘浮到晚上，又从晚上挥发到深夜。在她短暂的狱中时光里，这是最难熬的时刻，别人在想什么她一无所知，只剩下自己的各种念头挥之不去，可是她最想要摆脱掉的就是自己的胡思乱想。

早上，吃过鸡蛋粉和炸土豆之后，她被狱管局押送到法院。对她的监管权从一个部门转移到另一个部门，从市立机构转移到州立机构。如果她在法院的走廊里被人捅了一刀，那会是另外一群律师要处理的麻烦。

警车载着她开了没多久，就来到了克拉拉·肖特里奇·福尔兹刑事司法中心，随后，在警方的押送下，戴着镣铐的她沿着走廊往前走，她和瑞克曾经在那儿玩过填字游戏。她从自己当年宣判鲍比·诺克无罪的法庭后门经过。几年前，她还在这里的另一个法庭上帮一个杀死虐待狂叔叔的十几岁女孩争取到了无罪判决，如今她也路过了那间法庭。听着自己的脚步踏在瓷砖地面上的声音，玛雅想到了自己在这座建筑里扮演过的各种角色，无论她的人生有怎样的转折，她觉得这个地方仿佛是她注定的归宿。

她又一次被带入一间牢房，还是独自一人，法院和监狱把她当作温室里的花朵一样对待。她不知道这种经历能否算是从被告的视角揭示了刑事司法系统的本质，结果发现并不能，于是感到了失望。即使在这里，她也是特例，正在享受着不言自明的特权保护。

要是所有的被告都能得到这样用心的照顾就好了，如果鲍比·诺克当年也能被这样对待就好了。

她的听证会是阿妮塔·方丹法官当天要处理的第一个案子。

玛雅的父母都在旁听席就座。如果母亲没有坐在身穿蓝色西装岿然不动的父亲旁边，玛雅几乎不敢认她。妈妈从来都是个热情似火的人，喜欢穿色彩斑斓的衣服，搭配亮闪闪的大颗珠宝。她去每

　　　　　　　　　　　　　　　　　　　　　与她共谋

家餐厅吃饭时都能跟服务生交上朋友，只要是她买过丝巾的小店，店主都会把自己的人生经历和她分享。但是这个上午，她头发凌乱、面色凝重，哭过的眼睛布满血丝。

她走进法庭时，她的爸爸抬手跟她打了招呼。

她竭尽全力朝他们微笑，在沉默中让他们相信，这只是一个常规的流程。

在旁听席过道另一侧的两个人，玛雅觉得应该是瑞克的父母。他们看上去比玛雅的父母更加憔悴。玛雅记得他们几年前已经离婚了，但是他们仍然坐在一起，还有一个女人坐在瑞克爸爸的另一边，玛雅猜那是他现在的妻子。

过去几天中他们已经为瑞克举办过葬礼了吗？她甚至都不知道，她一直在忙于不要让自己沦落到现在这个境地。

瑞克的父母瞪着她，他们的眼神冷酷而严厉，但也有所收敛，仿佛不想让玛雅看到他们深深的哀伤。无论法院怎么裁决，玛雅都确信，他们会用此后的余生痛恨她。

旁听席坐了大约一半的人，有媒体记者，还有几个助理律师，玛雅认出他们是她事务所的人。

克雷格独自坐在被告席等她，高副检察官带着他办公室的两名年轻律师坐在克雷格的对面。

玛雅在克雷格旁边坐下，她的手已经麻木，几乎没有注意到法警把她的腕铐拿掉了。

"你还好吗？"克雷格低声问道。

她活动了一下手腕。"还好。"

"被告人请起立，"方丹法官说，"玛雅·路易斯·希尔，你被指控犯有一级谋杀罪、二级谋杀罪、一级伤害罪，以及绑架罪。你要如何辩护？"

　　鲍比·诺克一案的检察官当时采取的是孤注一掷的策略，只提出了一级谋杀罪一项指控。玛雅现在明白了，这是由于控方过度自信而造成的一种非常冒险也极为罕见的策略，结局是他们输了。高副检察官不会犯同样的错误，他采取的是一种散弹策略：朝她打出一堆子弹，看看哪一颗可以击中动脉。他会在法庭上提出多种犯罪推论，如果陪审团认为她杀死瑞克是有预谋的，他们可以按照一级谋杀定罪；如果他们认为行凶是一时冲动，可以判她二级谋杀罪；如果他们相信玛雅并没想杀死瑞克，只是不小心打了他，因此他的死只是一场本来可以避免的悲剧，那么他们还有一级伤害罪可选。

　　绑架完全是胡扯，但如果陪审团相信玛雅违背了瑞克的意愿，通过暴力手段将他限制在她的房间内哪怕只有一秒钟，在法律上也会构成绑架罪。不可能有任何人相信玛雅真的"绑架"了瑞克，但是这项指控可以让陪审员们有一些余地。如果陪审团倾向于做出无罪裁决，但是其中有一个人坚持己见——就像当年的她那样，那么绑架就可以为陪审团提供一个妥协的选项。

　　"你要如何辩护？"方丹法官又一次问。

　　克雷格俯身耳语："所以选什么，鸡肉还是鱼肉？"

　　玛雅很感激他这种试图轻松以对的态度。对于克雷格来说，他们面临的抉择与道德或良心无关，纯粹是一个策略问题。

　　如果克雷格是个没有原则的人，玛雅选择起来还容易些，但恰恰相反，他的原则就是要恪尽职守。他一定要让司法系统发挥作用，没有人比他的决心更强烈。他的决心是一个柏拉图式的理念，她在法学院大一的课堂上也曾迷迷糊糊地听过：在抗辩制诉讼体系中，双方都有责任尽最大努力获胜，至于所产出的结果是不是真

　　　　　　　　　　　　　　　　　　　　　　　与她共谋

相，就交给体系本身去考量吧。

然而，在一个坐满了律师的房间里，她觉得大家最不可能得到的就是真相。没有人为了公正而来。

玛雅轻抚克雷格的手："我不能在法庭上说谎。"

克雷格把另一只手放在她的手上："你知道你是个律师，对吧？"

她从他眼里看到了真正的担忧："我真的很抱歉。"

方丹法官开口了："辩方律师，我需要知道你们做何辩护，马上。"

"好的，法官大人。"克雷格紧握着玛雅的手低语道，"以我专业的观点来看，你正在犯下一个非常可怕的错误。我恳求你三思。我今天无论怎么回答，都会被媒体广泛报道并开始影响陪审员的意见，之后就没有机会改主意了。我们现在选好辩论策略，之后就不再动摇，永远不动摇，直到你洗脱罪名。请让我用正当防卫来为你辩护。"

玛雅也握紧了他的手："谢谢你。你是完全正确的，但是我没有杀害瑞克·莱昂纳德。"

克雷格心里一沉。她对他说出了这句话，那么从法律上来说他就不能再用正当防卫作为辩护理论了。"该死，玛雅。"

他立刻转身面向法官说："法官大人，据我所知——而且众所周知——我的当事人是清白的，她申请对所有罪名进行无罪辩护。"

玛雅听到了法庭四周的窃窃私语，她望向高副检察官，他仍然面无表情。

"'无罪'辩护已经被记录在案。"方丹法官说，"控方对于保释有什么意见？"

"控方不建议准予被告保释，法官大人。"高说。法庭里响起了更多的议论，玛雅相当确定她听到了母亲的哭声。

高继续说："被告拥有的手段与资源显然让她具备很高的潜逃风险。我们都知道她是罗伯特·诺克——另一名逃脱法律制裁的罪犯的同伙。我们坚信，如果法庭准予希尔女士保释，那么无论金额多少，今天都是本庭最后一次见到她。"

方丹法官思考了一下："你呢，罗杰斯先生？"

克雷格转身面对着高副检察官开始回击："你怎么敢这么讲？法官大人，我甚至根本不必多费口舌指出我的当事人这十年来一直都是受到公众尊敬的正直公民，我也不想浪费时间去说明，身为美国劳工协会认证的加利福尼亚律师协会会员，她在法律界有怎样的地位，她宣誓尽职的对象不仅包括她自己的当事人，也包括本法庭。谢天谢地，我也不需要提到她以前的犯罪记录，因为根本没有。所以，我要说的是，十年前，我的当事人曾经担任过陪审员，服务过我们的社会，就在这座建筑里，我的当事人履行了我们要求公民履行的所有责任。现在，她出现在被告席上，她因履行职责而引发的恶意，会让她在狱中遇到危险。请让我提醒你，是加州政府的渎职行为首先侵犯了她的隐私。如果在曾经背叛过她的州立执法机构的监管下，她发生了什么不测，那么州政府玩忽职守地将这样一位知名公民送入充满危险人物的环境，这一行为将会让我们有充分的理由提起诉讼。除此之外，此事也会直接挫败公众参与法律事务的积极性，而这恰恰是本法庭使命之所系。全体陪审员、被告，甚至包括检察官在内，都会因为这个决定而遭受无法弥补的伤害。最大的责任不应该由我的当事人承担，而应该由这个因为某一项灾难性裁定而无法正常运作的司法系统来承担。"

随后，是一阵长久的沉默。

高或许应该说些什么，哪怕只是为了显示出他并没有退缩，但他一言未发。

方丹法官开口了："准予保释，保释金一百万美元。"

"很好，法官大人。"克雷格看着法警，"我已经准备好了支票，随时恭候。"

法官敲下法槌，想要让骚动的旁听席安静下来。

克雷格坐下，俯在玛雅耳边轻声说："从现在起都听你的。"

不到一小时后，玛雅就被释放了。克雷格到羁押室把她接出来，带她来到希尔街上违章停放的一辆林肯城市轿车旁边。他打开后车门让她上车，她的父母正在车里等待。

这是最令人心碎的场面。她的妈妈在抽泣，当她张开双臂拥抱玛雅的时候，她的爸爸似乎也抑制不住感情。他们两人拥抱着她，一言未发。克雷格坐在近旁，礼貌地划着手机屏幕阅读邮件。

"妈妈，"玛雅说，"爸爸，真的，我没事。不会有事的。"

她真的相信吗？她必须试一试。

"好的，"她爸爸只能说出这句话，"好的。"

"我会把保释金还给你们，我的抵押贷款……"一想到她父母今天上午不得不多付 10% 的现金以便赎回一百万美元的债券作为保释金，她心里就很不是滋味。玛雅觉得羞愧难当，她在人生中取得了那么多的成就，最后仍然需要父母从监狱里把自己保释出来。

"我们回家吧。"她的爸爸说。

"我不建议你们回到那里，"克雷格说道，"媒体早晚会得到你们的地址，或许现在已经得到了。我觉得你们三个人应该暂时住在一个相对隐蔽的地方。"

"好的，对，这很明智。"玛雅的爸爸说。

我真的很抱歉

"这周你们就去我马里布的房子住吧？"克雷格说道，"我的丈夫在纽约，那边没人住。"

"马里布。"玛雅的爸爸说，仿佛在考虑这个提议。

玛雅朝克雷格点了点头："谢谢你。"

"马里布很不错，"克雷格说，"但是抱歉交通比较拥堵。"

克雷格的房子距离马里布路主干道不远，是一栋小巧的三层别墅。房子的装潢比玛雅想象中更有生活气息：木质为主，玻璃为辅，屋里的私人纪念品和相框多于抽象艺术品。不过，当她站在一层的露台上，面前就只有一望无际的海洋。

"克雷格在法庭上一直那样吗？"玛雅的父亲倚着栏杆站在她旁边说道。克雷格留在了洛杉矶，他去了工作日的住所，在汉考克公园附近。

"实际上我从没见过他出庭的样子。他是事务所的老板，我刚从法学院毕业就被他招去了。"

"他看起来很厉害。"

玛雅回忆起，高中时她跟爸爸借车出去玩，结果她的朋友把一个大麻烟头留在了仪表板上。父母整整两个星期没给她好脸色，还禁止她晚上再出门……一直到两周之后，学校里有人举报说她的寄物柜里有大麻，校方经过搜查，找到了一些零散的碎叶子。校长把她爸爸找来谈话，而她爸爸完全站在她的一边，并且扬言如果校方在没有任何确凿证据的情况下做出处罚，他就要控告学校。他甚至还取消了之前对她的禁令。他是个很严厉的人，但是一旦他感觉到玛雅受到了来自外人的威胁，他想做的一切就是保护她。

此时，她并不确定该如何把要说的话说出口。她担心爸爸听了

与她共谋

以后会觉得生气，但同时，如果她不说，他会不会永远留着一个心结，想要知道那个他无法开口向女儿提出的问题的答案呢？

"爸爸……"她犹豫着说，"呃，我希望你知道……"

"什么？"

夜色下黑暗的海浪匆匆涌向沙滩。"我没有杀人。"

他一惊，仿佛被吓到了："宝贝……我……哦，宝贝……"

"你永远不会认为我是杀人犯，我知道，但我还是要告诉你，直截了当地说出来，我没有杀人。"

他踮着脚，双手抓着金属栏杆，慢慢地前后晃动身体。"你知道的，即使你真的杀了人，我也仍然爱你。"

她觉得恼怒还是感动？她不确定。"我知道。"

"等你有了小孩，你就会明白的。他们犯了什么错都不重要，你都会选择保护他们。"

"爸爸……我是说，我没有杀人。"

他深吸了一口气，松开了栏杆说："好吧，如果是这样，那我们要面对的麻烦还真不小，是吧？"

那一晚他们过得超乎现实地温馨安逸。三个人一起做了晚饭，玛雅的妈妈出去买了菜，然后让他们一起帮忙用盐腌制了一条鲈鱼，她爸爸负责饭后的清洗打扫。玛雅从克雷格储备齐全的酒柜里找到了金酒，他们在镶入墙壁的巨大电视前一起看了部电影，感觉像是感恩节的周末，或者圣诞之后她短暂假期中的一天。

他们再没有提到过谋杀案。

第二天一早，玛雅醒来时发现爸爸正在电视机前面接着看电影，昨晚他没坚持到结束就睡着了。玛雅记得，影片结尾有个反转，爸爸不想错过。

她正在研究克雷格家的咖啡机时，电话响了。她愣了一下才意识到是座机来电了，她都不知道房子里还有座机。

电话响了五声之后，她终于在早餐台旁边找到了话筒。

"喂？"她说，"这是……克雷格·罗杰斯家。"

"我是克雷格，快开电视。"

她能听到隔壁客厅传来电影的声音。"我爸爸正在看……"

"看新闻，快。"

玛雅拿着电话跑过去，从爸爸身边拿起遥控器。

他刚要抗议，然后看到她脸上的神情。"怎么了，宝贝？"

"哪个频道？"玛雅对电话里说。

"所有频道都在播。"

玛雅找到了CNN。屏幕下方三分之一被新闻字幕占据，上面写着：鲍比·诺克自杀身亡。

她的爸爸发出一声惊呼。

"到底是怎么回事？"玛雅说。

"警方在得克萨斯州的一个汽车旅馆里发现了他的尸体，"克雷格说，"CNN说现场有遗书，微软全国广播公司说不能确定，而且……"

屏幕上出现了一张匆忙拍下的照片，照片里是一间破旧的汽车旅馆客房，房间里有一张旧床，床上是花纹已经褪色的毯子，还有一个木头咖啡桌，在咖啡桌上有一张模糊不清的白纸和一条银质的项链吊坠。

即使是在这张粗糙的照片上，杰西卡·希尔弗的项链吊坠仍然在闪闪发亮。

玛雅立刻认出了它。她努力想搞清楚这意味着什么，并尽量忍住尖叫。

"那是……"玛雅的妈妈说，"那是杰西卡·希尔弗的吊坠吗？"

玛雅在任何地方都能认出那枚吊坠，学校摄像头拍到的杰西卡最后出现的画面，她曾经盯着看了太久。玛雅准确地知道杰西卡死亡前几个小时内的穿着，海军蓝校服、白球鞋、纯银打造的亮闪闪的吊坠。

那张白纸上的字迹被放大到充满了屏幕。

蓝色水笔的笔迹写着："我真的很抱歉。"

玛雅一阵晕眩。

"但是他没有杀人。"玛雅虚弱地对克雷格说，"他跟我说了……在沙漠里……他说的是实话……"

玛雅曾经那么确定。

"在这一点上，你的观点倒是始终未变。看起来警察还没来得及检测吊坠上有没有杰西卡·希尔弗的 DNA。"

"这是她的吊坠。"玛雅承认。

她想起了鲍比带走的那个行李袋，想到了他塞进里面的几件私人物品。这枚吊坠是否也在其中？

她努力将这个新发现拼凑进她自己的逻辑与价值体系中，但一切都说不通。

"但愿那不是杰西卡的吊坠，"克雷格说，"因为如果真的是，而控方又能够证明瑞克·莱昂纳德知情……那么你杀他的动机就非常明显了。"

第二十章

弗兰

2009-10-16

弗兰·戈登伯格准备就寝时，听到浴室方向传来一阵奇怪的声音。她已经熟悉了奥姆尼酒店夜间的各种噪声，但这个声音从没有出现过。

那是一种沉闷的、不规则的呕吐声，是人的声音。

她把耳朵贴在浴室墙壁上，墙那边是韦恩的浴室，早上她有时候能听到他在洗澡。所以他也能听见她洗澡，这想法让她厌恶。

听上去是他在呕吐。

"韦恩？"她挥起拳头敲了敲墙壁，"你还好吗？"

没有回应，只有呕吐声。

"韦恩？"

仍然没有回应。

她有点担心，穿上拖鞋出门来到走廊上。十二层在这个时间安静得有些诡异。

她轻手轻脚地来到韦恩房间门口，再次敲门。

全天二十四小时都应该在电梯旁边值守的夜班警卫格伦去哪儿了？她来到电梯间，却发现一个她不认识的陌生警卫坐在格伦的位子上，这位替班的警卫睡得正香。

要不要把他叫醒？然后说什么呢？她听到韦恩房间里有奇怪的声音？听起来她不是疯了就是太爱管闲事，要不就是有妄想症，或者两者都有。这个点儿离开自己的房间，要是给自己惹上麻烦怎么办？

事后回想起来，弗兰或许会承认自己从警卫椅子旁边的折叠桌上拿走万能房卡的时候确实特别紧张。她本来不是个爱破坏规则的人，韦恩和玛雅他们才是。或许和他们一起被关在这里对她产生了影响。

她来到韦恩的房间，用房卡打开电子门锁，推开了门。

"韦恩？"

屋里所有的灯都亮着，浴室的门开着。

她又听到了呕吐声。

她往浴室走去。

韦恩蜷缩在地上，像个胎儿一样。他的脸上、下巴上和冰凉的地砖上全是呕吐物和痰液。

弗兰在他身边跪蹲下来。他仍然在剧烈地呕吐，但已经吐不出什么东西了，只有一丝丝胆汁。

"韦恩，"弗兰说，"韦恩。"

他的眼睛是睁着的，感谢上帝。

"弗兰？"他喃喃道。

"怎么回事？你还好吗？"

这时她才看到水池下面的地上有个空药瓶，她一只手抬着韦恩的头，另一只手去拿那个药瓶。

她并不认识瓶子上的药品名称，是安眠药吗？

"弗兰？"他的声音很虚弱，但至少他还能说话。

"是我，亲爱的，"她说，"我在这儿。"

大儿子乔什死去的时候，弗兰没能陪在他的身边，他死在地球的另一边。当时她已经好几个月没有他的消息了。她最后才知道乔什人在泰国，他在那里酗酒、嗑药，做一切消耗生命的事情。她后来了解到，对于乔什这种人，有个专门的名词：作死族。他们会前往一个物价低廉、汇率合适的国家，陷入彻底的自毁，直到心脏停止跳动。

泰国警察发现他的那个酒店房间也像这个房间一样吗？乔什是否也死在这种冰冷的瓷砖地上？

她的小儿子伊森去把乔什的遗体运回了国。

"韦恩，亲爱的……你把所有的药片都吃了？"

他点了点头，看起来很难为情。"是误食的。"他轻声说，"我在尽量把药吐出来。"

"能吐出来就好，"她说，"把药片从胃里倒出来，你就会没事的。"她尽力去相信自己说的话。

他在哭，或许他此时只剩下眼泪源源不断了。

她想站起身，于是把他的头放在了地面上。

"不，"他乞求她，"求你。"

"我需要确保你的安全。"

"别告诉任何人。"

她深吸了一口气。"韦恩，我必须找医生来。"

"求你。求你。求你。"

他的体格是她的两倍，但蜷缩在地上的他看起来是那么弱小。

"我已经都吐出来了，"他恳求道，"吐干净了。"

她在儿子们学校组织的露营活动中接受过不少急救训练，所以她知道医院能做的也就是给韦恩洗胃而已，但他的胃里已经没有什么东西可洗了。

她从水池接了一杯水，又跪到了他身边。

"那我们就小小约定一下，"她说，"你要把这杯水喝掉，然后我们要确保你把药都吐出来了。接着我们会再试着吐一次，然后再吐一次。直到我们确定你的胃确实空了。你要喝更多的水，还要保持清醒，整夜都不能睡，直到我确定你没事为止。"她喂他喝了第一口水，"等到了早晨，我们再商量下一步怎么办。"

他抬起头，第一次与她眼神相对。

"我要离开这里。"他唇间轻吐出一句话。

"离开浴室？"

"不是……这里……我觉得我真的坚持不下去了。"

弗兰紧抱着他，她从来没有机会这样抱着乔什。她把韦恩的头放在膝上，双手轻轻从他稀疏的金发中拂过。乔什最后一次像这样把头枕在她膝上是什么时候？他有没有允许过她抚摸他的头发？每当她告诉乔什她有多爱他的时候，他都会转身离开。这是最简单、最基本和最直接的感情表达，但是那个男孩和这个男人都难以承受，因为他们觉得自己不配拥有这样的爱。

她倚靠着瓷砖墙壁，闭上双眼。她不能睡，她一刻都不能离开。

"我们要离开这里。"他又在喃喃自语。

是的，弗兰心想，我们要离开这里。

第二天上午，弗兰拿到她的卡纸和水笔，第一次写下了"无罪"的判决。

情况变成了十票无罪对两票有罪，投"有罪"的只剩下杰伊和瑞克。

"发生了什么？"瑞克问弗兰和韦恩，昨天他们还站在他那边的。

韦恩只是耸耸肩。"我投完票了。"

弗兰找出了杰西卡·希尔弗的照片，最后一张照片是在学校里拍的，照片里的她穿着校服，戴着闪亮的银色吊坠。

弗兰举起照片，让大家都看到："我们可以整天争论细节，我们已经争论了很多天，但是问题在于，我们不知道，我们真的不了解鲍比，我们也不了解杰西卡。我们不知道她或者他的脑子里到底在想什么，我们不知道她有什么事情瞒着她的父母或者其他人……这就是关键。"

弗兰用大拇指轻轻摩挲照片的边缘，仿佛在轻抚那个女孩的脸。"我们应该付出最大的努力为杰西卡·希尔弗主持公道，让全世界都知道到底是谁杀害了她，她值得我们这样做。如果我们裁决鲍比·诺克有罪，那么调查就结束了，警察也会走开。每天早上出现在法庭外的摄像机和媒体就会去追踪下一个受害者、下一个巨大的谜案……但是杰西卡值得被更加认真地对待。所以我们不该让这个案子结束在这里，不该在这个房间里，由十二个疲惫不堪的人和推测来裁决。我不能代表韦恩的意见，但是我投'无罪'的原因是我们并不能确定鲍比杀了人，而我全部的希望就是，或许有一天，我们都能知道真相。"

第二十一章

本周最新的
坏消息

现在

玛雅和她的父母不停更换着电视频道，同时划着手机屏幕刷新消息。他们轮流念出推特、脸书和所有标着"新闻"的网页上的最新报道，每一次更新都与之前的消息相互矛盾，也让事态更加混乱。要相信谁的呢？玛雅的爸爸不停念着那些粉丝众多的官方账号发布的推文。她妈妈则在出声读着那些老牌顶级媒体网站上的新闻——《纽约时报》《华盛顿邮报》、美国有线新闻网，她老家的《阿尔伯克基邮报》等等，但这些网站每半小时才会更新一次。

　　玛雅妈妈的一位脸书好友贴出了发现鲍比尸体的汽车旅馆的照片，二十分钟后，玛雅爸爸在推特上关注的一名记者也发了同样的照片，上面贴着"假消息"的醒目标签。那张照片拍的是与案发地点名字相仿的另一家汽车旅馆，四年前也有人在那里自杀。

　　英国的《每日邮报》引述了汽车旅馆内一位目击者的言论——他们距离案发现场那么遥远还能发出报道，可以说是非常有效率了。那位目击者称，鲍比·诺克上吊自杀之前，还杀死了一位认出他的房客。这条新闻在玛雅看来更加难以置信，但是美联社的一家附属媒体在推特上证实这个消息之后，她开始重视起来。不过，电视频道都没有提到这件事。

备感煎熬的九十分钟过后，美联社承认，他们基于同一位目击者的证词确认了《每日邮报》那则消息的真实性。又过了三十五分钟，《达拉斯早报》证实那位"目击者"是一个知名的骗子。不到一小时，《每日邮报》的报道就从互联网上消失，仿佛从未存在过，链接指向了一个无效页面，推特也被删除了，只有网页截图在全世界几百万人中流传。美联社在这条错误报道的后面添加了一条越发让人糊涂的"编者按"，说虽然整篇文章都已作废，但是他们出于新闻公开透明的原因，还是决定保留这个页面。玛雅觉得，或许他们只是想最后再利用这条假新闻得到一些点击量而已。

几小时匆匆而过。新消息出来了。（"鲍比·诺克写下了 45 页自杀告白书"。）消息被推翻了。（"更新——鲍比·诺克并没有写下自杀告白书"。）媒体从一些稀松的事实中提炼政治含义，仿佛是从一口长期干涸的水井中汲取水滴。（"鲍比·诺克遗书中提到'黑人的生命同样重要'，证明身份政治的谬误所在"。）就这样过了五个小时，玛雅、她的父母，甚至任何人都已明白过来，即便他们睡上一会儿，醒来后应该也不会错过什么重要新闻。

傍晚时分，得克萨斯州布劳沃德的警署举行了一次新闻发布会，通报的内容大多数留意新闻的人都已经知道了。

鲍比·诺克是被澳大利亚一家小报的记者追踪到那家汽车旅馆的。记者们去敲他的门，但没人回应，于是他们说服汽车旅馆的员工打开了房门，结果发现鲍比的尸体悬在屋顶的吊扇上。警方在距离他脚边几厘米的咖啡桌上发现了一封遗书。上面的笔迹与鲍比以

与她共谋

"克里斯·拉美尔"的名字在前台办理入住登记时所用的笔迹相同。

遗书上只写了一句话："我真的很抱歉。"

布劳沃德的警长还证实，尸体旁边发现了一条银项链。他提到，项链的照片已经被媒体曝光了。

警长还补充了一个新信息：他们在项链吊坠的卡扣处找到了几缕金色长发，已将之送去进行 DNA 检测。虽然结果还未证实，但他认为，头发的颜色与杰西卡·希尔弗的发色一致。

杰西卡。瑞克。鲍比。

玛雅望着夕阳在海平面尽头徐徐落下，三个人的死亡在她脑中回旋着。杰西卡·希尔弗被杀引发的连锁反应导致瑞克·莱昂纳德被杀，瑞克·莱昂纳德被杀又导致了鲍比·诺克的自杀。玛雅曾经为了某种正义或者真相而斗争过，但结果只是耗费了更多生命。很快，她也将卷入这个死亡和毁灭的旋涡。

玛雅仍然不相信鲍比杀了杰西卡，但是她能想象鲍比在极为无助与孤独的情况下选择自杀。她反复思考着可能导致他死亡的其他原因，答案反复指向了卢·希尔弗。

如果按照鲍比的怀疑，是卢杀了杰西卡，然后又把吊坠从她的尸体上取下来……保留了十年……直到现在，卢把鲍比杀死并伪造了自杀现场之后，才把吊坠放在他尸体旁边……

但是到这里逻辑就说不通了。卢为什么要留着吊坠？就算他出于某种费解的理由，在杀死女儿之后把她的吊坠拿走了，为什么他十年前不陷害鲍比？这枚吊坠应该在鲍比第一次接受调查时出现才能发挥最大的作用，不是吗？如果卢——或者其他人——想要杀人后嫁祸鲍比的话，那他们的手法也太糟糕，并且太不会抓取时机了。

玛雅试图想象出某种更加宏大的阴谋来解释这个令人沮丧的不合逻辑之处，但是，"真凶"陷害鲍比的每一种情况都难以让人信服。

鲍比死后第二天，她频繁地给克雷格打电话，跟他讲述她越来越复杂的犯罪推论。他是个耐心的听众，谁是凶手跟他其实没有半点关系，因此他的聆听才尤其难得。

"瑞克手上那份对鲍比不利的神秘证据呢？"她问他，"我们仍然不知道那到底是什么。"

"除非，"克雷格提出，"证据就是那枚吊坠。如果瑞克通过某种途径发现吊坠仍然在鲍比手里，然后到奇迹镇去跟他对质，或者想要偷走它，所以鲍比才会逃跑……"

"那瑞克为什么不直接告诉我？为什么要守口如瓶？"

"我不知道，或许瑞克有别的打算。"

"所有这些，"她乞求道，"都无法解释瑞克为什么会死在我的房间。"

"除了声称你是在反抗时误杀了他。"克雷格轻声反驳，"只有这样才能解释一切。"

但是我没有杀他。她想要大喊，但她决定不再向克雷格做出更多无辜的抗辩。

玛雅想到了她在东基督区遇到的佩枪毒贩还有她在奇迹镇见到的那些性犯罪者。他们之中会有人愿意为鲍比杀死瑞克吗？他们之中随便谁都能做到鲍比做不到的事情：偷偷溜进奥姆尼酒店，不被人注意到，但是玛雅该怎样才能在法庭上证明这一点呢？

玛雅曾经请了一位心理医生出庭为她的当事人进行评估。那位医生在证人席上表现得非常出色，她一直在重申"暴力循环"的概念，而玛雅的当事人在循环中既是施暴者，也是受害者。那位女医生把循环说得像是大海的潮汐，满月时的引力对它们来说无法抗拒。

在玛雅看来，"循环"听起来太像是因果报应，她并不相信报应轮回。对她来说，暴力是一种病态，具有传染性，每一个接触过暴力的人都会成为它的携带者，遭受暴力的幸存者与目睹暴力的旁观者都会为世界带来更多暴力。

玛雅觉得自己像个傻瓜。她可以尽情责怪人间的邪恶，不过，如果本周最新的坏消息属实，那么她最终只能向自己和所有人承认，最近的这些灾难——瑞克·莱昂纳德被杀、鲍比·诺克自杀、她本人即将被起诉等等——之所以会发生，是因为十年前她就错了。

玛雅继续待在马里布的房子里，被焦虑的父母严加看管。他俩绝大部分时间都在客厅的沙发上或者餐桌旁边度过，尽量避免过度沉溺在那些源源不断涌来的消息和传言中，他们不停与对方交换着自己十秒钟前刚刚看到的新消息。

鲍比·诺克家人的生活又一次陷入地狱，他的父母被连番追问听到儿子自杀消息后的反应。他们被视为罪犯，鲍比的爸爸甚至向卢·希尔弗道了歉。他在摄像机镜头前说，虽然他此前一直相信儿子，但是现在事实无可辩驳，他非常抱歉自己的儿子夺走了别人孩子的生命。

自杀事件发生的第二天上午，玛雅给卢·希尔弗打了电话。仍然是之前那位女士接起了电话，并说卢会给她回电，但他一直没有。之后连续两天玛雅又打了电话过去，但是那位女士只是重复说卢会尽快给她回电话的。

玛雅只能认为自己对卢已经"没用"了。是不是卢让记者跟踪她到东基督区的？有可能，不过就算他没有那么做，他也很清楚，让她去找鲍比一定会引发一系列的反应——玛雅、鲍比和那些窥伺者都涉身其中。卢希望鲍比得到惩罚，无论以什么方式，而利用玛雅作为触媒也是引发更多痛苦的手段。事情的发展甚至比他预想的还要好：鲍比死了。

卢是否如鲍比所说虐待过杰西卡？即使鲍比杀了人，他说的仍然有可能是实情。或许卢确实虐待了杰西卡，然后鲍比杀了她；又或者鲍比和她发生了不正当的关系，然后卢杀了她。在玛雅看来，他们两个都有可能下地狱。

自杀事件发生两天之后，卢召开了一次新闻发布会。玛雅和她的父母在克雷格家的客厅里看了实况转播，他们可以听到敞开的窗子外面轻柔的涛声。

法庭门口的台阶上临时搭建了一个讲台，讲台后面，卢与已经退休的特德·莫宁斯塔尔并肩而立，他们轮流祝贺对方终于等来了真相大白之日。

电视上的卢看起来个子更挺拔，甚至有些英俊。又或许玛雅只是不习惯看到他露出笑容罢了。

那次审判之后，玛雅在电视上看到过几次莫宁斯塔尔。他有时会发表一些法律评论，详细讲述那些聪明的辩护律师大打"种族牌"为当事人博取同情的种种手段。玛雅记得他一度还写过一本悬疑小说，是根据杰西卡·希尔弗谋杀案虚构出来的，他是小说里的英雄人物。他把自己塑造成电影《警探哈里》里的主人公，一个诚

　　　　　　　　　　　　　与她共谋

实又坦率，却被"种族投机分子"陷害的人。玛雅当时想，一个女孩的死让那么多人实现了自己的英雄梦想，这有点荒谬。莫宁斯塔尔一直想成为克林特·伊斯特伍德，吉布森或许想成为约翰尼·柯克伦，而玛雅曾经以为自己是《十二怒汉》里的亨利·方达[1]——唯一一个勇于向冷酷麻木的同伴们说出真相的陪审员。

玛雅从屏幕上站在后排的公务人员中发现了一张警觉的面孔——副检察官本·高，他似乎已经准备好了继续收拾这个可怕的烂摊子。本·高在发布会上出现，说明即使鲍比·诺克曾经侥幸逃脱了应得的罪责，玛雅也不会那么走运。如果玛雅觉得他们对鲍比已经算是穷追不舍，那就等着看本·高怎么收拾她吧。

卢·希尔弗的妻子伊莲和他一起站在讲台上，她丈夫满脸兴高采烈，但她却表现得茫然淡漠。玛雅靠近屏幕仔细看，如果鲍比说的虐待情况属实，那么伊莲也遭到了这种可怕的对待，并且一直隐瞒。她那张精心修饰的面容与波澜不惊的表情背后，到底发生了什么？

卢终于能够对鲍比的认罪发表意见了，他的喜形于色让人感到一丝毛骨悚然。"我很欣慰，"他对着镜头说，"我终于能够说，正义得到了伸张。"

可是谁又能责怪他呢？十年来他所寻求的只是被玛雅这些人认定为无法实现的正义。虽然有人质疑，虽然时间的流逝令人疲惫，但他还是坚持了下来。

一名记者请卢评价一下当年裁决鲍比无罪的陪审团，站在后面

---

1 克林特·伊斯特伍德为前文所说电影《警探哈里》的主演；约翰尼·柯克伦为美国著名的黑人辩护律师，在"辛普森案"中成功为被告洗脱嫌疑；亨利·方达为好莱坞著名演员，《十二怒汉》的主演。——编者注

的本·高愣了一下。

卢定了定神，回答："我不怪陪审团。他们和很多人一样，都被鲍比·诺克蒙骗了。他们犯了一个错误，但我相信那是无心之过。"

"你是否相信玛雅·希尔杀害了瑞克·莱昂纳德？"一名记者问道。

玛雅本人的照片充斥着整个屏幕。

"我认为这应该由一个新的陪审团来决定。"卢摇了摇头，仿佛在懊恼命运的反复无常，"我确实希望他们能够承认自己的错误。玛雅·希尔……你们也看到了，当一个人固执己见、拒绝承认错误时，会发生什么。"

记者们又向他提出了更多的问题，但是卢不愿意对他所谓的"我并不熟悉的刑事调查"做进一步评论。

他们播放了在东基督区拍到的玛雅的画面，她看起来像是鲍比的同谋。在沙漠的暗夜中，摄像机的灯光直射她的双眼，让她看起来好像中了邪。"她知道他在那儿多久了？"画面切回演播室时，那位主播问道，"她保护他多久了？"

"真该死。"她爸爸在旁边的沙发上说道，妈妈伸手抚摸她的膝盖。

"爸，"玛雅说，"没事的。"

"他们不能这样说你！"

她知道关掉电视也于事无补。对他隐瞒这一切没有任何帮助，无论如何他都会整晚看重播的。

"谁会在乎他们怎么说我呢？"她说。

他看着她，仿佛玛雅真的变成了他们口中的疯子。"我在乎。"

而这句话几乎又一次让她心碎。

　　　　　　　　　　　　　　与她共谋

玛雅发现，第二次当过街老鼠容易多了。

她已经很擅长自动屏蔽掉各方的议论以及令人厌恶的暗示。一个深夜脱口秀节目的演员开玩笑说鲍比·诺克"有能力控制白人女孩"，但随后又不得不公开道歉。公众目前还不知道玛雅与瑞克的关系，所以至少她可以免受相关的侮辱。不过大多数电视新闻评论员都认为她确实杀了瑞克。《鲍比·诺克有没有指使陪审员替他杀人？》是所有主流媒体新闻标题中最荒谬的一个，每个人都在没有核查事实的前提下自豪地认定他们之前对鲍比做出了正确的判断，这也让他们更坚定地认为玛雅这次一定有罪。显而易见的结论让他们咄咄逼人的势头缓和了一些。

这一次，玛雅也学聪明了很多，不会再去感激那些偶尔为她辩护的人。那些人，比如勇敢无畏的记者和热情的法律工作者，即使现在声称与她站在一起，可一旦发现自己的观点能够两边讨好，他们就会迅速把她抛弃掉。漂亮话都是那些与自己的"阵营"适度决裂以显示公正的人最擅长说的，比如支持枪支管控的共和党人，或者希望取消遗产税的民主党人。有些机会太容易抓到，所以大家都跃跃欲试。"当然，我们一致赞同……"当然，他们一致赞同的就是玛雅在每一个关键点上都没有做到公正。

她发现自己仍然在心潮起伏地回忆着十年前瑞克对她进行的所有公开指责。当时她受到了深深的伤害，可现在呢？它们看起来多么温和啊，与现在的狂热相比，又是多么理智与审慎。她意识到，自己最想对瑞克说的（如果他能听到的话）只有一句："我原谅你。"

他会在乎吗？她永远不会知道了，但她说的是真话。

凭借着让自己麻木的实战经验，她会挺过这一关。她知道人们在议论她什么，也知道这是为什么。但她有更紧迫的问题要处理——她不能让自己进监狱。

鲍比死后第四天，新闻的焦点开始转移的时候，玛雅驾车返回了洛杉矶。

作为一名当事人，她回到了自己就职的律师事务所。

大家对她礼貌得让人受不了。前台拥抱了她，然后叫来了克里斯特尔。玛雅现在必须要让别人"接进去"了，她失去了在走廊里穿行的自由。

"这太奇怪了。"克里斯特尔与她拥抱时说。

"可不是吗？"

自己还算不算这里的员工呢？跟着克里斯特尔前往克雷格办公室的时候，玛雅忍不住思忖。途中不少同事纷纷过来和她拥抱，为她加油打气。她目前是算作在休假，但几周之后，她就要跟人力资源部门开诚布公地谈谈了。她负责的案子，至少是那些已经排好了开庭日期的，已经被分配给别人接手。长期的案子还可以等一等，这取决于玛雅要离开多久。

克雷格正靠在木质写字台前等着她。

"嗨。"他说。

"嗨。"玛雅说。

克里斯特尔来回看了看他们两人。"别让她进监狱，好吗？"

然后她走了出去，并关上了门。

"所以我们需要辩称你是无辜的，"玛雅坐下时，克雷格说道，"和我认为更好的策略相反，这就意味着我们有很多工作要做。最迫在眉睫的问题是：瑞克·莱昂纳德到底是谁杀的？"

玛雅知道这个问题迟早要面对。"我们可以提出多个嫌疑人。"

"所以我们会指向彼得·威尔基？或者韦恩·拉塞尔？还是其他人？或者认为他们都是同谋？我拿到了你发来的卷宗，确实……够可以的。"

"我知道。"此刻的种种讽刺中，最难以置信的一项就是，瑞克为他们提供了最好的证据宝库来洗脱玛雅谋杀他的罪名。

"此外，"玛雅补充说，"鲍比·诺克在奇迹镇或者东基督区的朋友也都有嫌疑。我肯定两个迈克能找到一些有侵犯前科或者没有不在场证明的人。"

克雷格看起来很高兴："我现在就让他们去查。"

"查到韦恩的新线索了吗？"玛雅问。

"还没有，"克雷格耸耸肩，"刚过一个星期。"

玛雅想到了韦恩的卷宗里包含的那些黑料。里面的各种指控当然算不得称赞，但也没有坏到要为之杀人灭口的地步。

不过，即使瑞克手里韦恩的黑料并不多，但韦恩在案发当晚隐瞒行踪这件事也让他具备了重大嫌疑。"审判之后，他和弗兰·戈登伯格一直有联系，这是那天晚上她在酒店告诉我的。"

克雷格并不以为意。

"或许她知道他的下落。"玛雅补充说。

克雷格考虑了一下："我让迈克去一趟。"

"我自己去吧。"

"弗兰既有可能是个对你不利的证人，也有可能是另一个犯罪嫌疑人，我不想让你跟她谈话。"

玛雅挑了挑眉毛："迈克——或者另一个迈克——之前找她谈过吗？案发后。"

"谈过。"

"弗兰跟他们说了什么？"

"什么也没说。"

玛雅没有接话，她果然预料得没错。

克雷格双手交叉在胸前说："好吧。"

玛雅转过身准备离开。

"请不要再给我已经非常困难的工作增添难度。"

玛雅笑了："你不是全洛杉矶最好的刑事辩护律师吗？"

她在身后关上门时才听到他在房间里喊道："这一点你永远不要忘！"

弗兰·戈登伯格仍然住在洛斯费立兹地区特雷西街上的一座平房里，那条街很安静，从一条主路向斜方延伸出来半英里后又汇入了另一条主路。她的房前有几级红砖台阶，那天午后，玛雅去按门铃的时候，房子里还是黑乎乎的，没有人来开门。

玛雅在车里等待，反复思考着她对韦恩杀死瑞克这个假设最大的疑问：动机是什么？

会不会跟瑞克手里对鲍比不利的证据有关？可是韦恩为什么会关心这个？他已经多年没有公开谈论过那个案子了，他搬去科罗拉多不就是为了躲避这一切吗？

还是说，韦恩那天晚上到玛雅的房间去，本来是想杀她，结果却发现瑞克在？玛雅让韦恩吃了那么多苦头，她能预料到他很想杀了自己，但他真的会付诸行动吗？而且，如果他看到房间里的人是瑞克，会转而去杀掉瑞克了事吗？

反复琢磨了一个多小时后，玛雅终于看到了那个可能多少知

　　　　　　　　　　　　　　　与她共谋

道一点答案的女人。弗兰·戈登伯格正沿着特雷西街走来，她戴着时髦的黑色宽边眼镜，一侧的短发拢到耳后。如果不是她天生的白头发，玛雅或许会把她误认成一个小学生，她怀里抱了一堆沉重的花盆。

玛雅下了车。

"嗨。"她向对方打招呼，"这些是什么？"

弗兰吓了一跳。"多肉植物。"

"需要帮忙吗？"

弗兰掂了掂怀里的植物说："你来这儿干什么？"

"你看到新闻了吧？"

"这几天的新闻太多了，天天如此。"

"我们能进去说吗？"

弗兰把一个花盆递给玛雅，带着她走上台阶。弗兰把她带到房子一隅的厨房时，玛雅注意到，这座西班牙风格建筑的室内四处都摆满了鲜花，台面上的白色瓷砖在几十年前非常时髦，后来过时了，如今又流行起来。

"我还真不知道你养花也这么在行。"玛雅说。

"退休之后弄的。"

"我一直都想学学园艺，我妈妈很喜欢。"

"为什么没学呢？"

"没时间吧，我想。"

弗兰自己倒了一杯水，但没给玛雅倒。"时间比你想象中多得多。"

楼上的地板发出巨大的吱呀声。"你有客人在？"

"我儿子，"弗兰说，"上周的事情之后……他就回城里来了。"

"我的父母也来了，他们快把我搞疯了。"

"你还好吗？撑得住吗？"

如果玛雅想诚实地回答这个问题，她一定会说，一想到有可能在监狱中度过余生，她真的害怕极了。

但她只是反问了一句："你听说了吗，韦恩失踪了？"

弗兰捡起一片掉落的花瓣。

"而且谋杀案发当晚，他也在洛杉矶。你知道他现在人在哪里吗？他跟所有人都说不来了，为什么那天晚上又出现在了洛杉矶？"

弗兰把掉落的花瓣丢进垃圾桶。"我跟他没什么联系了，真的。"

"你们两个似乎关系一直很好，到最后都是。"

"审判的最后吗？"弗兰似乎有些不解，"他当时处境很艰难。我们都是……我遇到困难的时候，喜欢去帮助别人。我的儿子们也说过我，说我喜欢帮助别人是种强迫症。"

玛雅明白这种感觉。

楼上的地板又在嘎吱作响，弗兰似乎很恼怒。"稍等我一下好吗？我得去看看他有什么事。"

她走开了，玛雅能听到房子中间楼梯上她的脚步声，然后，只剩寂静。

玛雅透过窗子望向房后那一小片玫瑰园，车道拐向房子后面，通往一个曾经是车库、如今更像个工棚的地方。工棚前停着一辆巨大的红色卡车。

一辆福特 F-150。

她快速掏出手机，找到了韦恩·拉塞尔那辆红色福特 F-150 的车牌照片。车牌号一致。

韦恩·拉塞尔就在这里。

玛雅立刻从厨房奔向客厅。

"玛雅?"弗兰正从中间的楼梯上走下来,"出什么事了吗?"

玛雅望向弗兰身后的楼梯——她害怕二楼那个情绪不稳定的骗子。

她的第一个念头是逃跑,但那样一来弗兰就会知道发生了什么。她会告诉韦恩,所以等玛雅把警察叫来的时候,韦恩早已经跑掉了,玛雅连他来过这里的证据都没有。

"没,没事。"她对弗兰说,指着客厅的花瓶里那一束刚刚剪下的玫瑰,"我只是在欣赏这些花。"

弗兰显然为此感到自豪:"这里很难种出东西,土质不好。"

"有人曾经告诉我,这里根本不适合生命存在,好像是跟沙漠有关。"玛雅知道,她应该马上离开这儿,但是如果她真的这样做,等待她的可能就是终身监禁。如果她能回到厨房去,她可以拍下那辆卡车的照片,至少那是她能用得上的线索。

"是瑞克告诉我的。"她补充道。

弗兰走下最后一个台阶。"一定很难熬吧,被所有人认定是杀人犯。"

"你觉得是我杀了他吗?"

"当然不是。"她的语气仿佛这句提问本身就不正常,仿佛那完全不是全洛杉矶多数人的共同看法。

楼上又传来一声响动。

"楼上没事吧,"玛雅说,"你儿子?"

弗兰看向天花板。"我马上就来。"

弗兰刚刚离开她的视线,玛雅就迅速回到厨房。她拿出手机,对准窗外的卡车拍了一张照片。她检查了一下照片，车牌号清晰可见。很好，该走了。

她转过身来。

韦恩·拉塞尔就站在走廊上。

他穿着蓝色牛仔裤、黑色圆领衫、大号靴子。他的圆领衫松松垮垮的，但她仍然能够看到他肌肉的轮廓，她已经忘记他的体格有多壮硕了。

她感到自己的腿已经紧贴到身后的柜橱上。

"玛雅，"韦恩说，"我不会伤害你的。"

她看到弗兰出现在韦恩身后的走廊上，看起来吓坏了。"他不会的，真的。"

玛雅用拇指往手机上点了两下，重新拨出了刚才拨过的最后一个号码。

在某个地方，克里斯特尔的电话响了。

她能够听到手机中传来的等待音。快接电话！

"这通电话接通的时候，"玛雅说，"他们就能够通过我手机的卫星定位系统找到这个厨房的位置，他们也会知道这通电话拨出的确切位置。移动电话定位技术比十年前先进多了。如果你对我做出你对瑞克做过的事情，你是逃不掉的。"

这种说法并不完全正确，但是玛雅觉得韦恩和弗兰应该不懂。

电话那头仍然只有等待音。

"我没有杀瑞克。"韦恩说。

"我他妈的也没杀他。"

他走进房间里，离玛雅仍然有一英尺距离，却像个硕大的黑影笼罩在她身上。"你得把电话放下，我不想让警察……"

弗兰伸出一只手搭在他的肩上。"你不想让警察怎么样？"弗兰是在对韦恩讲话，不是对玛雅，"或许你该跟警察谈谈了。"

"他们会找我麻烦的，因为瑞克的事情。"

玛雅听到电话转到了克里斯特尔的语音信箱："我是克里斯，请留言……"

弗兰说："如果你不开口，他们会对她做出什么事情来？"

玛雅把电话举在耳边："我是玛雅，我在弗兰·戈登伯格家里……"

韦恩的眼中闪烁着恐惧，但同时也有发自内心的担忧："他们真的会把你送进监狱吗？"

玛雅点点头。"他们已经这么做了，我现在是保释出来的。"

"把电话放下，"弗兰说，"我们会把知道的都告诉你。"

玛雅来回看着他们两人。不知道为什么，韦恩的恐惧看起来更多是为了玛雅，而不是他自己。

她不敢相信自己接下来要做的事情。

"我等会儿再给你打电话。"玛雅对着电话说完这句就挂断了。

她在用自己的生命信任这些人。"好吧。那么，到底是谁杀了瑞克·莱昂纳德？"

韦恩倚在门框上，弗兰长舒了一口气。

"让我最想不通的是，"弗兰说，"我们根本不知道。"

几分钟之后，他们都来到了客厅，花瓶里的玫瑰散发出甜蜜的气息，弗兰把一切都告诉了她。

韦恩在最后一刻改变了主意，决定去参加聚会。他宁可再次面对大家，也不愿意看着其他人聚在一起，唯独他缺席。所以他给卡车加满了油，开车上路了。只是，当他抵达洛杉矶市区的时候，已经很晚了，非常晚。他在奥姆尼酒店门口停下车的时候……

到处都是警察，肯定是发生了什么不好的事情。

"我看到你了，"韦恩对玛雅说，"我看到警察把你带走了。"

"我也是那时看到他的，"弗兰说，"在你被逮捕之后。"

弗兰解释说，警察把他们所有人都叫醒后，就让他们回家去了。她看到了坐在卡车驾驶座上的韦恩。

"如果警察看到了他，"弗兰说，"他会显得很可疑。"

"他就是很可疑。"玛雅说。

韦恩耸了耸肩。

"所以我把他带到这儿来了。"弗兰说，"一开始我们只是打算弄清楚到底发生了什么事，但是没有人跟警方爆料，警察也什么都没告诉我们——瑞克是怎么死的、是不是有人杀了他，我们甚至两天之后才知道了交通摄像头的事。"

"又过了两天他们才开始怀疑我是杀人犯。"

"好吧，"弗兰说，"你站在我们的角度想想。"

"我尽量。"

"从我们的角度来看，或许就是你杀了他。"

玛雅转向韦恩。任何人都有可能杀人，是不是？

"当年我就看到过你和瑞克……"韦恩说，"瑞克有一天早晨从你房间出来。"

"我知道。"

"所以我猜……我不知道。"

"请你明白，"弗兰说，"韦恩并没做错什么，他是个好人。"

如果这一切的遭遇没有那么残忍，玛雅此时一定会笑出声。她人生中遇到过多少次只因为某人"是个好人"就将其可怕行为合理化的情况！她经历过多少"只想把事情做好"的人犯下暴行。她从目中无人的当事人和他们义愤填膺的家人口中听到过这句话，她从那些"束手无策"、只好采取最严厉刑罚的热血检察官那里听到过这句话，她从她的陪审员同伴们口中听到过这句话。更糟糕的是，她打开电视也会听到别人用这句话形容她。

　　对那些由于自己的决定而一次次让他人遭受苦难的所谓的"好人"，玛雅没有任何同情。

　　"你们两个的意思是，"她说，"你们跟瑞克的死毫无关系，你们也完全不知道是谁干的？"

　　他们两个都没说话，只是坚定沉稳地坐着，像是两块准备好一起沉没的石头。

　　弗兰真心相信韦恩是无可指责的，所以她替他所做的掩护——一个纯粹出于疏忽的谎言——是可以原谅的。她觉得，他们都真诚地相信自己做了正确的事情。

　　玛雅感到愤怒。她其实跟弗兰没什么两样，不是吗？她掩护了一个她相信——而且只有她相信——是清白的嫌犯，现在她终于明白了。

　　"你希望我去警察局自首吗？"韦恩说，"我可以去，如果能帮到你。"

　　然而最可怖的讽刺之处在于，他并不能。韦恩自首可以让他洗脱嫌疑，继续失踪反而会加重他的犯罪嫌疑，也会对她的辩护更有帮助。从某种最让人绝望的角度来说，一直以来，他消失才对她的案子更有好处。

"你们想帮我是吗？"她问，"那就帮我找到杀害瑞克的凶手。"

他们同意再仔细梳理一遍案情。他们会跟所有的陪审员再详谈一次，看一看经过上周的一系列事件之后有什么新线索出现。玛雅跟韦恩和弗兰说了彼得的事情，弗兰很震惊，韦恩则表示要亲自去把他揍个屁滚尿流。要不是玛雅正在帮玛格丽塔打官司，而彼得被打会让情况更复杂，她或许会由着韦恩那么做。

她上次去找杰伊的时候，特丽莎也在那儿，现在特丽莎应该已经回到波士顿了。韦恩会再找杰伊谈谈。

弗兰会去找雅斯敏和凯茜聊一聊，这两个人玛雅一直没机会问话。弗兰无疑更有可能让她们开口。

玛雅会回到她曾经去过的那些地方，希望能够找到新的突破口。

莱拉·罗萨莱斯红着眼睛开了门，她竭力掩饰自己刚刚哭过的样子，但并不太成功。"玛雅，嗨……对不起，现在不是时候。"

"我本想先给你打电话的。"玛雅尴尬地说，"但后来我发现你家就在附近，所以……我可以过会儿再来。"

"天哪，不用，我这是怎么了？"莱拉假装鼻子发痒去揉，顺便偷偷拭去眼泪，"你没进监狱我真的很高兴。一定很难熬吧……我想都不敢想。快请进。"

她把玛雅请进客厅，她父亲正双手抱臂站在那儿。他怒视着玛雅，责怪她打断了他们父女二人的争吵。上周对他们来说一定也很不好过，莱拉和她父亲用火药味很浓的西班牙语快速争执了几句，然后他就出门办事去了。

与她共谋

他走后，莱拉转身对玛雅说："我真该搬出去自己住。"

"我每次跟我爸说话都觉得他在想救我和想掐死我之间纠结。"

"没错。"

房子后面有声音传来，像是亚伦在哭。

莱拉无奈地叹了口气："稍等我一下好吗？"

莱拉去查看亚伦的时候，玛雅在这座小房子的前厅来回溜达。厨房一尘不染，喝光的啤酒瓶都放在水池边的一个箱子里，等着被丢进可回收垃圾桶。碗架上晾着吸管杯和橡胶汤匙。玛雅这才想到，她应该从弗兰那里带些花来作为礼物。

去别人家里调查谋杀案的时候送上鲜花礼貌吗？

冰箱上贴着亚伦的画。有蜡笔、马克笔和手指画的。一头黄色的大狮子、一只不知道为什么被涂成了淡紫色的熊，甚至还有一条愤怒的红色短吻鳄……

玛雅感觉到一阵似曾相识的寒意，她一定是累坏了。那只短吻鳄和鲍比·诺克帐篷里的那只一模一样：又大又凶的牙齿、红色的身体、针尖一样的小眼睛……

这太离谱了，鲍比怎么会有莱拉儿子的画？

她听见莱拉走进厨房。

玛雅指着冰箱问："为什么鲍比·诺克有一幅你儿子的画？"

莱拉停住了脚步。

"玛雅，"莱拉说，"现在我只希望你不要有任何疯狂的举动，好吗？"

第二十二章

莱拉

2009-10-19

莱拉·罗萨莱斯目不转睛地看着鲍比·诺克。他坐在被告席后面发呆，仿佛凝视着不见底的深渊，过去五个月里的每一天他都是这样。她坐在陪审团席的第二排，从弗兰背后望过去，目睹了审判的全过程。她这样度过了无数个小时，想象着鲍比脑子里的想法。面对这些律师、法官、整个诉讼过程，他会有什么样的感受……

　　她对他了解得非常充分了，然而他对她又了解多少呢？

　　她的名字已经出现在新闻里了，但他们允许鲍比看新闻吗？过了这么久，他可能连她叫什么都不知道。

　　"陪审团是否已经做出了裁决？"法官问道。

　　凯茜站起身来，莱拉伸了伸脖子，想要更清楚地看到鲍比的脸。

　　"是的，法官大人。"凯茜说。

　　"请将你们的裁决交给法警。"

　　凯茜把裁决书交给了法警斯蒂夫。裁决书已经在陪审团休息室内填写完毕并折了起来，他们每个人都在裁决书下方签了字。

法警斯蒂夫把裁决书交给法官。莱拉大部分时间都在看着鲍比，但直到现在，她都没看到鲍比有任何反应。法官的表情也没有变化，保持扑克脸或许是他职责的一部分。

鲍比的爸爸和妈妈甚至已经放弃了保持冷静的努力。莱拉觉得他们这样才合理。只有他们表现出了正常人应有的情绪，他的妈妈在哭，他的爸爸伸出双臂拥抱着她。他们全部注意力都在鲍比身上，尽管他看起来对他们毫不在意。

算了，莱拉想。她也不能怪伊莲·希尔弗面无表情，那个女人失去了一个孩子，经历过这样的悲剧之后，她有权选择以任何面貌示人。

卢·希尔弗坐在他妻子的旁边，莱拉上次见他还是在他一手"搞垮"控方指控的那天。虽然当时场面很难堪，但她仍然很同情他所经历的一切。

法官默默地阅读了裁决书，然后把它折叠好交回给法警，法警把裁决书递给凯茜。

"请首席陪审员大声宣读判决。"法官说。

凯茜打开那张纸的时候，手一直在颤抖。她向左右看了看，像是最后一次跟所有人确认，他们的意见是统一的。"陪审团一致裁决，"凯茜说，"罗伯特·诺克的一级谋杀罪名不成立。"

法庭里鸦雀无声。检察官纹丝不动，鲍比似乎惊呆了，他的律师把手搭在他肩头时，他才一下醒过来。吉布森侧身跟他耳语了几句，莱拉希望自己能听到他们说了什么。

然后，伊莲·希尔弗发出了嘶叫，那是一声饱含痛苦的嘶叫，也是莱拉听到的唯一一声音。

卢·希尔弗做了一件最奇怪的事，他笑了。带着苦涩、仇恨与屈辱，仿佛他已经准备好接受最坏的结果，仿佛这个裁决他早已料到一样。

莱拉想告诉希尔弗夫妇，对于这样的结果她感到非常抱歉，但这是权衡之下最好的裁决。一切都不像她想象的那样。她知道结案后法庭里不会像电影放完后那样响起掌声，但是她以为至少应该有某种标志来承认他们出色地完成了工作，就像你在学校里表现好，老师会给你一个优。可是在这儿呢？她和其他人付出那么多之后，他们为了让鲍比重获自由而竭尽全力之后，就得到这些？一滴泪、一声嘶叫、几声咳嗽。未曾开口讲出的话，似乎比之前还多。

莱拉也想尖叫。为什么没有胜利的感觉呢？

"公诉方诉鲍比·诺克一案到此结束。"法官说，"陪审团的女士和先生们，你们的服务也到此结束，法警会带你们回到休息室完成最后几项书面工作，然后你们就可以解散了。"

他说"解散"时的语气仿佛他们都是关在笼子里的动物，在被押期间被养得肥胖温柔之后，又要被放回丛林。

"本庭感谢你们提供了已经超出义务的公民服务，我们知道你们为司法系统做出了多少贡献，我们表示感激。"

法官听起来并没有什么感激之情，他听起来很生气。

莱拉还没反应过来，其他陪审员就已经站起身，大家陆续离开陪审员席，她挡住了后排的去路，韦恩像座山一样凑过来，带着期待俯身看着她。该走了。

莱拉觉得自己很蠢，法庭当然不是喜悦迸发的地方，她当然需要等到回家再说。她的爸爸妈妈一定会因为她拯救了一个人的生命而万分骄傲，她的姐姐也是。或许她的表亲们也会过来，他们的小婴儿现在——天啊，应该已经会走路了吧！

回到家之后，她就会看到预料中的大结局。她会像个英雄一样凯旋。

洛杉矶警察局的两名警察开车把她送回洛杉矶南区她住了一辈子的家，但是他们在几个街区之外遇到了严重的交通阻塞，她记忆中这几条路从来没有这样拥堵过。警车最终开到莱拉家所在的街区时，她看到了造成交通阻塞的原因：她父母房子外面的媒体几乎和她在法庭外看到的媒体阵仗一般大。警察打开警灯，驱开人群，把车开上了她家门前的车道，停在她爸爸那辆旧福特车的后面。

她的爸爸打开房门，无数照相机立刻闪成一片。他穿得很整齐，仿佛今天是个特殊的日子。看到她的一刹那，他似乎快要哭出来了。莱拉伸手去开车门，然后才想起来，警车的车门从里面是打不开的。

警官们下车，为她打开了车门。

她爸爸张开双臂拥抱她的时候，她仍然惊魂未定。

"我爱你，"他说，"亲爱的。"

他带她进屋，强壮的双臂一直搂着她，媒体在一定距离之外观望。

屋子里，她的妈妈、她的姐姐、她的表亲和两个小婴儿都在等待她，他们同时上来拥抱她。莱拉意识到自己在哭。

终于，她回家了。

莱拉想不起来自己之前做过什么让父母骄傲的事情。她高中时从没有像哥哥那样参加过运动队，她也没有像表姐们那样参加田径赛。她知道她的父母爱她，并会为她付出一切，但是她从未感觉自己让他们骄傲过。

直到现在。

"你都干了些什么啊？"

是妈妈。

莱拉糊涂了，妈妈责怪的语气听上去好像是她回家晚了想偷偷溜进屋时当场抓到了她一样。妈妈半是因为看到她没出事而欣慰，半是因为莱拉害自己担心而生气。莱拉透过泪眼观察家人的表情时，意识到有些不对劲。他们脸上并不是骄傲，而是担忧。

"没事的。"她的爸爸说，想让全家人平静下来，"随她去吧。"

他强有力的双手按在她的肩头。"亲爱的，一切都会好起来的。"

她的爸爸听起来在安慰她，同时也像在安慰自己。

他一直都不会撒谎。

她被美容学校除名了。

只不过是有几个记者到学校去纠缠她的同班同学，询问她是个什么样的学生、她跟自己的老师在课外有没有其他接触等等一大堆无聊的问题罢了。但是校长坚持认为她的出现会给大家造成困扰。"我们必须要考虑到其他所有学生。"那个女人告诉她。

莱拉怒不可遏。她没有违反任何规则，更没有做错任何事情，这样惩罚她何来公平可言？她还能怎么办呢？

找工作更是天方夜谭。她的名字很普通，所以没有立刻引起任何警惕，但是那些有意向的雇主很快就能知道她是谁。在最初的几份求职申请中，她傻到把"加州法院系统"列为自己的前任雇主

（他们付了她 1436 美元，作为她五个月陪审员工作的费用。她爸爸用这笔钱还了信用卡的账单）。但是即使隐瞒这些情况，她还是需要解释辍学的原因——只要她说出"陪审员义务"，面试官只需要到谷歌上搜索一下，就能知道来龙去脉。佩雷斯鞋店，乔氏连锁超市……甚至连酷圣石冰激凌店都拒绝了她申请的排班工作。她高中时就在酷圣石的柜台后面卖冰激凌，如今，十九岁的她连十五岁时的工作都得不到。

她逐渐睡得越来越晚，早上也起不来。她试过做一些力所能及的家务，但是似乎每次她把碗碟放进某个抽屉，她妈妈都会告诉她应该放在另一个抽屉。她什么事情都做不好，她比以往任何时候都觉得累。她希望自己能够就那么蜷缩在童年时的被子里，在那些粉彩蝴蝶的包围中永远睡去。

莱拉回到家两周之后，有个浑蛋往她家客厅的窗户上扔了块石头。莱拉没被吓到，但是她妈妈吓坏了。又过了一周，房顶上被扔了厕纸，这次一定是附近那些孩子干的，但她妈妈表现得像是有人闯进家里一样。难道她哥哥的那些狐朋狗友小时候就没干过同样的事情吗？

莱拉注意到，爸爸喝酒越来越凶，偶尔她出去倒垃圾时，能够听到垃圾袋底部科罗娜空酒瓶相互撞击发出的响声。他又开始把家里的其他垃圾堆在酒瓶子上面了。喝几瓶啤酒不算什么，但是开始把瓶子藏起来就没那么简单了。

不过，她爸爸解释为什么这个判决对于外面所有人来说都如同晴天霹雳的时候是绝对清醒的。他告诉莱拉鲍比之前袭击他人获罪的案底。很显然，新闻上已经连续播了好几个月的事情，却没有人告诉陪审团。莱拉甚至觉得，新闻连篇累牍地报道正是因为陪审

　　　　　　　　　　　　　　　　与她共谋

团还不知道。但是，谁在乎呢？为什么人人都认为鲍比在高中打过一次架，他就肯定谋杀了一个女孩呢？他们只是抓住一个小小的事实，然后把它无限放大了，好像他们都认识鲍比似的。

她才是那个一连几个月都和他一起在法庭上度过，不停琢磨他想法的人。她知道他是个好人。

她看着鲍比的老朋友在电视上谈论他正直的品格，看到他之前的学生们讲述他是多么和蔼可亲、多么善解人意，她觉得自己得到了平反。听了这些人的话，她觉得在审判过程中，瞒着他们的信息似乎比透露给他们的信息更多。

她也在电视上看到了瑞克，看着他为了他们共同做出的决定道歉，看着他说其他陪审员的坏话——也看着他把最恶毒的侮辱都指向可怜的玛雅。

杰伊的采访并不那么尖酸刻薄，虽然他改变立场的速度不输瑞克。特丽莎只公开讲了几句话，但是她提及的内容似乎也更偏向瑞克一方。

在电视上看到其他陪审员让她有一种想家的奇怪感觉。现实世界中的这些人无法理解她的经历，只有另外的十一个人明白，然而他们或许还在彼此憎恨。

她给雅斯敏打了电话。她终于能够跟一个共同经历过那段时期的人聊一聊了。莱拉想找个安静的地方见面，但是不知道为什么，每一次雅斯敏都会把见面的时间改到深夜，雅斯敏似乎只想出去跳舞。她们盛装打扮，在热闹的舞池旁边喝着蔓越莓鸡尾酒。她们喝得酩酊大醉，只要男人们开始跟她们调情，她们就溜之大吉。至少只要雅斯敏在，她们从来不需要自己花钱买酒。

雅斯敏再也不想提到鲍比·诺克，她受够了，可莱拉觉得自己根本还没机会开始说。

她们一起深夜外出的次数越来越少。莱拉最需要的是一个有过共同经历的人，她可以跟这个人一起回忆法警斯蒂夫而不需要解释他是谁，也不需要解释他们跟法警斯蒂夫这样一个陪审团之外的人相处了那么久，那种感觉有多奇怪。

弗兰·戈登伯格和她喝过一次咖啡，但是弗兰并不理解莱拉被美容学校开除时失去了什么。莱拉尝试着解释她多么怀念当发型师的日子，怀念每天在工作中遇到不同的女人，聆听她们的故事。然而弗兰只是像她的那些表亲一样点着头，仿佛她这样做只是出于礼貌。

"那么，亲爱的，"她说，"你有没有考虑一下其他你想做的事情？你还那么年轻，你可以到任何地方去，做任何想做的事。有什么事情是你一直梦想，但又一直没有机会实现的？"

莱拉还能去哪儿呢？她认识的所有人都在这里了。

她再也没有给弗兰打过电话。

她的睡眠开始出现问题，她整夜无法入睡，然后昏睡整个上午。她甚至已经没有精力让自己从床上爬起来到放电视的客厅去。她到底是怎么了？

她曾经看过一个电视节目，说的是有一个人胃里长了寄生虫，所以整天睡觉。她在谷歌上搜索了"寄生虫"，但那种病的其他症状跟她的似乎都不太符合。

当然，她也会想到鲍比·诺克。新闻上不断地出现关于他现状的最新报道，她得知警方正在指控他传播儿童色情影像，连电视上那些讨厌鲍比的人都觉得这么做太过牵强。

每当为自己感到难过时，她就会提醒自己，鲍比面临的情况更

　　　　　　　　　　　　　　　与她共谋

糟糕，他遭到了严重的不公判决。鲍比在监狱里待了将近一年，直到现在，仍然有人对他穷追不舍。

她想联系他，然后她意识到：为什么不给鲍比写封信呢？为什么不告诉他，虽然她只能想象他所经历的一切，但她始终是支持他的呢？

她知道，如果自己处在他的位置上，一定会对支持自己的信件不胜感激。

"亲爱的鲍比·诺克，"她写道，"我叫莱拉·罗萨莱斯，我是你案件中的陪审团成员，429 号。无论别人怎么说，我知道我们做出了正确的决定。"她向他介绍了一些自己的情况，关于她审判之前的生活、关于她现在的生活、关于她多么怀念之前的家庭氛围，而现在他们只是让她感到更加孤独。

不知不觉中，她给鲍比的信已经写满了密密麻麻的五页信纸。她意识到，这可能是高中毕业之后她写过的最长的文章了！

她把信寄给了他的辩护律师，信一寄出去，她就感觉好多了。她终于可以把心里所有的郁闷都倾吐出来，而且就算他永远收不到那封信——很有这个可能——她也会为自己写了这封信而自豪。

她并没有期待任何回音。

"亲爱的莱拉，"三周之后，鲍比给她回信，"你不会知道，收到你的来信让我多么感动。在法庭上的那几个月里，我一直都想知道，你和其他所有人都在想些什么。我永远不可能知道你们对我有什么看法。感谢你在那时相信我，也感谢你现在仍然相信我。我能想象你在坚定地支持我的时候，你的处境有多么艰难。无论我为自己的行为受到了什么样的惩罚，我都知道你丝毫不应该受到这样的对待。"

"也感谢你和我分享了那么多你的生活。你看起来是非常正派的人。我只希望我们能在一个不同的场合下认识，那该多好。

"你的，鲍比·诺克。"

名字下面，是一个电子邮箱地址。

莱拉第三次读完这封信的时候想，终于，有一个懂我的人了。

她当晚就给他回了邮件。

第二十三章

第二次裁决

现在

"鲍比·诺克是你儿子的父亲。"

"嘘！请你一定小点声，好吗？"莱拉紧张到不能动弹，"千万不能让亚伦听见。"

两起间隔十年的罪案的灰暗细节在玛雅脑海中交织起来："这就是瑞克找到的跟鲍比有关的线索。所以他才不告诉我，也不想告诉卢·希尔弗或者其他人。他没有找到那枚吊坠，也没有发现鲍比和杰西卡的事，他发现的是鲍比和你之间的事！"

"瑞克撒了谎！他从没找到过任何可以证明鲍比是凶手的证据！"

"瑞克发现审判之后你和鲍比有过一段关系，你们有个儿子，你对此一直保密。"

"是爸爸让我别声张的。我跟他说我在跟鲍比谈恋爱，而且我已经怀孕的时候，他气疯了。他希望亚伦能够正常地长大，平平安安的，不要让人一辈子跟在他后面说他父亲是个杀人犯，不要让人像对待鲍比那样对待他。"

"但是瑞克想……"终于，瑞克那个周密的、孤注一掷的计划变得清晰起来，"该死，瑞克想要用这件事要挟鲍比承认是他杀了杰西卡，是不是？"

"瑞克到那个全是魔鬼的恐怖镇子上找过鲍比。他威胁鲍比。他对鲍比说，他要把我们之间的事情昭告天下，他会毁掉亚伦的人生，除非鲍比认下他没有犯过的罪行。"

玛雅难以置信："你仍然坚持认为鲍比是清白的？"

"鲍比是清白的，"莱拉说，"你我都知道。他没杀人，无论杰西卡发生了什么……无论他在那张字条上说的抱歉是什么意思……"

"他有杰西卡的吊坠。"

"他的情况很复杂。"

莱拉也是几天前才刚刚得知她孩子的父亲、她深爱的男人是个杀人犯，说他"复杂"过于简单了。

莱拉拒绝相信，十年前玛雅已经完全彻底地说服了她。

"我们错了。"玛雅说，"我自己也不愿相信，直到现在也是。我一直在寻找其他可能的解释，但是……我对他的判断是错误的，一直都是。这是我的错，鲍比杀了杰西卡。"

这些话她以前从没说过，她口中的滋味如苦胆一般。

"不。"莱拉低声说，"他没有杀人。"她竭力让自己镇定下来。

"你们俩一直有办法联系，"玛雅说，"瞒着所有人。他告诉你瑞克威胁他了。"

莱拉点点头："鲍比有两个选择——认罪，或者看着瑞克毁掉亚伦的人生。所以鲍比做了他唯一能做的事——唯一诚实的事。他逃跑了，消失了。鲍比就是这样的人，他不想引发更多的伤害——对我，对亚伦，对任何人。他甚至都没有告诉我他要去哪里。我太害怕了……我给他写了一封信，但是我应该寄到哪里去呢？"她伸手拨开脸上乌黑的长发，她的手指在颤抖。

鲍比在东基督区没有把瑞克跟他的对话如实告诉玛雅。鲍比撒了谎，为了他永远无法见面的儿子，那个孩子的鳄鱼小画就是鲍比与他永远无法拥有的人生之间唯一的牵挂。

导致瑞克死亡的一系列事件开始慢慢串联起来。

瑞克正在玛雅的房间里生闷气，他听到了敲门声。自然，他以为是玛雅回来想继续跟他吵架，但是他打开门却看到莱拉站在走廊里。

"瑞克应该会让你进屋的。"玛雅说。

"我去的是你的房间，不是他的。我是去找你的。"

"我？"

"去把一切都告诉你，因为我需要你的帮助，因为我信任你。"

莱拉颤抖的双手紧紧攥成了拳头。

"看起来并不是那样的。"

"我觉得如果真的有人能帮我，那一定就是你。所以我才带着亚伦一起去的酒店，我想让你见见他，这样你就能够理解了。"

"但是你却看到了瑞克。"

"那是个意外！"莱拉申辩道，马上就要落下泪来，"一开始，我看到他在你的房间，我吓坏了，不知道他是不是对你做了什么！但是他让我进去。我一直在东张西望——你在哪儿？你怎么了？他跟我说你什么都不知道，他还没把他知道的事情告诉任何人——他也不会那么做，前提是鲍比要说'实话'。没有时间了，他明天早上就要接受采访。我向他求情，玛雅，我乞求他不要摧毁我儿子的人生。亚伦没有伤害任何人，亚伦应该有他的人生。但是他说不行，他说：'毁掉亚伦的人生？就像鲍比毁掉我们的人生那样吗？'我从没见过任何人的仇恨像他对鲍比的那么深……就好像瑞克痛恨自己变成了一个偏执的怪胎，他认为是鲍比把他变成了这副样子。然后我们吵了起来，他大吼大叫，我推了他一下，他也推了我，我又推了他一下，他摔倒了……我的天啊，真的是意外，玛雅。你一定要相信我，是意外。"

玛雅真希望莱拉所说的不是真的。她想要追根究底查清事实真相，找到邪恶的真凶。但她找到的只是一个惊恐中不顾一切想要保护孩子的年轻女人。

"你把他抛在那儿，"玛雅说，"等着我去发现。"

"我没想到他们会逮捕你。我不知道你们俩的事——我不知道当年你们之间的事，我到这个星期才知道。发现瑞克死了之后——他马上就死了，我不知道撞一下脑袋竟然就能立刻没命，我想……我不知道我当时在想什么。如果我留下，警察就会发现亚伦的事；如果我离开，我以为他们会查出实际发生的真相，一切都只是个意外。"她向前靠近一步，"我以为你能处理的，我对你最深刻的印象就是这么多年来，无论发生什么，你都能处理。"

如果真是那样就好了，玛雅想。

莱拉哭了起来，她一直在努力忍住眼泪，但是她再也无法让自己保持镇定。

无论是出于本能、保护欲，或者只是人性中的善良，玛雅紧紧抱住了莱拉。

玛雅能够感觉到这个年轻女人终于放松下来，她把自己的命运交给了玛雅，她真的相信玛雅能够应对一切，所以玛雅必须迎战了。

玛雅听到轻柔的脚步声，亚伦踮着脚走进了厨房，他一定是听见了妈妈在哭。看到她们拥抱在一起，他也过来抱住她们，他的两只小胳膊分别搂住莱拉和玛雅的腿。他们就这样站着——一直想要破案的玛雅、犯下罪案的莱拉，还有将会承担事件大部分影响的亚伦。

玛雅和莱拉在小小的早餐桌边坐下，莱拉紧张地抠着手指上已经斑驳的指甲油。确定妈妈没事之后，亚伦回他自己的房间去了。

"你准备怎么办？"莱拉说。

玛雅想到了往日的自己。那个背包上挂着"希望"徽章、第一次走进法庭的天真的姑娘，那个相信一切都有可能，那个在陪审团室里与十一个陌生人见面，并且坚信大家肯定都能活着出去的傻瓜。

"我们是怎么变成这样的？"玛雅问，然后意识到这么说实在是太奇怪。

但是莱拉似乎能够理解她的意思。

"因为这个地方。"莱拉说。

玛雅四下看了看，她们是两个本来不可能出现在同一个房间里的女人，原本是绝无可能的，但是现在她们要在这里做出一个不可能的决定，就在这间逼仄的小厨房里，在这个被遗忘的街区，在这个蓬勃发展的城市，在这个伟大的世界——除了耸人听闻的耻辱能留下瞬间的存在感，她们的一切都无人在意。

"我们该拿亚伦怎么办？"莱拉问道。

真是一团糟。玛雅可以告诉警方是莱拉杀死了瑞克——但是莱拉会否认。莱拉不想让玛雅进监狱，但是如果必须要在玛雅和她儿子之间权衡……玛雅也很难怪她做出那样的选择。

玛雅手里有什么实质性的证据呢？两幅短吻鳄的蜡笔画吗？她甚至不知道在鲍比自杀的房间里他们有没有找到那幅画。如果玛雅能够让法庭强制进行 DNA 测试——虽然这个"如果"太难实现，她就能证明亚伦是鲍比的孩子，但是这和玛雅遭到的刑事犯罪指控又有什么关系呢？

如果站在专业律师希尔女士的立场来处理此案，那她不得不承认自己目前的辩护策略实际上比说出真相更有胜算。如果她指出多人作案嫌疑（"这些人中的每一个都有作案动机"），她可以拿出那些卷宗——彼得非礼他人的事实、韦恩的前后矛盾等等，能够利用的潜在证据就太多了。真相一如往常地既没有辩护作用也不能提供救赎，真相对任何人都没有帮助。

玛雅脑子里冒出一个荒谬到让她几乎笑出声的想法，但是她越细想，越觉得那是唯一正确的手段。

如果，在这条死亡之路的尽头，他们想要得到正义、公平，或者任何理性、道德的结果……那就只能自己创造。

"我有个主意。"玛雅说，"但这个主意太荒唐了。"

只需要打八个电话，就能联系上其他在世的陪审团成员。她只是简单地告诉他们杀死瑞克的凶手已经找到，并且希望大家可以再聚一次，一起决定应该怎么做。

玛雅觉得肯定会遇到一些抗拒，韦恩为什么要相信玛雅不会出卖他？已经回到休斯敦的特丽莎为什么要再一次卷进这些事情

与她共谋

中来？

"只要是为了大家好，让韦恩做什么都行。"弗兰让玛雅放心，"我也是。"

特丽莎说她会来，因为如果她不来，玛雅会背着她逼迫所有人做决定。

杰伊说，他需要亲自听一下证据。

卡尔对玛雅追根问底的态度表示触动。

凯茜说如果弗兰去，那她也会去。

雅斯敏说，如果他们都去，她不能当唯一一个被漏掉的。

彼得说，无论玛雅让他做什么，他都会照做。

两天之后，他们聚在卡尔家的客厅。选择卡尔家，一是因为地方大，二是因为卡尔比较中立。鉴于此事需要严格保密，这里是他们能找到的最公正的场地。

弗兰和韦恩挨着雅斯敏坐在一张舒适的沙发里。

特丽莎、卡尔和杰伊挤进另一张小一点的沙发。

莱拉和凯茜从餐厅搬了椅子过来，莱拉看上去已经好几周没睡觉了。

彼得独自坐在卡尔从卧室搬出来的一把摇椅上，他的脚紧张地敲击着地板，摇椅随之前后摇动。

玛雅站起来，对着四下围了一圈的大家发言，像是在法庭上一样。

"我们今天来到这儿，"她开口了，"因为我知道瑞克的死因。如果你们不想知道，那么现在就是离开的最后机会，但如果你们留下，我要求你们做出承诺：你们要留到最后。你们要留到我们所有人，作为一个群体，就如何惩罚凶手的问题达成意见一致为止。十年前，我们一起做了一个决定，或许我们是错的，但我们是团结的。今天，我们要做出另一个决定，我认为让我们任何一个人单独做决定都是不对的。所以，如果你们还没有准备好坚持到底，请离开，今天在这个房间里发生的任何事情此后都与你们无关。"

玛雅逐个望向他们。

所有人都没动。

"莱拉，"玛雅说道，"你来把事情的经过告诉大家好吗？"

没过多久，他们就都明白这是怎么回事了。莱拉的故事基本上和她跟玛雅说的一模一样，她并没有粉饰真相，也没有弱化自己推搡瑞克导致他死亡的责任。

大家在吸收这些信息的时候，玛雅又把其他一些线索告诉了他们，这些都是他们做决定之前需要知道的。她告诉他们韦恩案发当晚意外地在酒店外现身，以及弗兰为他所做的隐瞒。

她还说了彼得的事情。

玛雅讲述了她了解到的彼得骚扰玛格丽塔的经过，彼得看上去恨不得钻进椅子缝里。

和莱拉不同，他在努力为自己辩护。"你们要理解，"他恳求道，"我当时的脑子不太对……我们都要失去理智了，你们还记得吧，然后我就从网上知道了有这种……"

"你闭嘴。"玛雅说。他照做了。

"我们要解决的问题是现在应该做什么。在我看来，只有两个方案。"

她接着解释道，第一个方案就是由她公开真相。当然，是全部的真相。他们会孤注一掷，把事情的经过和盘托出，至于结果，就交给捉摸不透的警方、反复无常的媒体和无法信赖的法庭去决定。最有可能的结局就是，亚伦这一辈子都会被看作一个知名谋杀犯和他的崇拜者生下的孩子，并且很有可能像孤儿一样长大；莱拉会遭到起诉，她会否认自己的罪行，并且具有一定可信度；彼得不会面临刑事指控，但是很可能会在玛格丽塔提起的民事诉讼中输掉官司，玛格丽塔的名字也会被媒体曝光出去；最后，同样重要的是，玛雅或许仍然还是要为她没有犯下的罪行进监狱。

玛雅不需要太费劲就为他们勾勒出了一幅画面，法庭会召集十二个像他们一样，又或许和他们完全不一样的人来找出所有问题的答案。她太清楚那些满怀着查明真相的美好愿望前来赴任的陪审团成员会是什么样子，他们甚至会认为他们真的能够找到真相。

玛雅心想，希望他们不会出现相互残杀的场面，但从她自己的经验来看，她并不太敢肯定。

或者，还有第二个方案。这个选择更加狡猾，也需要在场所有人的共同参与。"在第二个方案里，"玛雅提出，"我们将略过真相，直接伸张正义。或者尽我们所能，去得到最接近正义的结果。"

"为谁伸张正义？"弗兰问道，"瑞克？你？莱拉的孩子？"

"这正是我们要决定的事情。"玛雅回答，"在第二个选择中，你们中间有些人要为我提供案发当晚不在现场的证明，是谁不重要，我们给出的陈述只要能让控方放弃起诉就可以了。"

"我们保证你不会进监狱，"卡尔说，"但同时也要保证莱拉和其他任何人都不会。"

"怎么做？"雅斯敏问。

她能看出卡尔已经开始动脑构思一些错综复杂又尚未明晰的合理方案："或许案发时玛雅正跟杰伊和特丽莎在一起，只不过他们没把这个告诉警察，因为他们仍然在为了最初的判决而生玛雅的气。"

特丽莎说："这么说会有人相信吗？"

"就像《控方证人》那部电影里演的，"卡尔说，"妻子提供的不在场证明更加可信，正因为她是在不情愿的情况下提供的。"看到大家茫然的脸，他进一步解释说，"就是阿加莎·克里斯蒂的小说啊，有几部改编成了电影。"

没有人回话。

卡尔又说："算了，我只是在抛出我的想法。"

"反正，"弗兰说，"我们总会想出办法的。"

玛雅说："下一个是彼得。我们没办法把你送进监狱，这是个无法否认的事实，所以我们只能寻求其他方面的补偿。我已经跟玛格丽塔商量过了，她最希望的就是隐瞒她的身份——她已经看到我们这些人被曝光后的结果，然后离开那间该死的酒店。所以，彼得，根据第二个方案，你要给玛格丽塔很多钱。我是说很多很多钱，足够让她从长期供职的奥姆尼酒店退休，也足够让她年幼的孩子们上私立学校。"

彼得想要提出反对："我不知道你们觉得我有多少钱，但我的大麻投资生意没有太多流动资金——"

"我不管。"玛雅说，"你自己想办法。然后你还要用同样的办法帮亚伦。莱拉会把她的儿子抚养成人，我希望他什么都不缺。"

她能看得出，所有人都在思考。在第二个方案里，他们会成为法官、陪审员、执法者，以及司法系统需要他们担任的任何其他角色。

"如果我们这样做的话，"雅斯敏说，"瑞克的命案就永远不会真相大白了。"

"在外界看来，是的。我们做的所有决定当然都需要大家一致同意，因为如果有任何一个人反水，我们都会面临很大麻烦。"

"这是犯罪，"杰伊说，"这是协同与教唆。"他停顿了一下，"是叫这个罪名吧？"

"事后从犯，"玛雅说，"你说得对。"

"所以你的意思是为了救莱拉，我们都要犯罪？"特丽莎说。

"我没有告诉你们任何一位应该怎么做，"玛雅说，"选择权在你们。我是在问你们认为现在应该怎么做。"

卡尔说："如果莱拉进了监狱——呃，那她的小孩就太可怜了。"

"是鲍比·诺克的小孩。"弗兰说。

"孩子没有错，"韦恩这一天来第一次开口，"无论他爸爸是谁。"

这一点谁都难以反驳。

莱拉犹豫了一下，决定还是别为孩子的父亲辩解了，时机和场合都不太合适。

"别人都无法决定，只能是我们。"她站起来，"应该说，你们。"

她不能参与投票，莱拉解释道。她会让他们去决定她的命运。

玛雅理解了她的意思，其他人看上去也是。在共同经历并各自体味过一切之后，他们都知道，他们不能把她的命运交到司法系统的手里，交到陌生人的手里，交到像他们一样的人手里。

莱拉离开后，凯茜站起身来，好像此时正式轮到了她掌控全局。十年前她在陪审团休息室里流露出的那种令人胆怯的自我怀疑显然已经一去不返。

"卡尔，"凯茜说，"你家里有纸和笔这类办公用品吗？"

他让她到厨房的一个抽屉里去找，她拿回了一套卡片纸和一盒水笔。

"先进行第一轮投票，"凯茜说，"这样我们就知道大家的立场如何。"

没有人反对。

她把卡片纸发给大家。

间隔十年之后，他们又一次进行了投票。

与她共谋

第二十四章

卡罗琳娜

2009-06-02

卡罗琳娜·坎西奥的姐姐阿拉娜在日落大道上经营自家的算命店"塔罗之家"已经有三十个年头了，她就住在小店的后面。阿拉娜早已过世的丈夫生前把店铺外墙全部涂成了黑色。那个没用的男人当时醉得太厉害，所以他写在门楣上的白色字母都歪七扭八。他在酩酊大醉中从莎士比亚桥上掉下来摔死的那个夜晚已经过去十五年了，那些字母一直没有被改过，从中就能看出阿拉娜是个什么样的人。

关于阿拉娜的另一件事：她其实并不相信自己在店里那些带有迷信色彩的胡说八道。她和卡罗琳娜都是天主教徒，她们在杜兰戈出生长大，移居洛杉矶的时候年龄都很小，能很快学会英语。阿拉娜会紧挨在卡罗琳娜旁边向圣母玛利亚祈祷。阿拉娜会往大教堂附近的喷泉里扔半个比索，她不是一个无神论者。她跟那些深夜里咯咯笑着、跌跌撞撞走进塔罗屋，仿佛一切都是玩笑但心里却很想相信他们的未来能被预言的白人小孩不一样。每个人都需要相信点儿什么，卡罗琳娜知道这一点。所以，那些白人孩子在晚上十点或十一点敲开店门，支付四十五美元，在烛光下等待塔罗牌被解读的时候，姐姐可能并不完全是在占他们的便宜。顾客永远能够得到他们想要的东西。

"你已经遇到了你人生的挚爱，"阿拉娜会说，"只是你还不知道而已。"

说点儿好听的话让他们开心。

阿拉娜会说："你太担心钱了。"然后他们会点头，仿佛那是某种启示，然后乖乖递上现金。

恼人的地方在于，他们离开之后，阿拉娜还会继续解读塔罗牌。她真的相信愚人、宝剑国王和意味着新生的死神吗？她肯定没这么傻吧，因为耶稣从没提过塔罗牌的事，而据卡罗琳娜所知，圣保罗也从未拿着死猫的枯骨胡乱占卜。愿上天原谅卡罗琳娜这样说，可是她姐姐真的是满口胡扯。

而现在，让人难以置信的是，阿拉娜希望她的女儿，也就是卡罗琳娜的侄女索尼娅来继承这间塔罗屋，继续跟更多嗑完药意识不清的白人重复同样的胡说八道。

索尼娅已经成年了，在附近的一家税收机构当办公室经理。她已经有了自己的子女、丈夫和人生——她要这间塔罗屋做什么？

可是当卡罗琳娜讲出这些道理的时候，阿拉娜说了什么？她问卡罗琳娜为什么那么爱管别人的闲事。阿拉娜说，或许是因为卡罗琳娜的两个儿子已经长大成人离开她身边，在河岸区和圣路易斯·奥比斯波有了自己的家庭，从没回来过，根本不在乎他们吵闹的老母亲，所以她只能去指点别人怎么过日子，因为她唯一擅长的事就是把脑袋伸到别人家里去。

　　　　　　　　　　　　　　与她共谋

陪审团的传票寄到之后，卡罗琳娜把它放在厨房的桌面上，让大家都能看见。一连两周，从她厨房经过的任何人都注意到了信封上加利福尼亚州政府的徽章。而每当有人（不管是邻居、朋友、阿拉娜还是索尼娅）对她摊上了尽陪审员义务这种倒霉事而表示同情的时候，卡罗琳娜都会充满愤怒。没有谁拿枪逼着她去履行陪审员义务，她做的是任何一个也是每一个美国公民都必须做的事情，她要去履行的这份责任和她1964年的入籍宣誓同等重要。这没有什么可唉声叹气的，这是她四十五年来坚持纳税、守法、爱国而理所当然获得的特权，她在这个国家结了婚、养育了两个儿子，成为一个年轻的寡妇，如今比她的父母活得更长久、更健康。如果她的姐姐想继续搞那种令人尴尬的缺德骗局，随她的便，但是八十二岁的卡罗琳娜仍然可以向索尼娅表明，外面还有一个更大的世界，如果加州政府说他们需要你去帮忙决定另一个公民在一起刑事罪案中是否有罪，你就该去。

不过后来卡罗琳娜的那个傻姐姐竟然说她去当陪审员只是因为她喜欢对别人评头品足。

卡罗琳娜是第一个被选中的陪审员，所以第一天，其他人陆续加入的时候，她已经坐在那里玩起了填字游戏。

在她之后进来的是158号陪审员。他看起来像个书呆子，着装很正式，卡罗琳娜喜欢这一点。

他冒出来的第一句话是："您是算命的吗？"

他怎么会知道她当时正在想什么？当她目光往下移动，看到自己带来的那个印有"塔罗之家"的布袋子时，觉得自己像个傻瓜。滑稽的是，唯独今天她借了姐姐那儿的布袋子来装填字游戏书。因为重点就在这儿：卡罗琳娜的姐姐自称是个算命的，而卡罗琳娜来到这里的唯一原因就是要证明她姐姐是错的。

"我不相信命运。"她对 158 号说道。

这都是一群什么人啊！那位犹太女士，虽说通情达理、废话很少，但每次又会跟在大家后面收拾个没完，仿佛他们都是自己家小孩似的；那个一直在看小说的可笑白人老头，他一定是个同性恋（都这个年纪了！）；那个喜欢夸张地拍打别人后背的白人小伙子；还有那位亚裔女士，问了法警三次法庭审理通常会在什么时间结束。

在他们彼此评头论足之前，卡罗琳娜已经把他们细细打量够了。她一直在想的主要问题是：上帝有多么疯狂才会把这些人一起关在一个房间里？

并不是说他们中间有人会让卡罗琳娜觉得不安，而是当你把他们都聚在一起……好吧，不知道为什么，感觉这些人会像弹球一样互相碰撞，他们会把彼此撞向谁都无法预见的方向。

他们看上去都是正派人，好像他们都要尽最大努力为一个他们还没见过就已经死去的女孩伸张正义。他们只是想帮忙。卡罗琳娜注视着陪审员休息室，看到的是十四个怀着善意的人。

但是她感觉，这群陌生人美好的愿望只会让事情变得更糟糕，为什么这种感觉挥之不去呢？

"我不相信命运。"她对 158 号说道。

但她开始明白为什么有的人会信。

与她共谋

第二十五章

有罪的各方

现在

杰伊·金投票是为了让一个男孩不必终身在公众面前背负骂名。

　　卡尔·巴罗投票是为了避免警方粗暴地插手一个非常敏感的局面。

　　雅斯敏·萨拉夫投票是不想让任何人卷入这场混乱。

　　韦恩·拉塞尔投票是为了让结局对所有人最有利。

　　特丽莎·哈罗德投票是为了不让一群陌生人给他们下定义。

　　弗兰·戈登伯格投票是为了把亚伦的利益放在首位。

　　彼得·威尔基投票是为了自保。

　　玛雅·希尔投票是为了纠正她最初的错误。

　　出于八个不同的理由，鲍比·诺克公诉案的八名陪审员一致投票决定——为了一个更加光明的未来而说谎。

　　他们一起捏造的故事错综复杂，一旦集体说谎这个最艰难的决定已经做出，那么接下来编造案发经过的创造性过程就是种愉悦的解脱。谁会扮演坏人？谁会成为他们英雄主义的代言人？

在这个版本的故事里，瑞克被杀时，玛雅正和特丽莎一起讨论杰西卡·希尔弗的案情真相。不过瑞克被杀之后，鉴于他们此前与司法机关打交道的经验，他们一个字都不想跟警方说。第二天早上，特丽莎向弗兰坦白了玛雅不在案发现场的真相，所以，把这件事告诉执法机关的任务现在就落在了弗兰身上。特丽莎随后会承认自己当时什么都没说，她没有坦白玛雅的去向并不违法，而且实际上，她保持沉默的原因之一恰恰就是她知道玛雅是清白的，她相信司法机关不会给一个无辜的女人定罪。

这就是他们想出的谎言里最聪明的部分了，是卡尔的主意。特丽莎和弗兰并没有表示出对司法系统的任何不信任，相反，她们宣称，正是出于对司法公正的强烈信心，她们才决定保持沉默。她们实际上等于在说：我们相信你们一定会查明真相，但是你们没有，所以我们现在要站出来如实相告，好帮你们收场。

他们知道，这个故事会被公之于众，所以他们所有人都需要向警方以及其他所有人做证，证明这才是真相。

和往常一样，他们在反抗规则的时候，最能团结一致。

莱拉回来听到他们的决定之后哭了，她逐一与每个人拥抱。她告诉大家，从某种程度上来说，亚伦现在是他们所有人的小孩，是他们拯救了他差一点被生父毁掉的人生。

至少，在一连串的死亡之间，有一个新的生命被创造出来。玛雅想，至少，在所有这一切中，还有一个人是真正的、纯然的，直到灵魂深处都一尘未染的。

与她共谋

他们决定之后的第二天上午，玛雅到克雷格的办公室告诉了他"当时真正发生的事情"。她说，不仅特丽莎会做证说瑞克死亡时玛雅与其在一起，弗兰也会证实当时特丽莎跟自己提过这件事，不会有人对她们的故事提出异议。

她说完之后，他提出的第一个问题是："你确定她们两个都会做证吗？"

"她们今天上午就会给警方打电话。"

"特丽莎、弗兰——更不用说你，也知道这种……供述的法律后果？"

"我们知道。"

克雷格挑了挑眉毛。

她继续说道："你认为他们会撤诉吗？"

克雷格考虑了一下："一两周之内不会。他们还会连续询问你和你的同伙，他们想看看能不能击穿一些薄弱环节。你懂的，万一你们中间有人撒谎——当然我知道你肯定没有，他们想从你们中间某个人身上找到突破口，或者其他人那里。任何疑点都不会放过。"

玛雅眼睛都没有眨一下地说："好的。"

"如果你允许的话，我们等到她们跟警察供述之后再说？她们说完后，地区检察官应该会给我打电话——他毫无疑问会指责我的各种欺骗行为，当然我会说，除了相信我当事人所说的话之外我什么都没做。"他故意停顿了一下以示强调，"然后我会跟你一起去找他，你会把刚才告诉过我的话也告诉他，多一个字都不要说。"

"克雷格……谢谢你。"

他心知肚明她在撒谎，然而奇怪的是这种心照不宣并没有激发他们任何一人流露过多情绪。"不客气。"

两周之后，加州政府撤销了针对玛雅·希尔的全部指控。地区检察官已经向媒体透露了一些前陪审员们的供述，媒体像研究英国皇家丑闻一样热情地加以分析。

瑞克命案的调查重新开始，但是警方看不到任何进展。

玛雅的父母整月都待在洛杉矶。起诉被撤销时，玛雅的母亲一个人出去散步了很长时间，只是为了让自己的心情平静下来。玛雅的爸爸不再因为在她面前落泪而尴尬。他们都不是傻瓜，他们一定知道，帮女儿脱罪的故事其实是个谎言，但他们从来没有问起过她，一次都没有。在孩子和父母之间，有很多谎言是可以接受的——某种程度上说，这是"亲子契约"中一致默认的，而这一次的谎言也属于此类，它就像一个被赐福的奇迹。

又过了一周，玛雅准备回律所上班。现在她可以吹嘘自己既做过陪审员也做过被告了。她特殊的专业经历将会使她更加受欢迎，克雷格提出要提高她每小时的收费标准。

复职的前一天晚上，她和克里斯特尔外出吃了一顿漫长的晚餐。垫在冰块上的生蚝摆上桌之后，玛雅想要开门见山地谈及不在场证明的事。她不希望克里斯特尔生她的气，但她也不能把真相告诉克里斯特尔。

"是这样。"玛雅说，"我知道我和特丽莎在案发当晚的那件事，确实非常突然……"

"哦，那堆屁话吗？"克里斯特尔大笑着打断她，"咱们说好了，行吗？已经结束了，你没有进监狱，如果你觉得有必要告诉我你就说，只要你没事，我保证永远不会问。"

玛雅深吸了一口气，举起她的那杯起泡酒。克里斯特尔用自己那杯气泡水和她碰了杯。

第二天早上，玛雅终于又一次走进了自己的办公室。两个迈克在那里迎接她，他们看上去很高兴见到她回来。

她仍然分不清他们谁是谁。

一周之后，她给瑞克写了一封信。她坐在房后的回廊上，写下了她没有机会说出口的告别。她原谅了瑞克的一切：他对她的公开指责、他对鲍比的穷追不舍、他要挟莱拉的举动，她也为掩盖了他死亡的真相而道了歉。如果有人能够理解这一决定背后的原因，她希望那个人是他。她感觉，如果陪审员里有另一个人威胁了莱拉的儿子，瑞克也会投出同样的一票。她希望，至少这一次，他们可以对某件事情达成一致。

她写道，希望自己能够有机会告诉他，她是爱他的。她觉得或许他曾经也是爱过她的。如果他们之间没有杰西卡的死，那么或许他们到现在还在爱着彼此。不过，如果杰西卡没有死，他们根本不会相遇。

玛雅把信折起来，放在火里烧了。她看着纸灰飘进空中，被秋风带向远方。

写完信之后的第二天，卢·希尔弗终于给玛雅回了电话。实际上，是他的一位助理回的，那位女士问玛雅是否愿意来跟卢见面谈谈。"希尔弗先生希望我们能把所有不愉快的事情都放下。"那位女士说。

她在一个周五的傍晚来到了世纪城。一位助理把玛雅带到卢的大拐角办公室，每一扇落地窗外都是日落的景色，洛杉矶的四面八方都笼罩在火红的夕阳里。卢坐在他的办公桌后面，面前放着一些报纸和一排相框。

鲍比跟她说过卢虐待女儿，这是真的吗？所以，是杰西卡把这些事告诉了鲍比，还是这一切都是鲍比为了争取玛雅的支持而编造出来的？玛雅永远不可能知道了，她不得不接受这个现实。在这个时候，她可能根本也不想知道。

"那么，"卢请她坐在大咖啡桌旁边的皮沙发上，然后也在她旁边坐下，"你打算说了吗？"

要不是他们两个都遭遇了最亲近的人被杀，她甚至有点想笑。

"你是对的，"玛雅直视着他的双眼，"我错了。"

卢只是微微点了点头，然后他又皱起了眉，仿佛他感到失望，但是又不知道为什么会这样。

"知道你是正确的，"玛雅问，"这样对你有帮助吗？"

他歪了歪脑袋："我还不太确定。"

"你利用了我。"

"是吗？"

"你让我去东基督区找鲍比，然后你又让那些记者跟踪我。所以他们不仅能够找到他——他们找到的是跟我在一起的他。"

"哦，对。是我干的。"他大言不惭地承认。如果鲍比被人看到与之前裁决过他案件的一个陪审员一同现身，一定会引发更多关注，会有更多媒体对他穷追不舍。卢唯一的目标就是想尽一切办法折磨鲍比，玛雅只是恰好出现，把自己作为一个很实用的工具送上了门。

"对此我很生气。"玛雅说。

"生我的气？"

"是的。"

"你看起来并没生气。"他说。

她应该怎么做呢？朝他大吼大叫，斥责他利用自己去讨回之前她拒绝为他女儿的死讨回的公道？"我想你只能相信我的话。"

"我也不是每件事情都对。"

"不是吗？"

"鲍比·诺克没有杀害瑞克·莱昂纳德。"

对于卢来说，在鲍比的问题上，这听起来像是很高的赞美。至少还有一项罪孽鲍比是清白的。

"警察找到了照片，"卢继续说，"拍照的人是鲍比·诺克的……我不知道该怎么称呼，'同伙'什么的吧，就是沙漠里的那个摄影师。"

"他们给你看了时间标记。"

"是的，所以是我错了。"

"嗯，"玛雅说，"至少在我没杀人这件事上你是对的。"

"这倒确实让我很好奇。"他俯身靠近她，"瑞克到底是谁杀的？"

现在她才明白，为什么他会向她致以很细微、间接的道歉了。他不知道瑞克死亡的真相，不过他知道玛雅的故事是胡扯。

卢无论如何都不会在乎瑞克的生命。鲍比没有杀他，所以卢好奇凶手是谁纯粹是出于无聊。

"你觉得我们还有机会知道吗？"她问。

他仍然一动不动。"太残酷了。我们刚刚确凿无疑地证实了杀害我女儿的凶手……但是在你男友的命案上却失去了线索。"

他称呼瑞克为她的"男友",也许他是带着嘲讽或者居高临下的态度,虽然玛雅从他的语气中并没有听到,但这样说仍然让人心里一痛。"或许我应该想办法让自己接受真相永远无法大白的情况,我已经有不少经验了。"

"又或者警方能够查明真相。"

"但愿吧。"

"希望杀害瑞克的凶手能有个优秀的陪审团。"

他们的谈话被一阵电话铃声打断。卢粗暴地接了电话,然后跟电话那边的人说,他马上下去。

他转身对玛雅说:"抱歉,我能离开一下吗?是我的合作方……他们的项目遇到了一点麻烦。"

他伸出食指,做了一个"一分钟就好"的手势,然后把她独自留在他的办公室里。

她望着窗外的夕阳。从这个高度望出去,景色极为壮观。城市的东部边缘已经完全暗下来,西边的太阳还有最后几英寸[1]的高度,即将消失在海平面上。洛杉矶的日落过程非常缓慢,然而结束却在一瞬间。

她绕过卢的办公桌走到西边的窗前,想要追逐当天的最后几抹日光。

无意间,她瞥见了桌面上的文件夹、杂志和相框。

所有的相片上都是杰西卡。

每一幅都是在她短暂人生的不同阶段拍摄的。有一张婴儿的照

1　1英寸 ≈ 2.54厘米。——编者注

片，一个小女婴，闭着眼睛，裹在医院的毛毯里，蜷缩在伊莲的怀中；一张上学前的照片，她在蹦床上玩耍，金色的头发四散飘扬；一张小学时候的照片，她正努力想要钻进一个对她来说太小的玩偶屋里去；一张高中时的照片，那位少女在拍摄学生标准照当天穿着海军蓝的校服，在镜头前露出并非发自内心的微笑。

玛雅意识到，对于杰西卡人生的最后几个月，她知道得那么多，但对她之前十五年的人生，却知道得那么少。她从来都不认识卢和伊莲所熟悉的那个杰西卡。某种程度上说，玛雅只是对他们不认识的那个杰西卡有过一些简单的了解。

玛雅想象着卢每天早晨看到这些照片时是什么心情，无论他的家里发生过什么，他都没有像太多人那样试图隐瞒或者忘却。他把这些照片摆在这里似乎很勇敢、很自豪，这是他曾经拥有过的女儿。

玛雅的目光落在了一张她之前从没见过的照片上———张杰西卡微笑着和家人拍下的合影。照片里有卢、伊莲和杰西卡，她当时可能只有十岁或者十二岁，似乎是在某一次海边度假时拍摄的。卢穿着一件傻乎乎的夏威夷花衬衫，杰西卡和伊莲看起来就像是处在不同年龄阶段的同一个人，她们穿着同样的蓝色泳装，戴着同样的白色帽子。而且，她们的脖子上戴着同样的银色吊坠。

玛雅拿起相框。口中涌起一股黄铜般的滋味——苦涩又带着金属的味道。

这就是杰西卡去世那天佩戴的吊坠，是玛雅庭审期间在照片上见到过无数次的吊坠，这枚吊坠甚至一度登上过《时代》周刊的封面。

伊莲有一枚一模一样的吊坠。

玛雅怎么可能从来没听说过还有第二枚吊坠的存在？这个世界上应该不会还有哪个活着的人——或许除了卢之外，比玛雅更了解杰西卡·希尔弗的死亡。然而她却不知道这一项关键证据——也是十年之后终于证明鲍比是凶手的唯一物证——竟然还有一枚？

如果杰西卡和她妈妈拥有同样的一条项链，那么……

开门声响起，玛雅抬起头。

她刚准备开口向卢询问她刚刚的发现，但是走进办公室的并不是卢。

是伊莲。

她穿着一件纯白色的连身裤装，与她优雅的白发相得益彰，她高跟鞋踏在木地板上的嗒嗒声停住了。

"希尔女士！"伊莲惊讶地说，"我不知道你在这儿。"

伊莲对着玛雅笑了，然后看到了她的表情。"出了什么事吗？"

玛雅把照片转过来，让伊莲看见："你和杰西卡有同样的吊坠。"

伊莲的嘴角微微抖动了一下："或许我应该找我丈夫来。"

"你的吊坠呢？"

"我不知道。"

"十年了，你从来没跟任何人说过有两个吊坠吗？"

"我丈夫一定是突然走开了，我去找他。"

"如果杰西卡碰过你的吊坠，那上面肯定很容易找到她的 DNA，甚至还会有几根头发。必要的话，在上面放一根头发对你来说轻而易举。"

伊莲双手绞在一起："我不太喜欢你说话的语气，恐怕我要请你离开了。"

玛雅的双手在颤抖："你很清楚你的那枚吊坠在哪里……因为你

　　　　　　　　　　　　与她共谋

丈夫把它放在了鲍比的尸体旁边，在他找人杀害了鲍比之后。"

房间陷入一种冰冷的沉默。窗外起风了，玛雅能够听到身后的玻璃被风抽打的声音。

"在我们说出无法收回的话之前，还是先深呼吸一下吧。"

"你知道你丈夫做了什么。不要再替他说谎了，不要再帮他掩盖罪行了。"

"罪行？"

"瑞克找到鲍比之后，卢的私家侦探就一直在跟踪鲍比。他们也在跟踪我，不是吗？从我开车离开这里的时候。"

"我不知道你在说什么。"

"鲍比跑到得克萨斯那家汽车旅馆的时候，他们就跟在后面……所以卢不能直接让媒体跑到东基督区，而是让我先去了，他需要另外一层掩护。我找到了鲍比，媒体找到了我，于是鲍比又逃跑了，卢的人跟踪了他。他们在那家汽车旅馆找到了他，然后逼他写下了遗书。只有卢能够创作出如此完美的遗书：'我真的很抱歉。'卢的人把鲍比勒死吊起来，然后把第二枚吊坠放在了现场。这枚吊坠你保存了很多年，不是吗？你知道卢会用它做什么吗？他为什么要等这么久？为什么不在十年前就栽赃给鲍比？为什么要等到瑞克被杀之后？"

瑞克不是卢杀的。所以有人杀了瑞克之后——卢甚至也不知道是谁——他想了个办法把这个可怕的局面搅动起来，以达到他一直以来的目标：让鲍比为卢认定是他犯下的罪行而接受惩罚。

除非……除非鲍比并不是卢唯一的受害者。

"鲍比把家暴的事情告诉我了。"玛雅说，"卢对杰西卡的所作所为、对你的所作所为，他现在还这样吗？"

伊莲的脸色像她的衣服一样白。

"拜托你。"玛雅恳求道，"只有你知道你丈夫的真面目，你可以公开，我可以帮助你。"

"我不知道你认为发生了什么事。"伊莲平静地说，"但是无论你错误地怀疑了什么——如果我站在你的立场，都不会太过声张，你没有任何的证据。"

她是对的。第二枚吊坠的存在只能作为疑点提出，但是要想证明卢是杀害鲍比的凶手，或者杀害杰西卡的凶手，还有很长的路要走。这甚至不能证明鲍比没有杀害杰西卡——虽然从法律上来说，他已经洗脱了这一罪名。

"而且，当然，就算你能够证明什么，"伊莲继续说道，"对这个案件的疑问肯定会引发对另一个案件的疑问。"

玛雅口中那股黄铜的味道令人作呕。伊莲仍然温柔、优雅——但是第一次显露出惊恐。

伊莲并不是傻瓜。像她丈夫一样，她知道玛雅在隐瞒着什么。伊莲认定，如果玛雅非要逼迫她丈夫，那么他们也会逼迫玛雅把她竭尽全力保守的秘密曝光。伊莲不知道玛雅在保护谁，但她知道玛雅有一些珍贵的东西需要保护——无论是什么，都足够她拿来当筹码利用。

玛雅明白伊莲在用什么条件威胁她。玛雅需要对卢的行为保持沉默，不然他们就会找到并且揭露玛雅参与的事情。想要为鲍比伸张正义，就要以亚伦的人生作为代价，那个男孩能够平静生活下去的唯一办法就是让杀害他父亲的凶手卢永远逍遥法外。

玛雅觉得恶心。她想要远远离开这些有能力做出这种恶行的可怕之人……而有些恶行，她自己也有可能做得出。她是在痛恨伊

　　　　　　　　　　　　　　与她共谋

莲帮她丈夫掩盖罪行吗？还是在痛恨自己其实跟他们并没有什么不同？

"你不必这样做。"玛雅说，"你不必掩盖你丈夫所做的事情，你可以从这一切中解脱出来。"

伊莲走向玛雅："对不起。你一定要理解……我做这些只是为了杰西卡。"

"杰西卡已经死了，你所做的一切都是在阻止她的死亡真相被昭告天下。"

伊莲歪着头，仿佛在努力解开一个完全不一样的谜题："哦？我还以为你早就猜到了。"

玛雅不知道伊莲在说什么。

伊莲像是对小孩子讲话一样告诉她：

"杰西卡还活着。"

"不可能。"

伊莲小心地把丈夫办公室的门关上，然后上了锁。

"把你的包打开。"她的语气迅速、直接，声音小得几乎听不清。

玛雅还没反应过来，伊莲已经把玛雅的包从她肩上拽下来，并掏出了她的手机，伊莲确认了她们的谈话没有被录音。

"我丈夫犯过一些非常可怕的错误。"她低声说，"我并不打算为他找借口。他伤害了我们的女儿，也伤害了我，但我已经在他身边生活了太久，已经不能放手离开了。我能怎么办呢？被他的律师折磨完之后，支离破碎地回到佛罗里达去吗？不，我不会再回到我出生的地方。而且，我可以控制我的丈夫。"她深吸了一口气，"但我必须要保护我的女儿。"

"她在哪儿？"

伊莲摇了摇头："如果你处在我的境地，你会怎么做？我嫁给了这个能够展现出如此之大善意的人，虽然有时候他也会呈现出……不一样的行为。杰西卡告诉我她经常跟老师在一起——就是鲍比，是，就是那个时候，我知道事情不会有好的结果。她会告诉鲍比卢虐待她的事情，而他会报告校方，那么我们就会失去一切。"

"她已经告诉他了。"

伊莲的眼睛睁大了。终于，玛雅有一些情报是伊莲不知道的，但这件事似乎加强了伊莲的立场："那么还好我按照我想的去做了。"

"你们家的狗屁名誉对你来说比女儿的生命更重要吗？"

"你见过那些因为恶行被起诉之人的下场吗？你见过他们妻子的下场吗？"伊莲摇了摇头，仿佛在想象着那些悲惨阔太太的凄凉命运，"我们不能像他们那样结束，不。幸亏杰西卡有个计划，那甚至不是我的主意，是她的。"

"杰西卡想要……离开？"

看到玛雅逐渐领悟，伊莲也点了点头："她想要远走高飞、隐姓埋名，换个身份，重新开始。"

一项早已被遗忘的审判期间的证据从玛雅的记忆中浮现出来："杰西卡的手机拨出的那个电话，她失踪的那天下午……"玛雅还记得他们花了好几天时间无休止地进行各种科学分析，想要搞清楚那通电话拨出时的位置。但是他们完全忽视了真正的重点：为什么杰西卡在被人杀害期间会打电话回家——而且没有留言。"她的电话是打给你的。"

伊莲似乎很高兴。"那就是暗号，这样我就知道我们的计划在顺利实施中。我不能保证她的安全，在这儿不行。我不能保护杰西卡不受她父亲的伤害，但我可以打造一个全新的生活，为了杰——"她突然停住，"哦，但我不会告诉你她现在的姓名。"

玛雅想要尖叫，她感到无助，她无助地问："你送她离开去开始新的人生……然后陷害鲍比是杀害她的凶手？"

"我没有！"伊莲反驳道，"我们以为，如果没有尸体，这个案子最终会被归为一起没有侦破的失踪案而已。但是鲍比跟警方撒了谎，关于他当时的去向！他为什么要撒谎呢？可能是害怕了吧，我想。他被洛杉矶警察局讯问时，想要隐瞒他和杰西卡的关系。每一个环节，他都在把自己一步步引入深渊，那种情形看着真让人痛苦。而等到警察找到了那些短信，发现一个黑人教师跟他的白人学生有那种关系之后……"伊莲摇了摇头，仿佛在这一切事情之中受到了不公正待遇的人是她。

"卢还不知道，"玛雅明白过来，"他真的认为是鲍比杀了杰西卡，而你也从没告诉过他实情。"

玛雅想起了自己对于鲍比死因的精密推理。她想过杀害杰西卡的凶手可以用那枚吊坠陷害鲍比，然后又认定这个推论并不可信。可她是对的：鲍比确实是被人陷害的，只不过陷害他的人并不是杀害杰西卡的凶手。

玛雅意识到，那就是卢十年前没有用吊坠陷害鲍比的原因：因为在第一次审判期间，卢并没有想陷害任何人，他真的希望能够知道女儿被害的真相。他当时甚至根本没有想到第二枚吊坠的事情。

伊莲耸了耸肩："我丈夫有时候会在一些事情上撒谎，但他对于鲍比的愤怒——是完全真实的。"

"所以你就眼睁睁看着鲍比被逮捕。你看着他——每天——出席审判。"

伊莲点点头："然后我也看着你帮他得到了自由。希尔女士——玛雅，这就是真正讽刺的地方。"她伸出一只手温柔地搭在玛雅肩上，"我希望这能让你感觉舒服一些——你一直都是对的。"

玛雅感到自己胃里一阵翻腾。

她想起法庭上宣读审判结果时伊莲发出的那一声嘶叫。那根本不是悲伤的呼号吧？那是欣慰的尖叫：感谢上帝，正义得到了伸张。

"你帮助你丈夫杀害了鲍比。"

伊莲的脸上第一次露出愧疚的神情："我不知道他要那么做。几周前他从我的抽屉里拿走了那枚吊坠——我确实一直留着它，就像你说的那样，但我不知道他要……我要是早点知道就好了，但是现在我做什么都于事无补了，不是吗？"

伊莲的口气仿佛鲍比·诺克的生命就是厨房地板上被打翻的牛奶一样。

"杰西卡在哪儿？"玛雅问道。

伊莲举起一只手，像是一个十字路口的警卫。"她住在一个农场上，离这里很远。她养了很多马，还有个伴侣，他们生了一个女儿。我的外孙女，像她的妈妈一样，她也很安全，远离这里的一切。"

伊莲看起来充满骄傲："她很快乐。你能知道的就只有这些。"

门把手被拧动了。

外面走廊上有人敲门。

"喂？"卢的声音传来，"玛雅？你在里面吗？"

伊莲转身对玛雅低声说道："如果你敢去找我女儿，我就会去查瑞克·莱昂纳德被杀的真相。如果你把这些事告诉任何人……也会有同样的后果。你要帮我一起保守这个秘密。你做对的事情并没有多少，但有一件事你是对的，也就是你一分钟前说过的：我们可以互相帮助，我们是站在同一边的。对于所有牵扯进来的人——所有还活着的人，最好的结局就是沉默。"

伊莲突然把相框从玛雅手中夺下，把照片轻轻放回丈夫的桌上。然后，在玛雅还没想好要怎么回应之前，伊莲打开了门。

"哦！我不知道你——"卢看到玛雅在妻子身后，突然没再说下去，他也看到了玛雅的表情，"出了什么事？"

"没什么，亲爱的。"伊莲说。

卢能看出来，他下楼这段时间，这两个女人之间一定发生了什么，但或许这段足够长久的婚姻生活已经让他知道，如果妻子告诉他某个棘手的局面她可以掌控，那他就该相信她。

他仔细看着玛雅厌恶的脸色，想搞清楚她知道了多少。

而她则望向伊莲。伊莲眉头一挑，好吧，玛雅，她似乎在说，现在到底是要怎样？

把伊莲·希尔弗的罪行曝光给卢，然后迫使卢将自己的罪行公之于众，其实是毫不费力的……但这样就会让杰西卡和亚伦遭到无法估量的伤害。

玛雅手里掌握的生命——她的沉默与共谋所能够保护的生命又多了一倍。而最奇怪的地方在于，所有这一切，从最初的最初，到这个地步，起先是卢，然后是警方，然后是玛雅，然后是瑞克，然后又是玛雅，这些人忍不住想要去极力查清楚那些本来就应该被掩盖在迷雾中的神秘真相。

"玛雅，"卢说，"你还好吗？"

"希尔女士？"伊莲也问道。

玛雅转身望向窗外。天色已经完全黑了下来，太阳最后的余光已经消失，她只能勉强辨认出楼下的一些人行道。

　　玛雅发现自己在想象杰西卡·希尔弗的面容。她现在应该已经二十五岁了，她会长什么样呢？如果有一天玛雅在大街上见到了她，还能认出她吗？或许不能。

　　玛雅想象着杰西卡的女儿和鲍比的儿子也在街道上攒动的人群中穿行。二十年之后，长大成人的他们也会在这样的人行道上擦肩而过。他们根本不会多看对方一眼，他们会继续自己的生活，完全不会意识到，曾经有什么样的罪恶因他们的名义而行，他们只是有罪的人群中两个无辜的陌生人。

　　　　　　　　　　　　　　　　　　与她共谋

致谢

在这部小说的创作过程中，有很多合作方在艺术与专业上给予了我宝贵的支持。然而其中一位的贡献尤为突出——那就是我的编辑，苏珊·卡米尔。

苏珊是本书最热情的拥护者，也是最不留情面的批评者。我可以毫不夸张地说，没有她就没有这本书。我所说的"没有"不是"不会以这种形式面世"，而是"根本不会存在"。这实实在在地体现在很多方面，其中一条就是，如果我胆敢把上面那句话发给苏珊，她一定会掏出钢笔，无情地画掉我尴尬的双重否定句式。如果本书中哪怕只有一个段落是你格外赞赏的，请记住，那段文字肯定有过一个初期版本，并且被苏珊在旁边用大写字母标上了"枯燥"的字样。我和苏珊打电话争论的时间比我一生中和任何一个人打电话的时间都长，因为她就是这么投入。她对小说的热爱既有感染力又义无反顾，像一股强劲的狂风朝着一个方向猛吹：让写作变得更好。

苏珊·卡米尔于 2019 年 9 月，本书完稿后数周、出版前数月时去世。我们有机会一起完成这项工作，是我永远感激的福祉。而她永远没有机会看到这本书面世，也是我永远哀悼的悲剧。

所以，我借用这几页文字来表达我的感谢，就让我从这里开始：苏珊，谢谢你。我想念你，你给那么多人留下了那么多宝贵的影响，我只希望你对我的影响能够永远伴随着我，督促我每天坐在书桌前，努力让自己的写作少几分枯燥。

当然，创作本书也需要其他人的诸多协助，在此特别向以下各位致谢：

詹妮弗·乔尔，我的文学经纪人和超过十年的好友。

普利西拉·加西亚-贾奎尔、凯娅·瓦吉尔和马修·鲁斯特霍芬，我的研究助理和同事。

丹尼斯·安布罗斯、本杰明·德雷尔、黛比·德怀尔和克里奥·塞拉菲姆组成的兰登书屋专业团队，他们在最困难的情况下完成了令人惊叹的工作。

凯特琳·德克尔、本·爱泼斯坦、苏珊娜·乔斯科夫、约翰森·麦克莱恩和斯库普·瓦瑟斯坦，他们阅读了早期的草稿，然后向我提出了宝贵的修改意见。

尼尔·科恩和安东尼·奥罗克，他们提供了专业的指导，并对小说里涉及刑法的内容进行了大量修正。这部小说中遗留下的任何差错都是我一个人的责任。

还要特别感谢从没读过我的作品，并且以后也永远不会读的山姆·瓦森。